アメリカ黒人文学と現代沖縄文学を読む

追立祐嗣　著

三たび、私のポラリスへ

はしがき

今から四年前に、私は『ビガー・トーマスとは何者か――「アメリカの息子」とその周辺に関する論集』（大阪教育図書、二〇一七年）を出版した。私の専門分野は、アメリカ黒人文学であるが、その中でも「専門中の専門」として研究を行っているのが、リチャード・ライトという作家であり、とりわけその代表作『アメリカの息子』である。しかし、私には、それと並行してもう一つ中心的研究を行っている分野がある。それが、本書で扱う「アメリカ黒人文学と現代沖縄文学との比較考察」である。

アメリカ黒人文学の主要なテーマとしては、恐怖、怒り、二重意識（仮面性）、痛みと癒し、死者との語らいなどが挙げられるが、現代沖縄文学の作品に関しても、同様のテーマを扱った作品が多く、同じ「被差別民族」としての類似性だけでは推し量れないほどに、両者には驚くべき共通点が見られる。

今回、本書においては、これまで私が沖縄国際大学で研究・教育を行ってきたアメリカ黒人文学の作品の中から八作品を選び、同時に、現代沖縄文学の中から四作品を取り挙げ、比較考察の論考を行った。ちなみに、現代沖縄文学からの四作品は、芥川賞受賞作である「カクテル・パーティー」、「豚の報い」、「水滴」の三作品と、岸田戯曲賞を受賞した「人類館」を選んだ。

本書の各章で取り挙げた作品については、出来得る限り多くの読者に読んで頂くために、日頃私が「講義」を行う際に学生に向かって「語りかける」ような形式にした。従って、各章の題名は「第一講〜第十五講」とし、文末表現には、「です、ます」調を用いた。また、可能な限り英語を日本語に訳して引用などを行っている。

また、目次にあるように、本文の三カ所に、「関連論文」として、これまでに私が学会誌や論集などに発表した論文の中から、アメリカ黒人文学と現代沖縄文学の共通点を論じたものを掲載している。関連論文には、各章の本文と重複する部分が多々あると思われるが、発表した内容のままで掲載することにした。（文末表現も、「だ、である」調のままにしている。）

二〇二〇年五月の白人警察官によるジョージ・フロイド氏殺害事件以来、黒人差別に抗議を行う「黒人の命は大切」（Black Lives Matter）の運動が激しさを増し、またそれに呼応するように、人種差別主義者の言説もかつてない程の大胆さを持って表出されている。このことは、アメリカ合衆国において、黒人差別がいかに根深いものであるかを示すものである。本書が、過酷な差別の中で生き抜いてきたアメリカ黒人に関する読者の皆さんの理解を深め、同時に、沖縄で行われてきた差別についても考えて頂くことを、切に希望するものである。

二〇二一年六月一日

追立　祐嗣

目次

はじめに　アメリカ黒人の歴史及び黒人文学の流れ

一　奴隷制度の始まり

アメリカにおける最初の黒人奴隷は、一六一九年にアフリカから連れてこられました。場所は、アメリカ南部にある現在のバージニア州のジェイムズタウン植民地です。もう一つの重要な植民地は、北部にある現在のマサチューセッツ州のプリマス植民地です。後者は、イギリスで宗教上の弾圧を受けたピューリタン（清教徒）たちが、メイフラワー号に乗ってアメリカへ向かい、一六二〇年にマサチューセッツに植民地を築き、「ピルグリム・ファーザーズ」や「アメリカ建国の父」と呼ばれます。しかし、ここで重要なことは、「アメリカ建国の父」と呼ばれるピューリタンたちよりも先に、アフリカから黒人達が連れてこられたという事実です。すなわち、アメリカにおける黒人の歴史は、アメリカ建国とともに、あるいはアメリカ建国より以前に始まったということになります。

二　南部と北部

先に、南部のバージニア植民地と北部のマサチューセッツ植民地について触れましたが、主に奴隷を必要としていたのは、南部です。南部では、最初はタバコの生産などから始まりましたが、次第に綿花の栽培に重点が置かれてきます。そこで、手作業で棉花を摘み取る大量の労働力が必要となり、アフリカからの黒人奴隷の「輸入」が急激に増加していったわけです。一方、北部では、工業や商業が発展し、少なくとも最初は黒人奴隷を必要とはしていませんでした。しかし、南部での過酷な奴隷労働に対する人道的な反発や、発展する工業などでの低賃金労働者の需要の増加などの要因から、次第に奴隷解放を求める声が、北部に広がり、南北戦争へと突入していったのです。

三　南北戦争と奴隷解放宣言

このように、黒人奴隷の過酷な労働に基づく南部と、博愛主義や商工業での安価な労働力の必要性を持つ北部との間で、ついに南北戦争が始まります。結果は北部の勝利に終わり、リンカーン大統領が奴隷解放宣言を出しました。戦争直後は、合衆国憲法修正第十三条〜十五条で黒人の地位が確立され、黒人の大学が次々と設立されるなど、様々な分野で改革が始まったのですが、一方で、一八六五年に「ＫＫＫ」（クー・クラックス・クラン）と呼ばれる白人至上主義の組織が作られ、黒人をリンチにかけて死体を木に吊すなどの暴力行為が起き、また、一八七六年から南部諸州で「ジムクロウ法」と呼ばれる一連の黒人差別の法律が制定され、例えば列車やバス、病院やトイレなどの公共施設で「白人専用」（"Whites Only"）、「黒人専用」（"Colored Only"）という分離を認めることで差別が広がっていきました。すなわち、極言すれば、南北戦争は、黒人に対する新たな差別を生み出したとも言えます。このように、黒人の人権の確立は、奴隷解放宣言ではなされず、後の一九五〇年代〜六〇年代の公民権運動を待たなければならなかったのです。

四　ワシントンとデュボイス

ここでは、ブッカー・Ｔ・ワシントン（Booker T. Washington）とＷ・Ｅ・Ｂ・デュボイス（W. E. B. DuBois）という、二人の黒人思想家について説明します。まず、ワシントンについてですが、彼は「黒人の地位向上のためには白人の協力が必要であり、白人の援助を得て黒人の主に経済的な状況の改善を図る」という考えでした。一八八一年に南部のアラバマ州に「タスキギー大学」（Tuskegee Institute, タスキギーという場所にできた技術指導の学校）を作り、一九〇〇年には『奴隷より身を起こして』（*Up from Slavery: An Autobiography*）という本を出版しています。一方のデュボイスですが、簡潔に述べれば、彼の思想は「黒人の真の解放は、魂の問題である。白人の前で卑屈な態度をとり、その仮面の奥にある本当の心は別のものであるという、黒人の二重意識こそが、黒人の解放を妨げる病理である」というものです。その主張は、一九〇三年に出版された『黒人のたましい』（*The Souls of Black Folk*）という本の中で展開されています。（『黒人のたましい』に関しては、本書「関連論文①」の中で、概要を示しています。ご参照下さい。）デュボイスは、ワシントンの提唱する白人との協調路線を痛烈に批判し、ワシントンとの間でいくつもの論争を繰り広げました。（このような論争は、被差別民族では普遍的に存在します。沖縄での辺野古新基地建設の問題を巡る論争も、本質は、ワシントンとデュボイスの論争に非常に似たものに思えます。）

五　ハーレム・ルネサンスとラングストン・ヒューズ

一九二〇年代に、「ハーレム・ルネサンス」（"Harlem Renaissance," または「ニグロ・ルネサンス」とも呼ばれます）が始まります。これは、音楽、舞台、文学など様々な分野で、アメリカ黒人が一斉に活躍した時期を指します。ハーレム・ルネサンスの特徴は、一言で言えば、それまで押さえつけられてきた黒人の人間性を黒人自らが黒人の視点で謳歌したというものです。文学の分野では、クロード・マケイ（Claude Mckay, 詩人、小説家）、ラングストン・ヒューズ（Langston Hughes, 詩人、小説家、劇作家）、カウンティー・カレン（Countee Cullen, 詩人）などがいます。その中で最も有名な人物は、ラングストン・ヒューズです。彼の有名な詩としては、「黒人は多くの河を知っている」（"The Negro Speaks of Rivers"）が挙げられます。この詩では、それまで「野蛮で未開の地」として負のイメージしか無かったアフリカを、黒人の素晴らしい故郷として描き、黒人はアフリカのコンゴ川やナイル川、そしてアメリカのミシシッピー川に至るまで多くの河のことを知っており（すなわち、多くの苦難を経験しており）、それゆえ感性豊かな民族なのだと謳っています。また、ヒューズは、短編集『白人の生き方』（*The Ways of White Folks,* 一九三四年）、『泣かないために笑うのだ』（*Laughing to Keep from Crying*, 一九五二年）などを出版しましたが、後者に収められている「教授」（"The Professor"）や「ある金曜日の朝」（"One Friday Morning"）は、以前にデュボイスが提唱した「二重意識の病理」などをテーマに、黒人の生き方について深く考えさせられる作品です。本書では、この二つの短編小説について論考を行います。また、「教授」については、大城立裕の「カクテル・パーティー」との比較考察も行います。

六　リチャード・ライトの『アメリカの息子』

一九四〇年、リチャード・ライト（Richard Wright）が『アメリカの息子』（*Native Son*）を発表し、アメリカの白人・黒人に大きな衝撃を与えました。この小説は、黒人青年のビガー・トーマス（Bigger Thomas）が、白人女性のメアリー・ドールトン（Mary Dalton）を殺害し、死体を焼却し、さらには誘拐事件を装って身代金を要求するという内容で、アメリカ社会の中でも究極のタブーとされてきた黒人と白人の性の問題をテーマとした作品です。特に、ビガーがメアリーを殺害した後、「他の誰でもない、この自分がこれほど大きな事件を起こしたのだ」という高揚感を持つ場面などは、アメリカの黒人が心の奥底で何を考えているのかということを社会に突きつけたという意味で、それまでの文学作品とは一線を画す作品となっています。（『アメリカの息子』に関しては、「はしがき」にも書きましたが、詳しくは、『ビガー・トーマスとは何者か――「アメリカの息子」とその周辺に関する論集』をご参照下さい。）また、ライトの作品は「抗議小説」とも呼ばれますが、それは、アメリカに奴隷として連れて来られた時から、奴隷解放宣言後も変わらずに続いている黒人の「人間以下としての存在」に押し込められた状況に対する抗議であると言えます。本書では、ライトが一九三八年に発表した初期短編集『アンクル・トムの子供達』（*Uncle Tom's Children*）に収められた自伝的小説「黒人差別の中で生きる知恵」("The Ethics of Living Jim Crow") と、同短編集に所収の「河のほとり」("Down by the Riverside") を読みます。(「河のほとり」に関しては、上記の拙著『ビガー・トーマスとは何者か』で作品の豊かな象徴性について論じています。ご参照下さい。) また、リチャード・ライトの作品に関しては、本書では、上記二編の短編の他に、『アメリカの息子』及び「地下に潜った男」("The Man Who Lived Underground", 短編集『八人の男』(*Eight Men*, 一九六一年) 所収) に関する論考を、「関連論文①」の中で行っています。

七　ラルフ・エリスン、ジェームズ・ボールドウィン、アミリ・バラカ

リチャード・ライトは、後の多くの作家に大きな影響を与えましたが、その中でも有名な作家としては、ラルフ・エリスン (Ralph Ellison) とジェームズ・ボールドウィン (James Baldwin)、そしてアミリ・バラカ (Amiri Baraka) などが挙げられます。まずラルフ・エリスンですが、一九五二年に発表された代表作『見えない人間』(*Invisible Man*) は、二〇世紀アメリカ文学の中でも非常に高く評価されている小説です。(『見えない人間』に関しては、本書「関連論文①」の中で概要を示しています。)「白人は黒人のことが見えない、いや、見ようとしないのだ」という主張を前面に出していますが、注目すべきはその手法です。ウイリアム・フォークナーという著名な白人作家がいますが、エリスンは明らかにフォークナーの「意識の流れ」などの手法を用いて、写実主義的なライトの小説とは異なった、極めて象徴的な手法を駆使しています。本書では、エリスンの代表的短編小説「帰郷」("Flying Home") を扱います。「関連論文②」では、「帰郷」と又吉栄喜の「豚の報い」の比較考察を行っています。

次にジェームズ・ボールドウィンですが、彼は、小説・戯曲・エッセイなど非常に多岐にわたる分野で執

筆活動を行いました。ボールドウィンの主張は、リチャード・ライトと同様に、白人に対して手厳しいものでしたが、同時に、「数多くの苦難を乗り越えてきた黒人こそが、アメリカを救う存在である」という主張を展開しています。本書では、一九六五年に出版された短編集『その男と再び会う』(*Going to Meet the Man*) に収められた、極めて優れた短編である「サニーのブルース」(Sonny's Blues) を読みます。

最後に、アミリ・バラカについて紹介します。彼は、リロイ・ジョーンズ (LeRoi Jones) という名前で執筆活動を行っていましたが、いわゆるブラックパワーの運動や、イスラム教の影響などで、アミリ・バラカという名前に改名しました。(ボクシングの世界チャンピオンだったカシアス・クレイも、同じ理由で、モハメド・アリに改名しています。) バラカも、詩、戯曲、エッセイなど、その活動範囲は多岐に渡りますが、最も有名な作品は、一九六四年に発表された『ダッチマン』(*Dutchman*) という戯曲です。ニューヨークの地下鉄を場面に設定したこの作品は、ほとんどの部分が黒人青年クレイ (Clay) と白人女性ルーラ (Lula) の二人の会話から成り立っています。テーマとしては、黒人と白人の性に関するもので、先に挙げたリチャード・ライトの『アメリカの息子』と同様ですが、『ダッチマン』では、殺されるのが黒人のクレイという点が大きく異なります。一言で言うと、「黒人はその意識の奥深くに真の自己を持っているが、そのような二重意識を捨てて、白人への怒りなどの感情を常に意識の上に携えておくべきだ」といった主張です。なお、アミリ・バラカの『ダッチマン』に関しては、本書「関連論文①」の中で概要を述べています。また、拙著『ビガー・トーマスとは何者か――「アメリカの息子」とその周辺に関する論集』の最終章で作品を詳細に考察していますので、ぜひご参照下さい。

八　公民権運動とキング牧師

これまで述べてきたように、アメリカ黒人は、奴隷解放後も、特に南部諸州で多くの差別を受けてきました。そして、一向に改善しない状況への怒りとして勃発したのが、一九五五年のバス・ボイコット運動です。アラバマ州モンゴメリーで、黒人女性ローザ・パークス（Rosa Parks）が「黒人専用席」に座っていたにも関わらず、白人運転手が席のない白人客に席を譲るよう命じ、パークスがこれを拒否したため、「人種分離法」違反で警察に逮捕されるという事件が起きました。そして、これに抗議して、モンゴメリーに住む黒人市民たちにバスをボイコットする運動を指導した中心的人物が、マーティン・ルーサー・キング（Martin Luther King, Jr.）牧師だったのです。この運動は、約一年間続けられ、その結果として、翌一九五六年に、アメリカ合衆国最高裁判所は、「バス車内での人種による分離・差別は憲法違反である」とする判決を出しました。その後も、様々な闘争を経て、一九六三年には、アメリカ各地から二〇万人以上の人々が、ワシントンD．C．にあるリンカーン記念塔広場に向かって行進するという、「ワシントン大行進」が行われ、その場でキング牧師が行った「私には夢がある」（"I Have a Dream"）の演説は、余りにも有名です。翌年には、キング牧師にノーベル平和賞が贈られましたが、重要なことは、同年、公民権法が成立したことです。この法律は、人種による、教育や医療などに関する公共施設、住宅地、就職、投票などにおける差別を禁じるものです。一七世紀初頭にアフリカから奴隷として連れて来られて以来、アメリカ黒人は、ようやく公民権、すなわちアメリカ国民としての諸権利を獲得することができたわけです。私は、この公民権法の成立は、南北戦争の頃の奴隷解放宣言よりも大きな意味を持つものだと考えます。なぜなら、奴隷解放宣言が出た数年後には、ジムクロウ法が南部諸州で成立し、黒人に対する差別は引き続き行われたのに対し、公民権法成立後は、様々な揺り戻しはありますが全体としては、アメリカ社会が差別を許容しない方針を示しているからです。その最も顕著な例としては、黒人の血を引くオバマ大統領の出現が挙げられると思います。

九　マルコムX

キング牧師とほぼ同じ時期に、黒人の権利を求める運動を行った指導者として重要な人物は、マルコムX（Malcolm X）です。マルコムは、牧師だった父親が白人に殺害されたことから貧しい家庭で育ち、最低限の教育しか受けられず、酒や麻薬の密売、詐欺、強盗などの犯行を繰り返し、ついには刑務所へ送られます。しかし、そこで出会った「ネーション・オブ・イスラム」（"Nation of Islam"）という宗教団体に強く心を引きつけられ、出所後は説教師として多くの人々から熱狂的な支持を受けました。ちなみに、彼は本来の名前であるマルコム・リトル（Malcolm Little）と名乗るのを拒否しましたが、それは、「奴隷解放時に付けられた苗字は、奴隷主の苗字を与えられたものであり、本来アフリカで用いられていた苗字は分からないのであるから、あえて分からないことを意味するXとした」ということです。ちなみに、マルコムは、後にネーション・オブ・イスラムと対立し、イスラム教の聖地メッカを訪れた後に、イスラム語の名前「エル・ハッジ・マリク・エル・シャバズ」（El-Hajj Malik El-Shabazz）に改名しています。マルコムXの主張（ネーション・オブ・イスラムの教えでもありましたが）は、一言で言えば、「白人に洗脳された黒人が確固とした自己の確立を目指すこと、そして、白人によって歴史的に繰り返されてきた悪魔的な行為に対する徹底した批判を行うこと」です。本書では、『マルコムX自伝』（*The Autobiography of Malcolm X*, 一九六五年）の中から、ネーション・オブ・イスラムによる「白人は悪魔である」という教えをマルコムがどのように受け止めたのか、という箇所が描かれた「第十章サタン」（Chapter 10 Satan）を扱います。

十　女性作家達

アメリカ黒人文学における重要な女性作家としては、ゾラ・ニール・ハーストン（Zora Neale Hurston）、トニ・モリスン（Toni Morrison）、アリス・ウォーカー（Alice Walker）などが挙げられます。中でも、トニ・モリスンが一九七〇年に発表した『青い眼が欲しい』（*The Bluest Eye*）は、極めて衝撃的な小説です。この作品では、黒人である自分を否定し、白人の青い眼に憧れる少女の痛ましい姿が、赤裸々に描かれています。また、それと平行して、語り手である姉妹の存在も極めて重要であり、語り手を通して読者に多くの問いかけを行っている作品と言えます。モリスンは、その後も精力的に多くの長編小説を書き、一九九三年にはノーベル文学賞を受賞しています。本書では、直接作品を論じる章は設けていませんが、目取真俊の「水滴」とモリスンの代表作『ビラヴド』（*Beloved,* 一九八八年）を比較考察した論文を「関連論文③」として掲載しています。

もう一人の重要な作家アリス・ウォーカーですが、一九八二年に発表した『カラーパープル』（*The Color Purple*）という小説が非常に優れたものであると言えます。この小説は、主人公の黒人女性が、神や離別した妹へ送る手紙の形式で書かれており、不本意な結婚をさせられ、黒人の男性達から様々な暴力や暴言を受ける中で、全てをあきらめ、自己を否定していくのですが、周囲の女性達からの影響も受けて、過酷な状況と闘い、次第に一人の女性、一人の人間として自己を確立していく過程を描いたものです。すなわち、これまで語られることのなかった、白人からの差別を受ける黒人社会の、さらに内部における女性差別を扱った点が、この作品を極めて意義有るものにしているのです。なお、本書では、アリス・ウォーカーの短編集『愛と苦悩のとき』（*In Love and Trouble,* 一九七三年）に収められた、極めて評価の高い作品である「普段使い」（“Everyday Use”）を扱います。

第一講　リチャード・ライト「黒人差別の中で生きる知恵」①

使用テキスト　Wright, Richard. "The Ethics of Living Jim Crow." *Uncle Tom's Children*. 1938. New York: Harper & Row, 1965. 3-15.

黒人文学を学ぶ際に、最初に読むべき作品として私が強く推薦するのは、リチャード・ライト（Richard Wright）の初期短編集『アンクル・トムの子供達』（*Uncle Tom's Children*, 一九三八年）に収められている「黒人差別の中で生きる知恵」です。まず、この作品のタイトルですが、英語では"The Ethics of Living Jim Crow"となっており、直訳すると「ジム・クロウを生きる倫理」となり、何のことだか分かりません。"Jim Crow"には、「黒人」と「黒人差別」という二つの意味があります。従って、"Living Jim Crow"は、「黒人として生きる」または「黒人差別社会を生きる」という意味になります。最後に"Ethics"ですが、「倫理（学）」、「道徳」などの意味がありますが、どれもしっくりきません。私は、「行動の規範」という意味が最も近いと思います。さらに作品の内容から考えて、「生き方」、「生きる術（すべ）」が適切でしょう。従って、このタイトルは、「黒人として生きる術」、「黒人差別の中で生きる知恵」という意味になります。

次にサブタイトルですが、「自伝的な素描」（"An Autobiographical Sketch"）とあります。つまり、「自伝的な」というのが重要で、自伝と断定することはできないということです。あくまで、自伝的な内容ではあるが、多少の改変を行って、フィクションとしての内容も盛り込んでいる可能性もあると考えるのが妥当です。また、この作品を書いたのはリチャード・ライトなので、作品中の「私」とはリチャード少年のことになります。

なお、この作品では、リチャード少年が成長の過程で、様々な「黒人差別の中で生きる知恵」を学んでいく姿が描かれていますが、その一つひとつが、アメリカ黒人文学における極めて重要なテーマであることから、詳しく説明する必要があるため、第一講（Ⅰ～Ⅳ）と第二講（Ⅴ～Ⅷ）に分けて扱います。

では、作品の細部を見ていきます。Ⅰの冒頭部分ですが、ここでは、リチャード少年が、彼の人生で最初の試練に遭うまでのことが描かれています。まず、最初の段落を見ていきましょう。リチャード少年が住んでいるのは、アメリカ「深南部」のアーカンソー州で、黒人に対する差別が激しい地域です。具体的な描写としては、鉄道線路沿いの地域で、庭には、おそらく汽車から捨てられたと思われる石炭あるいは木炭などの燃え殻が多数あります。この「燃え殻」というものには、「汽車という文明の象徴から捨てられる残り滓を黒人は掴まされている」という意味が込められていると考えるのが妥当でしょう。しかし、ここでのリチャード少年やその遊び仲間たちは、「燃え殻で十分満足していた」とあるように、「燃え殻」に象徴される黒人の負のイメージを持たず、「楽しく熱くなる戦争」や「最高の楽しみ」などの表現に見られるように、子供としての純粋な気持ちで、燃え殻を投げ合って遊ぶ「戦争ごっこ」を行っています。そして、線路の向こう側にある白人居住区域の、緑に囲まれた景色に対しても、「私は生い茂った緑を羨ましく思うことなどなかった。」とあるように、白人に対する何らかの憧れの気持ちも持っていません。

ところが、次の場面に入ると、状況は一変します。ある日、リチャード少年たちは、「いつの間にか白人の少年たちと戦っていた」とあるように、気付いたら白人の少年たちと戦争ごっこをしていました。つまり、白人と遊ぶことに何らの先入観もなく、いつもと同じ気持ちで戦争ごっこをしていたのです。ところが、リチャードたちは燃え殻を投げましたが、白人の少年たちは、割れたガラス瓶を投げてきたのです。さらに、白人たちは、「木々」、「生け垣」、「芝生」などに隠れて、安全を保ちながらリチャードたちにガラス瓶を投げました。リチャードたちは後退を余儀なくされ、リチャード自身も、割れた牛乳瓶が頭部に当たり、三針縫う怪我をしたのです。この場面では、一つ注目すべきことがあります。それは、「木々」、「生け垣」、「芝生」と「牛乳瓶」です。通常、緑豊かな土地は、「豊穣さや成長」などのイメージとして使われることが多いのですが、ここでは割れたガラス瓶を投げるという悪い行いをしている白人の少年たちを守るという、負のイメージが与えられています。同様に、一般的には「豊穣さや母性」などのイメージを持つ「牛乳（瓶）」が、リチャード少年に酷い傷を負わせるという、攻撃的、破壊的な役割を果たしています。このことから言えるのは、アメリカ黒人文学においては、ある物や事柄が、一般と異なる、あるいは正反対の意味を持つことがあるということです。その背景には、黒人が置かれた「不条理」な（道理に合わない）状況があると言えます。そのような、道理に合わない、一般の常識とは異なる通念が存在することは、次の母親とのやりとりで鮮明に描かれます。

リチャード少年は、家の前の階段に座り、この日の出来事をじっくり思い返し、白人の少年達が割れたガラス瓶を投げたことは「重大な不正」であり、白人たちに非があるという、至極適切かつ常識的な結論に達します。そして、母親もこのことを理解してくれるだろうと信じて、帰宅した母親に出来事を話すのですが、母親が取った最初の行動は、リチャード少年に平手打ちを加えるというものでした。さらに、泣きながら状況を説明しようとするリチャードを家の中に引きずり込み、裸にして、（大きな樽を作るための）木の板で高熱が出るまで叩いたのです。

この母親の行動は、「黒人が生き延びて行くための知恵の真髄」（"gems of Jim Crow wisdom"）を、まさに「身体の痛み」を通して、リチャード少年に教え込むことを目的としたものです。そして、そのような行動を取った後に、母親はリチャードに、重要なことを話します。その内容は、次のようなものです。「いかなる状況であっても、白人と喧嘩をしてはいけない。白人が行うことは、絶対に正しいことである。自分は毎日、白人の家で食事を作ったりして披露困憊で働いている。それはリチャードを食べさせるためでもある。もう、リチャードの喧嘩に悩ませられるのはご免だ。」そして、母親は、最後に、「殺されなかっただけでも幸いと思いなさい」と告げます。すなわち、ここでは、母親は、「黒人は白人に依存しなければ生きていけない。それゆえ、白人の言うことには大人しく従って、異議を唱えたりしてはいけない。これは、『生活』のため（白人の家で働き続けるため）でもあるが、文字通り『生命』を守るため（白人に殺されないため）の手段である。」という、黒人にとって極めて重要なことを、息子のリチャード少年に説き聞かせたのです。ちなみに、この母親の言葉は、クォーテーションマーク（引用符）を用いない「中間話法」と呼ばれる手法で書かれています。すなわち、高熱を出して朦朧としているリチャード少年に聞こえる言葉ということで、この手法が用いられたのではないかと推測されます。

その夜、リチャード少年は朦朧とした意識で、眠ることもできず、眼を閉じると、恐ろしい白人の顔が天井から現れ、自分を睨み付けている光景に悩まされます。そして、その時以来、それまで無邪気に遊んでいた燃え殻に対する興味が失われました。そしてその代わりに、白人居住区の緑の木々、生け垣、そして芝生などが、大きな意味を持つ物として意識されるようになりましたが、それらは究極のところ、白人に対する「恐怖」という感情を根底に持つものだったのです。この白人に対する「恐怖」は、黒人文学における極めて重要なテーマとなっています。

もう一つ、重要なことがあります。それは、上に述べた「その時以来、それまで無邪気に遊んでいた燃え殻に対する興味が失われた。」という部分です。すなわち、それまで純粋に楽しんでいた燃え殻を投げ合う行為に対する興味が失われたというのは、燃え殻が重要ではなくなった（白人の存在と白人に対する恐怖が大きくなった）、ということであり、極言すれば、これは「自己を否定する」という状態に陥る危険性を秘めているということです。アメリカ黒人は、奴隷として連れて来られて以来、様々な苦難を経験する中で、絶望し、自らの黒い肌を憎み、最終的に自己否定という感情を持つ危険に常に晒されていると言えるのです。

次の場面では、リチャードの一家がアーカンソー州からミシシッピー州に引っ越したことが書かれています。ミシシッピーもいわゆる「深南部」と呼ばれているところで、典型的な南部の価値観を持ち、人種差別も激しい場所です。ここでリチャード少年一家は、「黒人居住地域」（"Black Belt"）に住みます。そこでは、教会、学校、商店など、どこに行っても黒人ばかりで、白人に接触することはありませんでした。それで、リチャード少年も、前回の場面で感じた恐怖などの感情も抱かずに済む日々を過ごしていたのですが、それは永遠に続くものではありませんでした。なぜなら、黒人は経済的に白人に依存しており、リチャードも働ける年齢に達した時に、白人の下で働かざるを得なくなったからです。

リチャード少年は、ミシシッピー州の州都であるジャクソンで、「光学会社」（おそらく、メガネなどの製作工場）での職に就くことになります。面接の時、リチャード少年が最も気を付けたことは、白人の「ボス」（"boss"; 社長か、あるいは支店長）の質問に答える時に、「はい。」（"yessirs"（"Yes, sir."））と「いいえ」（"nosirs"（"No, sir."））を非常にはっきりとした調子で言うことでした。つまり、それは、自分が礼儀正しい者であり、自分の立場（もちろん黒人としての）をしっかりわきまえており、何より、相手が白人であることをはっきりと自覚していることを「ボス」に知らせることが目的でした。

次に描かれる場面は重要です。すなわち、白人の「ボス」がリチャード少年を「まるで品評会に出品されたプードル犬のように観察した」という部分です。「観察した」という部分には"examine"という動詞が使われていますが、この言葉が持つ「審査する、吟味する」という意味を考えると、私には、その昔、奴隷制の時代に、アフリカから「輸入」された奴隷を並べて競売にかけている場面が想像できます。奴隷を買いたい白人たちは、その「品物」を「吟味」し、競売によって値段を付けていくのです。すなわち、ここでのリチャード少年は、競売にかけられた奴隷と同じように、人間とはみなされず、品物（ここではプードル犬という、やはり人間以下の存在）として吟味されていることになります。

ここで、白人から黒人に対する呼びかけの言葉として使われている、"boy" という表現にも注目したいと思います。この作品では、主人公の黒人は少年であるため、特に気にもならないかもしれませんが、他の作品でも、かなり年長の黒人に対して、白人が "boy" と呼ぶ場面は数多くみられます。他の呼び方としては、侮蔑的な「ニガー」("nigger")や「黒ん坊野郎」("black bastard")などが挙げられます。この「光学会社」の話の後半でリチャード少年を怒鳴りつける二人の白人も、これらの言葉を使っています。

それに対して、黒人から白人に対する呼びかけの言葉は、どのようなものでしょうか。それは、きちんと "Mr.," "Miss," "Mrs." という語を使うという、「自然な」ものです。(逆に黒人に対しては、そのような「自然な」呼びかけが行われていないことに注目して下さい。)さらに、この作品では言及されていませんが、奴隷制の下では、黒人が白人の子供の面倒を見るという習慣が長く続きました。その中で、黒人は白人の子供を、"Mr. John," "Miss Mary" というように、苗字ではなくファーストネームに "Mr." や "Miss" を付けて呼んだのです。そして、さらに、白人が成人し、結婚したりした後も、同じように Mr. John, Miss Mary などと呼んだのです。その伝統は奴隷解放後も続き、有名な映画 *Driving Miss Daisy* でも、タイトルが示しているように、黒人の運転手は老齢の白人女性を苗字ではなくファーストネームを用いて、Miss Daisy と呼んでいます。ちなみに、この映画の背景は、やはり、深南部であるジョージア州のアトランタです。

さて、作品に戻りましょう。リチャード少年の「ボス」は、リチャードに、この職場で様々なことを学びなさいと言い、同僚となるピーズ(Pease)とモリー(Morrie)にも、リチャードにいろいろと教えるように、と告げます。そして、それを真に受けたリチャードは、いつまでたっても何も教えられない状況を不審に思い、ピーズとモリーに、何か教えて欲しいことを伝えます。まず、それに対するピーズの答えは、"Whut yuh tryin' t' do, nigger, get smart?" というものでした。(南部訛りの英語で、"Whut yuh tryin' t' do" は、

"What are you trying to do" のことです。）ここでも、先に述べたように、名前のリチャードではなく、「ニガー」（"nigger"）という蔑称が使われていますが、重要なことは、次の "get smart?" つまり "Are you trying to get smart?" の前半部分が省略されたものですが、直訳すると「頭が良くなろうと思っているのか。」、意訳をすると「まさか上昇志向を持っているのではないだろうな。」という言葉を生身の人間であるリチャードに発していることです。さらに、それに対するリチャードの答えにも驚かされます。すなわち、リチャードは咄嗟に "Naw; I ain' tryin' t' git smart." （正しくは、"No; I am not trying to get smart."）と答えます。つまり、「とんでもありません。頭が良くなる（上昇志向を持つ）なんて考えてもいません。」という、自らが人間であることを否定するような答えをしているのです。つまり、ここではリチャードは、自分が白人と同じ人間だということを言ってはいけないのです。それはまさに、「生き延びるために」です。次にリチャードはモリーのところにも行きますが、モリーはリチャードを「ニガー」（"nigger"）や「黒ん坊野郎」（"black bastard"）という蔑称で呼び、「お前は自分が白人だと思っているのか」と言います。すなわち、ここでは白人＝人間ととらえるべきであり、やはりここでも黒人は「人間以下の存在」として描かれているのです。

このことを契機に、ピーズとモリーのリチャードに対する態度が一変します。そして遂に、リチャードに危機が訪れます。それは、ピーズがリチャードに、「モリーが、お前が私のことを、"Mr." を付けずにピーズと呼び捨てにしたと言っている」という難癖をつけ、さらにモリーからは、「もしお前がそのことを否定したら俺が嘘をついているということになるぞ」と脅されるというものです。リチャードは、どちらの答えをしても白人に対する重大な侮辱をしたことになり、なんとか危害を加えられないような答えはないものかと必死で考え、「全く記憶がないのですが、仮にそのようなことがあったとしても、決して意図したことではありません」と答えますが、それでもこの危機を逃れられないことを悟ったリチャードは、自分が職場を去ることを白人が望んでいることに気付き、辞職します。

Ⅱに移りましょう。ここでは、リチャード少年は、洋服店の雑役係の仕事をしています。ある朝、店の前にある真鍮を磨いていると、白人の店主とその二〇歳程の息子が車から降りてきて、黒人の女性を車から引きずり出して、足で蹴りながら店の中へと連れていきます。近くには白人の警官がいますが、ただ見ているだけです。その時リチャード少年は、真鍮を磨く手を止めること無く、視界の隅でその光景を見ていました。すなわち、黒人は、白人の暴力行為をじっと眺めるなどということはできず、見て見ぬふりをするしかなかったということです。しばらくして、黒人の女性が血を流し、腹を押さえて出てきましたが、店から少し歩いた所で白人の警官に捕まえられ、飲酒の罪で逮捕されてしまいます。（当時は禁酒法（一九二〇～一九三三年）が適用されていた可能性がありますが、詳細は分かりません。）

リチャード少年が店内に入ると、店主と息子は手を洗っており、床には血や髪の毛などが散らばっています。リチャード少年は衝撃を受けた様子をしていたのでしょう。店主がリチャードをなだめるようにして、タバコを一本差し出します。この一見優しそうな行為は、白人の暴力行為を口外しなければ、リチャードに危害を加えることはないことを示す、脅しだったのです。リチャード少年は、タバコを受け取り、店主が火を付けてくれますが、白人達が去った後もリチャードは血のついた床をじっと眺め、タバコの火が消えてしまうのにも気付きません。つまり、リチャードは、白人が黒人に行う暴力、それを見逃し、さらに被害者の黒人を逮捕する警察など、黒人に対してなされる不条理な行為のことを考えていますが、白人の方は、ちょっと脅せば黒人は何も考えずに従うという考えを持っており、両者の考え方あるいは意識の違いが鮮明に描かれていると言えます。

その後、同僚の黒人にこの話をすると、同僚は、「その女はレイプもされずにそれだけで済んでラッキーだ。」と言います。つまり、同僚は、白人の暴力などの不条理な状況を受け入れ、何らの疑問も持っていないのに対して、リチャード少年は、このような現実を受け入れきれず、驚きや悲しみなどの人間としての感情を保っていると言えます。すなわち、極めて皮肉な言い方ですが、リチャード少年は、「ジムクロウの中で生きる黒人の知恵」をまだ完全には習得していないと言えます。

Ⅲに移ります。ここではリチャード少年は自転車で荷物を配達する仕事をしています。ある日、郊外で自転車がパンクして、リチャードは自転車を押して帰らざるを得なくなります。その時、大勢の白人が乗ったトラックが止まり、自動車のドアの下にあるステップ（あるいは踏み板）に乗って掴まるように言われます。途中までは順調だったのですが、酒に酔った白人の一人が、リチャードにも酒を飲むように言った時、未成年の飲酒はいけないという母親の教えに従い、“Oh, no!”と答えてしまいます。その瞬間、怒った白人はウイスキーの瓶をリチャードの眉間に投げつけ、リチャードを車から落としてしまいます。つまり、白人は、リチャードが“sir”という言葉を白人への受け答えの中で使わなかったことに憤慨しているのです。その白人がさらにリチャードに危害を加えようとするのを、別の白人が制し、もう十分反省したのだから再び車に乗るかとリチャードに尋ねます。リチャードが歩いて帰ると答えると、白人は笑いながら、「自分たちで良かったたな。他の白人だったら殺されていたかもしれないぞ。ラッキーだと思え。」と言います。先ほどのⅡでも、暴行を受けた黒人のことを、同じ黒人が「レイプされなかっただけでラッキーだ。」と言っており、黒人・白人ともに、白人優越主義の社会で生きるためのルールを熟知しており、それに対して何らの疑問も持たず、日々の生活を送っていることが示されています。

次に、Ⅳに移ります。ここでは、黒人が夜、白人居住区で捕まえられることの危険性について触れています。ある土曜日の夜、リチャード少年は白人居住区へ配達に出かけ、その帰り道でパトカーに止められます。

白人の警官が降りてきて、リチャードに手を上げるように言うのですが、警官は銃を手にしています。警官はリチャードのポケットや配達の箱などを調べますが、何も不審な物は見つからなかったため、残念な表情を浮かべます。すなわち、黒人は常に犯罪を行おうとしているのであり、白人はそれに対し、銃などを用いて懲らしめるのは当然であると考えているのです。

第二講　リチャード・ライト「黒人差別の中で生きる知恵」②

使用テキスト　Wright, Richard. "The Ethics of Living Jim Crow." *Uncle Tom's Children*. 1938. New York: Harper & Row, 1965. 3-15.

第二講では、第一講に引き続き、リチャード・ライトの自伝的短編「黒人差別の中で生きる知恵」の後半部分（Ⅴ～Ⅸ）の説明を行います。この部分では、アメリカ黒人文学の中でも極めて重要なテーマである「性」の問題や、「二重意識」の問題が描かれています。

まずⅤの場面ですが、ここでは、リチャードはホテルのロビー係やフロア係の仕事をしています。冒頭で「ここで私の黒人として生きる知恵は幅が広がり、深みを増した。」とあるように、ホテルを舞台とした黒人と白人の「性」に関する問題はリチャードにとって重要なものであることが示されます。

このホテルは、多くの白人娼婦が利用しており、リチャードも酒やタバコなどを部屋に届けることが多くありました。白人の娼婦は、たいていは裸のままで、黒人のボーイがいても気にもしません。黒人の方も、娼婦が裸でいることを自然なことだと思わなければなりません。娼婦たちは、黒人に対して何らの羞恥心も抱きませんが、それは、黒人を「人間」として見なしていないからなのです。

このように、白人の娼婦は黒人のボーイがいても自分が裸であることを気にも留めず、黒人のボーイも、白人の裸を見ようと思えば、横眼遣いで見ることができます。ところが、彼女たちの客である白人男性がそこにいる場合には、状況は大きく変わります。ある時、リチャードは白人娼婦の世話をするために呼ばれます。そこには白人男性の客がおり、二人の白人は、いずれも裸のままでした。娼婦は、酒が飲みたいと言い、財布を取るために引き出しのある場所へ歩いていきました。その時、リチャードは娼婦の姿を見てしまったのです。白人男性が直ちに言います。「おい、ニガー、一体何を見てるんだ。」リチャードは部屋の壁を、穴が開くほど見つめながら、「いえ、何も。」と答えます。それに対する白人の言葉は、「死にたくなかったら、見てはいけないものは見ないことだ。」というものでした。

次に、Ⅵに移ります。ここでは、同じホテルの同僚でリチャードも良く知っている黒人のボーイが、黒人のメイドと親しくしていました。ところが、突然、警察が彼の家にやってきて、私生児を作るという行為を行った（結婚していないのにメイドを妊娠させた）罪で逮捕してしまいました。ボーイは、そのような（性的な）関係はないと訴えましたが、白人たちは、彼を黒人のメイドと無理やり結婚させたのです。その後、赤ん坊が生まれましたが、結婚させられた黒人のボーイやメイドと比べて、赤ん坊の肌は、はるかに白いものだったのです。このことに関して、ホテルに関係する白人たちは、「どこかの白い牛が、妊娠中のメイドを脅かしたんだろう」といったジョークを言って笑っていましたが、これは、メイドの妊娠は白人によるレイプによるものだったことを示しています。ところが、白人がこの話をするときには、黒人たちは（意に反して）笑った顔を見せなければならなかったのです。

Ⅶの内容は、黒人のボーイが白人の娼婦と一緒にベッドにいるのが発覚した事件のことを扱っています。黒人は文字通り「去勢」され、街から追放されました。直ちにホテルのボーイたちが集められ、次のように警告されました。すなわち、「去勢されたボーイは、非常に幸運な奴だ。次にまた同じようなことが起きたら、ホテル側としては、トラブルを起こす黒人に命の補償はしない。」ということでした。

Ⅷも、黒人と白人の性に関するエピソードです。ある夜、リチャードがホテルの仕事を終えて帰宅しようとしている時、偶然同じ方角へ帰宅する黒人のメイドと一緒になりました。そして、彼らがホテルを出る時、白人の警備員がメイドの尻を触ったのです。リチャードが驚いて振り向くと、警備員は彼をじっと睨みつけ、銃を取り出して次のように言いました。「お前は俺がやったことが気に入らないとでも言うのか。」答えに戸惑うリチャードに、白人の警備員は再び同じ質問をし、リチャードは「そんなことはありません」と答えます。ホテルを出て、リチャードはメイドより前を歩きます。メイドに合わせる顔がなかったからです。そこでメイドはリチャードに追いついて、「馬鹿な事考えないで。仕方がないじゃないの。」と声を掛けます。ちなみに、この警備員は、自分が過去に「自己防衛」という名目で二人の黒人を殺害したことを自慢げに語る人物なのでした。

このような「性」に関わる事件が起こっても、ホテルの運営は驚くほどスムーズに進行していきました。部外者にとっては、何が起こったかを知るのは困難だったことでしょう。黒人のメイドやボーイは、満面に笑みを浮かべて仕事をしていました。そうせざるを得なかったのです。

ここまで、ⅤからⅧまでの概要を述べましたが、それをまとめてみましょう。まず、Ⅴでは、黒人男性と白人女性の関係について述べられています。それは、この両者の関係は、白人男性にとって、決して許されることのない「究極のタブー」だということです。それに対して、Ⅵでは、白人男性による黒人女性のレイプについて述べられていますが、この両者の関係は、社会的に容認されたものです。夥しい数の黒人女性が、奴隷制時代に、白人の奴隷主などによってレイプされました。奴隷解放後も、この種のレイプ事件は多発しましたが、白人男性が罪に問われることはありませんでした。すなわち、黒人女性は、白人男性によって「歴史的なレイプ」を受けてきたと言えるのです。Ⅶでは、白人女性と関係を持った、つまり「究極のタブー」を犯した黒人男性が「去勢」されました。これは文字通り黒人男性の性器を切り取るという「物理的」な去勢です。しかし、Ⅵの内容に戻って考えると、白人にレイプされた黒人女性のことが笑い話として話される時、黒人男性は笑った顔でこの話を聞かなければならなかったのです。すなわち、同じ黒人である女性がレイプという重大な危害を加えられたにも関わらず、それに異を唱えることは許されなかったということであり、これは「精神的」あるいは「心理的」な「去勢」と考えるべきでしょう。黒人男性は、「物理的」及び「精神的」に、二重の意味で「去勢」されているのです。このような、「黒人男性の男性性の喪失」は、Ⅷでも述べられています。黒人女性の尻を触った白人男性に何も言えない、つまり黒人女性を白人男性から守ってあげられないリチャードは、まさに「心理的に去勢された黒人男性が自らの男性性を発揮することができない」状況におり、それゆえ、メイドに顔を合わせることができないほどの恥辱感を持っているのです。ちなみに、Ⅷのエピソードで、白人の警備員が銃を取り出すという描写がありますが、銃はしばしば文学作品で男性性器の象徴として用いられることを考えると、これは、白人男性の男性性を誇示している描写と考えることができるでしょう。最後に、黒人男性と黒人女性の関係を見ると、先にも述べたように、黒人男性は、歴史的に、物理的にも精神的にもその男性性を否定され、黒人女性を守ることができませんでした。つまり、黒人男性と黒人女性は、いわゆる「正常な」男女の関係を持てなかったと言えます。黒人の代表的な文化に、ソウルミュージックやブルースなどがありますが、その多くで、男女間の愛が歌われます。私は、このことは、「正常な男女の関係を持てなかった」が故の、つまり現実では叶わなかった愛情へのあこがれを歌ったものだと思っています。例えば、ビヨンセの歌う“Cater 2 U”には、男性に向けて「いろんなことをしてあげるわ」という歌詞がありますが、アメリカ黒人の歴史を考えると、この歌には、非常に重い意味が込められていることが理解できるのです。

最後に、Ⅸの内容を見ていきましょう。Ⅸの第一段落では、リチャードがジャクソン（ミシシッピー州）からメンフィス（テネシー州）へ移ったと書かれています。メンフィスでメガネ製作会社の支店で働くことになったのですが、“the optical company”と、“the”が用いられていることから、この短編のⅠで述べられていた会社と同じものであることが分かります。つまり、この“the”は、「あの、例の」などの意味です。リチャードは雇われますが、会社から過去のこと（Ⅰでの内容）について何か言われたり聞かれたりすることはありませんでした。

第二段落ですが、冒頭、「『黒人として生きる知恵』が、全く違った形を取るようになった」とあります。

すなわち、暴力を伴うような残酷なものではなく、残酷さは微かなものでした。具体的に言えば、「嘘をつく」（"lie"）、「物を盗む」（"steal"）、「本心を隠す」（"dissemble"）などという行為を身につけたということになります。この中でも注目すべきは、"dissemble"で、「本心を隠す、仮面をつける」という意味であることから、黒人が白人の前で見せる仮面性の問題がここで述べられています。さらに次の文では「二重の役割」（"dual role"）とありますが、これは、アメリカ黒人関連のあらゆる分野で極めて重要なテーマである、「二重意識」のことを指します。つまり、白人の前で「従順で、頭の悪い黒人」という偽りの仮面を被り、その心の奥底には、人間としての怒りなどの感情が押し殺されている、という状態のことであり、本書の「はじめに」でも述べましたが、W・E・B・デュボイスが「黒人の病理」と呼んだ「二重意識」のことです。ただ、黒人にとって、この二重意識を保持するか拒否するかという選択は困難なものでした。なぜなら、二重意識を拒否して自分の本当の姿だけを見せて生きるとすると、たちまち白人による暴力の対象となり、生命を失う危険もあり、また経済的にも、職に就けなくなるなどといった結果を引き起こす可能性があるからです。それゆえ、多くの（決して全てのではありませんが）黒人たちは、「食べて生きていくために」仮面を被って生きる道を選ばざるを得なかったのです。

次の場面では、「図書館から本を借りる」ことについてのエピソードが述べられています。当時、黒人が本を手に入れることは困難でした。黒人は、非常に粗悪な最低限の学校教育を受けた後は、本など必要ないと白人が考えていたからです。リチャードは、職場の白人から本を借りたりしていましたが、ある時、勇気を振り絞って、白人の同僚に、彼の名義で図書館から本を借りるのを手伝ってもらえないかと尋ねました。すると、驚いたことに、その白人は、承諾してくれたのです。承諾した理由として、リチャードは、その白人がカトリック教徒であること、つまり、彼自身が宗教上の理由で他の白人たちから憎悪の対象となっていたことから、黒人に対して同情的であり、それゆえリチャードの願いを聞き入れてくれたのだと考えます。

ここで、なぜカトリック教徒が迫害されていたのか、少し説明します。“WASP” という言葉があります。これは、“White Anglo-Saxon Protestant” の頭文字から作られたものです。“White Anglo-Saxon Protestant” とは、「白人で、アングロサクソン系（イギリスからの移民）で、プロテスタント（キリスト教は、大きくカトリック（旧教）とプロテスタント（新教）に分かれます）である」ことを指します。すなわち、人種、民族、宗教の点で、この “WASP” を頂点に、それから外れる者ほど下に置かれる、一種のピラミッド型の構造が、アメリカという「平等な」国にも存在するのです。特に、宗教の点では、イギリスでの宗教上の迫害を逃れ、メイフラワー号に乗って、マサチューセッツのプリマス植民地に入植したピューリタンたちに代表されるように、厳格なプロテスタント志向が強かったと言えます。それゆえ、白人ではあるものの、民族的にラテン系であり、宗教的にカトリックであったイタリア系の移民などは、アメリカ社会の底辺近くに位置していたのです。有名な映画『ゴッドファーザー』（*The Godfather*）三部作は、迫害から身を守るために結束して生きるイタリア系移民、特にマフィアの「ファミリー」の様子を、見事に描いています。『ゴッドファーザー』は単なる暴力的なマフィアの映画ではなく、イタリア系移民の苦難の歴史や文化などが描かれたものであり、そのような視点で観ると、アメリカ社会全体の構造が見えてきて、多くのことを学ぶことができます。

リチャードが図書館の本を借りたのは、次のような方法でした。すなわち、リチャードは白人になりすまし、「私に代わって、このニガーの少年に、次の本を持たせて下さい。」という手紙を自分で書いて白人の名前を最後にサインして、図書館員に渡すという方法です。図書館の中に入ると、リチャードは、できるだけ「(黒人なので）本などには関心がない」という様子を見せながらカウンターのところに立っていました。読みたかった本がたまたま貸読みたかった本が無事手に入ると、自分の家に持ち帰って読みました。また、読みたかった本がたまたま貸し出し中だった時は、こっそりとロビーへ行き、新しい手紙を書きました。もちろん、架空の白人が（貸し出し中の本の代わりに）何を読みたいかということを、白人の図書館員と一緒に考えるなどという危険は冒せるはずがありません。（それゆえ、リチャードは、密かにもう一枚の偽の手紙を書かざるを得なかったわけです。）そして、この段落の最後には、「もし白人の図書館利用者が、自分が今読んでいる本がかつて黒人の家にも置かれていたということを知ったなら、白人は一瞬も我慢ならなかったことであろう」と書かれています。

次の場面に移ります。まず、メンフィスのメガネ工場は、ジャクソンの時よりも大規模で人数も多く、都会的なものでした。そして、白人の労働者たちは、時には黒人と一緒に何らかの話題について話をすることがありました。その過程で、リチャードは、多くの話題が、白人の視点から見ると「タブー」であることを学びます。白人が黒人と話をしたくない話題は、次のようなものです。

ここでは、セミコロン（；）で区切られた二〇のタブーが列挙されています。それぞれ、簡単に説明していきます。①「アメリカの白人女性」（"American white women"）：これは、白人と黒人の性に関する箇所で述べたように、黒人男性と白人女性との間は、究極のタブーとみなされており、そのタブーを破った黒人男性は、去勢されたり、リンチで殺されて木に吊るされるなどの危害を被ります。②「クー・クラックス・クラン」（"the Ku Klux Klan"）：悪名高い白人至上主義の団体で、KKKと呼ばれることも多いものです。南北戦争で奴隷解放宣言が出された後に結成され、主に黒人とユダヤ人を迫害の対象としています。白装束に身を包み、十字架を燃やして集会を行います。上の①で述べたような、黒人男性への去勢や殺害などを数多く行ってきました。③「フランス、および黒人兵士がそこでどのように楽しんだか」（"France, and how Negro soldiers fared while there"）：第一次世界大戦で、アメリカ黒人が兵士としてヨーロッパに送られました。その中でも、フランスへ送られた黒人兵士は、フランスの自由に満ちた雰囲気の中で、人種差別もあまり行われず、非常に幸せなひと時を送ったのです。このような自由と平等が存在することを初めて知った黒人兵士たちは、戦争の後再びアメリカ南部に戻った時、相変わらず続けられる差別行為に対して、初めて大きな疑問を持つようになったわけです。④「フランスの女性」（"French women"）：フランスの自由に触れた黒人男性は、フランス人女性と関係を持つこともあったことで、これもタブーになっています。⑤「ジャック・ジョンソン」（"Jack Jonson"）：黒人初のボクシング世界ヘビー級チャンピョンです。ボクシングは、男性性のシンボルと捉えられており、黒人男性の男性性を抑圧したい白人男性にとっては、黒人ボクサーが世界ヘビー級チャンピオンになることは耐え難いことでした。そのため、ジャック・ジョンソンは、白人男性の激しい憎悪の対象となり、試合のボイコットや、殺害予告の脅迫など、様々な妨害行為が行われたのです。⑥「合衆国の北部地域全体」（"the entire northern part of the United States"）：ここからは南北戦争に関することです。まず、「合衆国の北部地域全体」というのは、奴隷解放を掲げた北部に対する南部の怒りが示されたものです。⑦「南北戦争」（"the Civil War"）："civil war" とは、国を二分するような「内戦」という意味ですが、このように大文字で表された場合は、通例、アメリカ合衆国の「南北戦争」を指します。これがタブーとなっているのは、この戦争に南部が敗北し、奴隷制廃止など、南部が屈辱を舐めたからです。⑧「エイブラハム・リンカーン」（"Abraham Lincoln"）：アメリカ合衆国第一六代大統領で、南北戦争中に、奴隷解放宣言を発布した人物ということで、奴隷解放に反対する南部からは、激しい憎悪が向けられました。⑨「U．S．グラント」（"U.S. Grant"）：アメリカ合衆国第一八代大統領 Ulysses Simpson Grant の略称です。南北戦争では北軍の将軍として、南部連合軍を率いたロバート・エドワード・リー（Robert Edward Lee）将軍と戦い、勝利しました。南部では伝説的な英雄であるリー将軍を打ち負かした人物として、憎悪の対象となっています。⑩「シャーマン将軍」（"General Sherman"）：これも北軍の将軍ですが、南部の人々は、U．S．グラント将軍よりも激しい憎悪を抱いています。それは、南部の中心都市であるジョージア州アトランタを陥落させた後に、アトランタから大西洋側にあるサバンナまで行進を行いましたが、それは、殺戮と略奪の限りを尽くしたものだったからです。⑪「カトリック教」（"Catholics"）：リチャードに自分の名前で図書館から本を借りることを承諾した人物もカトリックの信者でした。その際にも触れましたが、アメリカは植民地建設の時代から、WASPがあらゆる分野で実権を握っていました。そして、人種、民族、宗教でWASPから外れた人々に対する差別を行ってきました。カトリックの信者も差別の対象でした。⑫「ローマ法王」（"the Pope"）：ローマ法王はカトリックの頂点に位置するもので、差別の対象となっています。⑬「ユダヤ人」（"Jews"）：ユダヤ人も、WASPから外れたものとして差別されました。KKKの暴力の対象が黒人とユダヤ人だったことを考えると、ユダヤ人はアメリカの底辺に位置していたことになります。⑭「共和党」（"the Republican Party"）：現在は、共和党は「保守派」で、民主党は「リベラル」という位置づけがなされていますが、南北戦争当時は、共和党は「奴隷制反対」の立場を取っていたことから、憎悪の対象となっていました。⑮「奴隷制」（"slavery"）：奴隷制は、南部で伝統的に行われていた制度ですが、南北戦争の結果、奴隷制が廃止されることになり、いわば南部の「負の遺産」としての意味を持っていることから、南部の白人は、この話題に触れたくなかったのです。⑯「社会的平等」（"social equality"）：社会的平等という考え方は、奴隷制あるいはその後の黒人差別を根底から否定するものであり、避けたい話題でした。⑰「共産主義」（"Communism"）：共産主義は、その根底に、あらゆる人々が平等であるという考えがあり、南部の白人には受け入れられないものでした。⑱「社会主義」（"Socialism"）：社会主義も、同様の理由で南部の白人には受け入れられませんでした。⑲「合衆国憲法修正第十三条と十四条」（"the 13th and 14th Amendments to the

Constitution"）：合衆国憲法修正第十三条と十四条は、いずれも南北戦争後に制定されました。修正第十三条は、奴隷制の廃止（禁止）で、修正第十四条は、合衆国市民としての諸権利を黒人にも与えるというものです。しかし、その後南部諸州では「ジムクロウ法」が作られ、黒人から公民権が奪われました。真の意味での公民権の獲得は、一九六〇年代のキング牧師やマルコムXらによって導かれた運動を待たねばならなかったのです。⑳「黒人に対して、進歩的な知識や人間としての自己肯定感などを呼び起こさせるようないかなる話題」（"any topic calling for positive knowledge or manly self-assertion on the part of the Negro"）：黒人が自らを白人と同じ人間と考えるような事柄も、タブーでした。あくまでも黒人を自分たちとは違う「人間以下の存在」に留めておきたい白人の思いが根底にあります。

　次の場面では、様々なトラブルを回避するためにリチャードが身に着けた「巧妙さ、知恵」（"ingenuity"）といったものの中で、エレベーターに関するエピソードが述べられています。南部の慣習として、男性はエレベーターに乗る時には帽子を外さなければなりませんでした。そしてこれは特に黒人に対して厳しく定められた慣習だったのです。ある日、リチャードは、両手いっぱいに荷物の箱を抱えてエレベーターに乗りました。それゆえ、帽子を取ることができませんでした。二人の白人がリチャードを睨み付けますが、一人の白人が、親切にもリチャードの帽子を取って、箱の上に載せてくれたのでした。さて、この時、リチャードはどのような行動を取るべきなのでしょうか。このような状況で黒人が取るべき最も一般的な動作は、視界の端で白人を見て、にやにや笑いを浮かべるというものです。驚くべきことに、ここでは"Thank you."と言ってはならないのです。"Thank you."と言うことは、黒人の自分が白人から（一人の同等の人間としての）個人的な助けを得たと思っていると白人に思わせるからです。このような行為のために白人から殴られた黒人をリチャードは何度も見てきました。さて、リチャードは、最初に挙げたにやにや笑いは気が進まないし、

"Thank you."は危険だと思い、二つの選択肢の中間にある、安全な方策を探し出します。それは、白人が帽子を取ってくれた瞬間に、両手で抱えていた荷物の箱が崩れて落ちそうになり、必死で落とさないようにしている「ふり、あるいは演技」をするというものでした。そしてそれは、白人が親切に帽子を取ってあげたことにリチャードが気付かない「ふり」をしたということにもなります。こうして、リチャードは、白人の個人的な助けを認めなくても良く、同時に、苦しい状況にあっても、人間としての自負を辛うじて保つことができたわけです。

この作品の最後の段落では、黒人が生きることを強いられている不条理な状況について、黒人自身はどう思っているかが述べられています。リチャードは、その答えとして、エレベーター係をしている友人の言葉を紹介して物語を閉じています。すなわち、友人曰く、「もし、警察やＫＫＫなどのリンチを行う白人の群衆がいなかったら、すぐにでも俺たちは暴動を起こすさ！」ということです。

第三講　ラングストン・ヒューズ「教授」

使用テキスト　Hughes, Langston. "Professor." *Laughing to Keep from Crying*. New York: Aeonian Press, 1952. 97-105.

本章では、ラングストン・ヒューズ（Langston Hughes）の短編小説「教授」（"Professor"）を読みます。まず、この作品の冒頭部分ですが、奇妙な描写が行われています。一般に、高級なリムジンがホテルに滞在している人物を迎えに来る場面を想像してみて下さい。ホテルもおそらく高級なもので、その人物とは、重要な地位にいる人物でしょう。普通なら、リムジンの運転手がホテルのフロントに行き、ある人物を迎えに来たことを告げ、それを受けて、フロント係が、その人物の部屋に電話をかけ、その後、その人物がエレベーターなどでゆっくりと降りてくる、という場面が想像されます。ところが、この作品では、全く違う状況が描かれています。

まず、この作品の主人公であるブラウン教授（Dr. Brown）が泊っているホテルは、決して高級なものではなく、「温水も出ず、引き出しは壊れていて開けにくく、暖房も効かない」、粗末な「黒人専用」のホテルです。次に、この作品では、「白人の運転手が、ブラウン教授を迎えに来たことを告げるためにフロントへ向かう」のですが、「ブラウン教授はすでにロビーで椅子に座っており」、さらに、「運転手がホテルの中に入ってきた瞬間に、運転手に近づいて行き、『チャンドラーさん（Mr. Chandler）のお車ですか？』と尋ねている」のです。「普通」の場合と、この作品での場合の違いは、もちろん、ブラウン教授が黒人であるからですが、さらに重要な点は、この違いに、ブラウン教授の意識が大きく関わっていることです。

ブラウン教授の意識とは、白人に対して態度を低くすることです。それは、準備万端でロビーで運転手を待っていること、「チャンドラーさんのお車ですか？」と尋ねる時、「ためらいがちに」という態度を示していること、さらに、ブラウン教授の様子が、「身なりをきちんとした、小さな体格の黒人」とあるように、「重要な人物」からかけ離れた描写がなされていること、そして、「微笑んで、軽くお辞儀をしながら」とあるように、白人に対してへりくだった態度を取っていること、などの点に表れています。また、車に乗った後に、「ブラウン教授は、ガラス越しに、自分の前にいる制服を着た運転手の威厳に満ちた白い首を見ていた。」という文がありますが、「白い首」をした白人が「威厳に満ちている」と考えるブラウン教授は、白人に対するあこがれも抱いている人物であると言えます。

次に、運転手にドアを開けてもらい、豪華なリムジンに乗り込んだブラウン教授が、柔らかいクッションや運転手が掛けてくれたひざ掛けの中でくつろいでいる様子が描かれていますが、その直後には、豪華なリムジンとは対照的な、黒人街の描写がなされています。通りを走る子供たちは「灰のような色をして」、すなわち「血色の悪い」と描かれ、リムジンが走り抜ける黒人街は、質屋、安っぽい酒場、豚足を売る店、外観の悪い映画館、美容室、その他、地域の貧しい黒人が営業している今にも崩れ落ちそうな店などが並んでいます。ブラウン教授は、彼の勤める大学の資金集めのための講演を行いながら中西部の大都市を回っているのですが、どの街の黒人街も、同じような貧しい外観を呈しています。そのような黒人街の様子に、ブラウン教授は、「残念に思う、嫌だと思う」（“regretted”）とあるように、嫌悪感を抱いています。そして、「ブラウン教授は、貧しくだらしない様子をした、このような典型的な黒人街の不快な光景から目を背けた」のです。すなわち、ここでのブラウン教授は、同胞である黒人の街に対して、激しい「恥辱感」を抱いており、自らの意識からその光景を排除しようとしています。このような、「同胞の否定」は、最終的には「自己の否定」へと繋がるものです。そして、「自己を否定する」ブラウン教授は、先にも挙げたように、運転手の「威厳に満ちた白い首」にあこがれを抱きます。さらに、ブラウン教授は、毛皮に包まれて「暖かく心地よい」感情を楽しんでいます。

次の場面での“But”は重要です。ブラウン教授は、心地よさを楽しんでいるのと同時に、「安全とは言えない」（“unsafe”）とあるように、ある「恐怖心」を感じています。それはなぜでしょうか。この時ブラウン教授がいる場所は、中西部と南部の境界のような場所です。そのような「南部」の習慣が残る場所で、「白人が運転する高級車に黒人が乗っている」のを見られたら、と恐怖を感じます。これは、もし今の様子を快く思わない白人に見られたら、つまり、ＫＫＫのような、黒人を憎悪する者たちに見られたら、リンチにされてしまうのでは、という恐怖心が頭をよぎったのです。しかし、その次に置かれた、もう一つの“But”によって、この恐怖は抑えられます。すなわち、「これは、あの大富豪で強い影響力を持つチャンドラーさんの車だから、危害が加えられることはないだろう」という期待のこもった安心感です。

ここで、ブラウン教授の「意識」についてまとめてみましょう。まず、彼は黒人街に嫌悪感を抱いていますが、これは黒人同胞の現状をブラウン教授が認識しているということも含んでいます。ところが、それを覆い隠すように、白人運転手への憧れと、心地よい気分に浸る自分を感じています。この感情は、表層の意識と考えて良いでしょう。ところが、心の奥底で、ブラウン教授は、ＫＫＫなどへの恐怖を感じています。これは、アメリカ黒人という民族の無意識の中に埋め込まれた反応だと言えます。すなわちこれは、深層の意識、または「民族的な集合的無意識」と呼ばれるものです。しかし、この深層意識を打ち消すように、ブラウン教授は、強大な権力を持ったチャンドラー氏の庇護の下にいると自分に言い聞かせて安心感を得ようとしています。このように、ブラウン教授の意識は、表層と深層の意識の間で行ったり来たりを繰り返していると言えます。

次の部分では、ブラウン教授がどのようにしてチャンドラー氏の家に招かれたのかについて書かれています。ブラウン教授は、南部の小さな黒人専用の大学に勤めています。そして、チャンドラー氏は、その大学に関心を持ち、資金援助をして大学を大きなものに変えようと考えています。そこで、チャンドラー氏は、部下を使ってブラウン教授に関すること、特に彼の著書である『偏見の社会学』の内容について調べさせ、その保守的で白人に好まれる内容に満足し、資金や研究のための高い地位を与えることを考え、いわば「最終面接試験」のような意味で、ブラウン教授本人を自宅へ招いたのでした。

ブラウン教授の泊っているホテルは、「黒人専用」のホテルで、「温水も出ず、引き出しは壊れていて開けにくく、暖房も効かず、ホテルのボーイが何度も酒や売春婦の斡旋をする」という、いわゆる赤線地帯に位置する安宿でした。その街では、黒人は一般のホテルには泊まることができず、かつて有名な歌手がこの街でコンサートをした時も黒人専用のホテルにしか泊まれないという状況でした。そのような貧しい場所に白人の運転手が迎えに来るということは、ブラウン教授にとっては恥ずかしいことでしたが、リムジンに乗って暖かいひざ掛けにくるまっているのは、楽しく心地よい瞬間でした。

チャンドラー氏の家は、非常に広い敷地の中にあり、まるでホテルのように大きく美しい邸宅でした。その中へ、ブラウン教授が入っていくと、チャンドラー夫妻と、この街の白人専用大学で同じく社会学を教えるブルウィック教授（Dr. Bulwick）の3人が談笑しています。ここで注目すべきは、この場面で何度も使われている"ask"という単語です。先ほど「最終面接試験」という表現を使いましたが、ここでの白人たちは、ブラウン教授に、講演のこと、聴衆の様子、大学への資金援助のこと、そして彼の著書『偏見の社会学』の内容について、さまざまな質問を浴びせ、彼が白人にとって都合の良い、信頼すべき人物かどうかを調べる、いわば「尋問」のようなことを行っているのです。

ブルウィック教授から「黒人問題は将来解決するかどうか」について聞かれた時、ブラウン教授は「我々は確実に進歩を遂げています」と答えますが、彼はそれが偽りだと知りながら答えているのです。さらにブルウィック教授が「人種間の交流」について話を始めた時、「思わず」（"In spite of himself"）とあるように、ブラウン教授は「無意識に」（すなわち仮面を外して）「あなたの大学には黒人は入学できませんよね。」

と言います。これに対し、ブルウィック教授は、資金がないなどの理由を述べ、また、チャンドラー夫人は、「黒人の人々は黒人だけの方が嬉しいのではないかしら。人種が入り交ざることは黒人・白人の両方にとって良くないわ。」という言葉を発します。すると、ブラウン教授は再び「思わず、無意識に」（"In spite of himself"）、「それは場合によります。私は黒人大学では博士号を取れませんでしたから。」と答えます。しかし、それに対し、チャンドラー氏は、「確かにそうだが、もし我々が、君の大学への援助を行い、君のような人物が学部長になるという提案をすれば、もう君は『それは場合によります。』などとは言わないと思うのだが。」と、資金援助と地位の約束をちらつかせ、あからさまな「買収」を図るのです。

このチャンドラー氏の「申し出」という名目の「買収」を聞いたブラウン教授は、「おっしゃる通りです。」（"You are right,"）を四回も繰り返し、「我に返って」（"coming to himself"）とあるように、無意識から意識へと切り替わり、自分がここに来た「目的」（"mission"）を思い出し、チャンドラー氏から前もって提案されていたと思われる、「社会学部の部長の座、六千ドルの年収、それによって叶えられる調査研究と本の出版」などのことを思い出します。それでも一瞬、黒人街の貧しい様子や「人種で分離されたホテル」（"the segregated hotel"）や「黒人専用の学校」（"the Jim Crow schools"）、そして「南部の、あの人種で隔離された不平等な裁判」（"that separate justice of the South"）のことを考えますが、最終的には四度目の「おっしゃる通りです。」（"You are right,"）で、完全にチャンドラー氏とその資金力に屈服してしまうのです。これは、ブラウン教授が、無意識の領域では、アメリカ社会に根強く残る黒人に対する差別に反対しているわけですが、意識の領域では仮面を被り、白人に服従する姿が描かれていると言えます。換言すると、「社会的」な不正が行われていることを知りつつ、ブラウン教授は「個人的」な利益を選択した人物であると言えるのです。

この後に召使から発せられる「夕食の準備ができました」（"Dinner is served"）は、象徴的な表現です。すなわち、もうこの先ブラウン教授が無意識の正義を唱えることはなく、「餌」を与えられた動物が「飼い慣らされて」いくように、白人に服従するだけの人物になり果てたことを意味する「儀式的」表現と捉えるのが妥当でしょう。その後、白人たちとの会話は楽しく行われ、ブラウン教授は、「六千ドルの年収と、それを使って夏に、黒人であることを意識しないで済む南アメリカへ旅行に出かけること」などを考えます。その直後の「我々が必要としているのは・・・」は、具体的な援助を申し出ている場面ですが、その時一瞬、ブラウン教授は、自分が貧しい大学生だったこと、その黒人専用大学の偏差値は北部の高校より低かったこと、南部では（人種分離政策のため）取得できない博士号を取るために北部のボストンに行き、ウェイターをしながら七年もかけて大学院に通ったこと、そして、北部では仕事を見つけることができずに、南部へ戻り、今の大学の職に甘んじていることなどを思い出すのですが、再び、六千ドルの年収とそれによって可能になる調査研究、夏に黒人であることを意識しないで済む南アメリカへ旅行に行くことを考えるのです。

次の場面は重要です。ここには、チャンドラー氏がブラウン教授を自宅に招いた理由、つまり、黒人大学へ資金援助を行う本当の理由が書かれているからです。南部の黒人専用大学への援助の額は、大富豪のチャンドラー氏にとっては取るに足らないものでした。それよりはるかに重要なことは、自分たちの街に黒人専用大学を作るよりも、同じ黒人であるブラウン教授のような教員が教える南部の新しく整備された大学へ黒人を送り出す方が、チャンドラー氏やブルウィック教授にとっては都合が良いということです。要するに、人種の分離を推進することが、この白人たちの真の狙いだったわけです。（この作品でチャンドラー氏を形容する表現として、「博愛主義的な」という単語が使われていますが、チャンドラー氏の真の狙いが明らかになった今は、この表現は痛烈な皮肉として使われていることが分かります。）

楽しく過ぎた夕食と会話の後、ブラウン教授は白人たちと握手をして、再びリムジンでホテルまで送られるのですが、その時の様子は、作品の最後の段落にあるように、「柔らかい毛皮の敷物や深々としたクッション」の中に身を埋め、「人種分離教育に調子を合わせて踊ることによって得られる六千ドルの年収と、黒人であることを意識しないで済む、南アメリカへの夏の旅行を思い浮かべている」と表現されています。すなわち、黒人差別や人種隔離政策に反対する、黒人としての「社会的」責務を放棄し、「個人的」な報酬を選んで白人に屈服するブラウン教授に対して、作者からの痛烈な批判が述べられているのです。

第四講　大城立裕「カクテル・パーティー」

使用テキスト　大城立裕『カクテル・パーティー』（一九六七）『沖縄文学全集第七巻』所収、国書刊行会、一九九〇年、二五七−三〇三頁。

大城立裕の「カクテル・パーティー」は、一九六七年に、沖縄初の芥川賞を受賞した作品です。この小説は、前章と後章に分かれていますが、まず、前章の冒頭の段落を見てみましょう。主人公の「私」が、沖縄の米軍基地内にある、ミスター・ミラーの自宅で開かれるパーティーに参加するために、基地のゲートに着いた場面です。米軍人に招待されたということで、守衛が電話で確認をとれば、そのまま入っていくのが普通です。ところが、「私」は「そのまま行って何ともありませんか」と、「やはり」尋ねるのです。それは、十年前の苦い経験があるからです。十年前に、「私」は、特に用事もないのに、基地を通り抜けて自宅までの近道をしようとします。ところが、途中、道に迷ってしまい、ようやく出られたのですが、途中で「恐怖」を感じており、妻からも叱責されます。

作品の二番目の段落には、基地内の描写とともに、「私」の心理が描かれています。まず、基地内の「道」についてですが、「二手にわかれて」おり、「奥のほうで、また幾手かに岐れて」います。そして、「この道路設計がくせもので」、「直線でなく曲がりくねっている」ので、「十年前にひどいめにあった」わけです。なぜ、このような描写があるのでしょうか。それは、ここで描かれている基地内の「道」自体が、「私」を惑わせる、あるいは、欺くものだからです。しかも、「曲がりくねっている」という表現は、英米の文学作品にも使われますが、「蛇」を連想させるものです。すなわち、基地内の道は、「蛇」のように不吉で（英米では悪魔の象徴です）、人を欺くものであることが示されているのです。この「欺く」という点は、作品の後章で主人公がミスター・ミラーに欺かれることを暗示しているとも言えます。

主人公の意識ですが、この冒頭の二つの段落では、「そのまま行って何ともありませんか」と、「やはり」尋ねたり、「道路設計がくせもので」、「直線でなく曲がりくねっている」ことで「十年前にひどいめにあった」ことが思い出されます。すなわち、この描写は、主人公の見たままを描写しているので、主人公の、自分ではっきり気付かない、いわば「無意識」または「深層の意識」が現れているということが言えるのです。その「意識」とは、十年前の記憶、すなわち、「恐怖」を感じた記憶から来ています。分かりやすく言えば、主人公は、作品の冒頭部分から、米軍基地に入ることに対して、心の奥底で「恐怖」や「不信感」を抱いていることが分かるのです。

十年前の記憶では、「恐怖」を感じた部分に、重要な描写があります。それは、主人公が「ここもやはり自分の住んでいる市のなかだという意識をにぎりしめようとするが、なんとも無理だった。」と回想している部分です。すなわち、主人公は、住む場所という生活の土台にあたる部分に確信が持てない状態にいます。あるいは、自分の重要な土台が揺らぐのを経験しているとも言えます。「私」が「おなじ道をぐるぐるまわっていた」というのは、まさにその土台の揺らぎ、そして最終的には、「私」のアイデンティティー（自分が何者なのかという認識）が危機に晒されている状況を表しているとも言えるのです。

このように、主人公の「私」は、作品の冒頭から「恐怖」や「不信感」を心の奥底で感じており、それゆえ、十年前のことを思い出す時、最初に「やはり今日のように蒸し暑い午後だった。」と感じるのです。「蒸し暑い」とは、「息苦しさ」を伴うものです。すなわち、主人公は、基地内に入る時に「息苦しさ」を感じており、それゆえ、道に対して「不信感」を抱き、基地の中にいることに「恐怖」を感じているのです。

ところが、一方で「私」は、「でも、今日はいい気持ちだ。」と感じ、「蒸し暑さを忘れて、私はたのしんだ。」とあります。主人公は、「蒸し暑さ」すなわち、「不信感」や「恐怖」を押し殺して、「いい気持ち」を持ち、「たのしんだ」のです。それができたのは、「ミスター・ミラーのパーティーに招待されたのだ。」という安心感、あるいは優越感です。このパーティーには、様々な「特権」があります。まず、「ミセス・ミラーの愛嬌ある美貌と豊麗な体格にお目にかかれる」こと、「うまい酒がのめる」こと、「食事に税金がかからないから、とびきり安い」こと、そして、「現地の人間が誰でもはいれるというものではない」ことなどが挙げられています。そのような「特権」を、主人公は「選ばれた楽しみ」と感じ、「蒸し暑さ」を「忘れる」のです。言い換えると、主人公の表層意識には、「自分は他の沖縄人とは違って、米軍基地に入ってパーティーを楽しむことができる」という、同胞の沖縄人に対する優越感が存在しています。そして、それと同時に、米軍基地に対する「不信感」や「恐怖」を深層意識に持っていますが、必死でそれを抑えようとしている状態に「私」はいるのです。

そのような意識を持った主人公が楽しむパーティーとは、どのようなものなのでしょうか。結論から言えば、それは、表面上楽しい雰囲気で会話が進むのですが、決して自分の本心をさらけ出すことのないものです。例えば、「駆け付け三杯！」の意味を論じたり、沖縄がかつて中国の属領であったことを話したりする時、ジョージ・H・カー博士の『琉球の歴史』が話題に上りますが、「あの本は、アメリカの政策のためにしようと書かれた本か」と思っているのですが、主人公は「言いよどみ」、自分の考えを「さすがに口にだしかねた」とあるように、本心を隠しています。さらに、日本人の小川氏が、中国のある小説の中で戦争中に飛行機の音を聞いた母親が自分の子の首を絞めて殺してしまうという描写があることを述べた時、沖縄人である「私」は、思わず、「沖縄にもありましたよ」と言いますが、その先に「しかも」、「ときには日本兵がやったのだ」と言いかけたのですが、酒を飲み、「どうも戦争の話は」と言って、本当に言いたかったことを飲み込んでしまいます。さらに、「私」は、「ほんとうは戦争の話ではなく、その奥にもうひとつの核があるのだ。」とも思っています。このように、一見、楽しそうに話をしているパーティーは、表面的な知識やジョークで会話が弾んでいますが、本音は出さず、「言ってはならないこと」は飲み込んでしまうというものだったのです。

パーティーに参加している皆がそのような上辺の会話を楽しんでいる時、ある「事件」が起こります。ミスター・モーガンというアメリカ人の息子が行方不明になったということで、パーティーは一時中断され、「私」も含めたパーティーの参加者たちは、手分けしてその子供を探すのですが、その結末は、ミスター・モーガンの家で働く沖縄人のメイドが、子供を自分の実家に連れて行っていた、というものでした。それを知った「私」は、「そのメイドの底抜けの善人ぶりを、声をはりあげて謳歌したく」なるのです。ところが、これは作品の最後近くになるのですが、このメイドによる「誘拐」が、主人公の人生に決定的な影響を及ぼすことになります。

前章の最後の部分では、再び始まったパーティーの楽しそうな様子が描かれています。参加者たちは、まるで「二次会はこれからだぞというようなはしゃぎようで」、会話を楽しんでいます。ここで、先ほどメイドが実家に子供を連れ帰ったことを知らせたリンカーンという若者が紹介されています。彼は、「親切そうな男」、「軍の劇場の照明係、母がメキシコ系で国際親善のおかげで生まれた」と紹介されていますが、この「劇場の照明係」という職業には、「架空のもの、偽りのもの」という意味が込められ、「国際親善」という表現にも、後の後章で描かれる「国際親善の欺瞞」を考えると、皮肉な意味が込められていると考えられます。

さて、後章ですが、その冒頭部分を詳しく見てみましょう。まず、「蒸し暑い夜」という表現ですが、前章では「蒸し暑さを忘れて」とあるように、「私」の表層意識が「蒸し暑さ」という不安や恐怖などの深層意識を抑え込んでいましたが、後章では、「蒸し暑い夜」とあるように、後章全体を包み込むように使われています。次に、最も重要なことですが、前章で「私」となっていた主人公を表す表現が「お前」という二人称の表現に変わっています。これは、パーティーを楽しんでいた主人公の表層意識に対して、深層意識が

「怒り」を込めて批判的に呼んでいる表現と考えるのが妥当でしょう。さらに、「金網の内側で」パーティーを楽しんでいた時に、「M岬」（おそらく実在の真栄田岬と考えられる）で娘の事件が起こっていたとありますが、前章の場面は「金網の内側」で起こっているものでした。そこでは偽りの国際親善が前面に出されており、また、主人公にとっては「非日常」的な「あこがれ」を体現した空間だったわけです。それに対し、後章では、ほとんどが金網の外、つまり戦後の沖縄で「世間いたるところに起こっている」と述べられているように、現実に主人公を取り巻く、厳しく不条理な「日常」で起こった、娘の事件が語られているのです。

娘の「事件」とは、主人公の家の「裏座敷を借りている」ロバート・ハリスというアメリカの軍人が、娘をM岬に誘い出して強姦したことと、その後に娘がハリスを崖から突き落としたということの二つが含まれたものでした。最初に主人公は、娘が強姦された事件を告訴することを考えましたが、娘は「米軍要員にたいする傷害の容疑で逮捕」されます。ここで主人公は、「この土地では犯罪捜査を琉球政府の警察と米軍のＣＩＤとの二本建てでやっていて、軍関係のものはＣＩＤがやる」ことは以前から知識として知っていましたが、実際に娘が逮捕されると、「ＣＩＤやＣＩＣについて、お前はなにも知らない」ことを悟ります。そして、この状況に関する「イメージは一寸もひろがら」ず、「想像を頑固に拒否するなにものか」があり、それは「発言を拒絶される世界として」感じられ、最終的には「想像の拒絶につながって」いたのです。また、主人公は、告訴の手続きの過程で、「お前のつとめる行政機関（琉球政府）が政府とはいいながら、その上にもうひとつそれを監督する政府がある」こと、「琉球政府の裁判所は軍要員にたいして証人喚問の権限を持たない」ことなどを知り、行政や司法に関して「二重の構造」があることを理解します。すなわちそれは、「二つの世界」が存在するという感覚、「自分の周囲に自分の手の届かない世界がいつまでも存在する」という感覚であり、いわゆる「状況からの疎外感」、「アイデンティティーの喪失感」という感覚につながるものなのです。このようにして、実際に自分に降りかかってきた「事件」を通して、ようやく主人公は、自分の、あるいは全ての沖縄人の置かれている状況の不条理性を考え始めるということになります。

ここで、ＣＩＤとＣＩＣについて説明します。まず、ＣＩＤとは、Criminal Investigation Department（犯罪捜査局）の略称です。次に、ＣＩＣですが、これは、Counter-intelligence Corps（対諜報部隊、防諜部隊）の略です。この二つは、ちょうどアメリカという国全体で考えた場合のＦＢＩとＣＩＡに似ています。ＦＢＩは、Federal Bureau of Investigation（連邦捜査局）で、ＣＩＤも同じように犯罪の捜査を行う部署になります。一方、ＣＩＡは、Central Intelligence Agency（中央情報局）で、敵国の情報を収集する組織ですが、スパイ行為、破壊行為なども行うことで知られています。ＣＩＣは、このＣＩＡと同じような組織ということになります。この作品では、娘の事件がＣＩＤという主人公の想像を拒否するものによって捜査されていることが書かれていますが、もう一つ、重要なことがあります。それは、後に明らかになるのですが、主人公と小川氏、孫氏に声をかけて中国語の勉強会を作ったミスター・ミラーの職業がＣＩＣだということです。すなわちミスター・ミラーは、この三人の人物が共産主義の中国に関係していないかどうかを調べるために近づいてきた、スパイだったということになります。後にも触れますが、「仮面性」という観点から考えると、ミスター・ミラーは「職業的に仮面を被る人物」であると言えるのです。

娘の事件の告訴を行うために主人公はまず、ミスター・ミラーに助けを求めますが、断られます。そこで中国人の孫氏に相談しますが、孫氏から、鋭い批判が返ってきます。それは、戦争中に、孫氏の妻が日本兵によって強姦されたということと、その時主人公は何をしていたのかを問うことです。主人公はその時中国にいて、「部下兵隊のひとりが中国人の物売りからひったくりのようなことをやったとき、義憤のようなもののできつい折檻をしたものの、あとで中隊長からそれを批判されて一言も反論しなかった」ことを思い出します。それは、自分が加害者であるという認識であり、その認識が、この「カクテル・パーティー」という作品が高く評価され、芥川賞を受賞する大きな理由になっています。すなわち、この作品は、沖縄の抱える不条理な状況における被害者の意識を扱っていますが、それに加害者としての認識を加えることによって、被害者としての意識も強固なものになるということです。あらゆるものには両面が存在しますが、差別という問題にも、被害と加害という両面が存在していることを、この作品は訴えているのです。

孫氏との会話の後、主人公はいったん告訴を取り下げ、そこへ再びパーティーの知らせが届きます。パーティーはいつものように楽しい雰囲気で進んでいきますが、先に挙げたリンカーンというアメリカ人が、「ミスター・モーガンがメイドを告訴した」ことを告げます。その瞬間、主人公は「フォークを音をたてて皿になげ」ますが、これは主人公が極めて大きな衝撃を受けたことを表しています。

では、なぜ、メイドの告訴にそれほど大きな衝撃を受けたのでしょうか。それは、メイドと自分の娘が重なって見えたからに他なりません。ここで「誘拐」というキーワードを考えてみます。ミスター・モーガンのメイドは、善意で子供を実家に連れて行ったにも関わらず、「誘拐」した罪で裁かれます。一方、主人公の娘は、ロバート・ハリスに明らかに「誘拐」されて強姦されています。すなわち、この二つの「事件」で裁かれるのは、「誘拐した」メイドと「誘拐された」娘であり、この両者がともに告訴され裁かれるのは、明らかに論理として矛盾したことです。そして、この矛盾こそが、沖縄の置かれている不条理な状況をあぶりだしていると言えます。

偽りの会話を始めようとするミスター・ミラーに対して主人公が発する「その問題にそれほど興味をおもちですか」という言葉を境に、主人公はパーティーや国際親善といった偽りの仮面を脱ぎ捨てることを決意し、ミスター・ミラーに対して次のように述べます。「おたがいはほんとうに論理に忠実に生きているでしょうか。いや、論理的に行動すべきことを、生活のなかできびしく定めて生きているでしょうか。（中略）この安定は偽りの安定だ。（中略）あなたは傷ついたことがないから、その論理になんの破綻も感じない。いったん傷ついてみると、その傷を憎むことも真実だ。その真実を蔽いかくそうとするのは、やはり仮面の論理だ。私はその論理の欺瞞を告発しなければならない。（中略）このさいおたがいに絶対的に不寛容になることが、最も必要ではないでしょうか。」このように、娘の事件を告訴する過程で経験した、沖縄における「状況の不条理性」や「論理の矛盾」を認識した主人公は、「偽りの安定」に基づく「仮面の論理」や、ミスター・ミラーの、「傷ついたことのない」者の「論理の欺瞞」、そして「真実を蔽いかくそうとする」、「仮面の論理」を告発します。このように主人公は、不条理な状況に対して「絶対的に不寛容になる」ことの必要性を認識したのです。

最後にもう一点、この作品には重要なテーマが提示されています。すなわち、「カクテル・パーティー」における「状況の不条理性」を最も象徴的に表しているものは、「性」に関わる問題だということです。まず、抑圧される側の女性は、抑圧する側の男性によって「強姦」という形で蹂躙され、しかもその男性は罪に問われることはありません。では、抑圧される側の男性に関してはどうでしょうか。ここで主人公とミセス・ミラーの関係を考えると、まず「前章」での主人公は、「ミセス・ミラーの愛嬌ある美貌と豊麗な体格にお目にかかれる」ことを楽しんでいます。ところが、「後章」において娘の事件に関してミスター・ミラーに協力を求めに行き、それを断られた時、主人公は次のような反応を示すのです。「ミセス・ミラーの豊かな二重顎がお前の眼をつよく射た。お前は、布令刑法の一節を思い浮かべた。『合衆国軍隊要員である婦女を強姦し又は強姦する意志を持ってこれに暴行を加える者は、死刑又は民政府裁判所の命ずる他の刑に処する。』」この場面での「ミセス・ミラーの豊かな二重顎がお前の眼をつよく射た」という文章は、一見「前章」における「私」の「楽しみ」を表す表現に似通ったものですが、ここで重要なことは、それと同時に主人公が、「合衆国軍隊要員である婦女を強姦し又は強姦する意志を持ってこれに暴行を加える者は、死刑又は・・・」という「布令刑法の一節を思い浮かべ」るということです。娘の事件を通して裁判の不平等を経験した主人公は、抑圧する側の男性は強姦事件で罪に問われず、抑圧される側の男性は同様の事件を犯した場合に「死刑」になるという「論理の矛盾」を理解するのです。

関連論文①　「教授」と「カクテル・パーティー」の比較考察

追立祐嗣「アフリカ系アメリカ人の文学と沖縄文学――二重意識の問題を中心に」沖縄国際大学公開講座委員会編『異文化接触と変容（沖縄国際大学公開講座8）』（東洋企画、一九九九年）所収、一九三―二三八頁。

はじめに

「アフリカ系アメリカ人の文学」、あるいは一般的には「アメリカ黒人文学」と呼ばれる文学ジャンルにおける伝統的かつ極めて重要なテーマの一つとして、「二重意識」の問題が挙げられる。すなわちそれは、苛酷な奴隷制度の時代から今日に至るまで、アメリカ合衆国における黒人の大多数は、主として白人によるリンチなどの暴力から身を守る術として、二つの意識、すなわち、白人を前にした時に意識的にとる道化的な態度と、その奥に潜む人間としての真実の姿とを、常にその心の中に併せ持って生きてきたということである。別の言い方をすれば、物理的生存と精神的生存を両立させるための手段として、このような二重意識を持ち続けてきたということなのである。

このようなアメリカ黒人の二重意識に対する、黒人作家達の反応であるが、まず二〇世紀初頭にW・E・B・デュボイスは、その著書『黒人のたましい』において、黒人の精神の健全な発達を妨げるものは、自らの仮面性とその結果としての分断された意識の問題に他ならないことをいち早く指摘した。その後も、リチャード・ライトをはじめとする多くの黒人作家達が、二重意識やそれに関連する「仮面性」の問題を取り上げてきた。黒人の真の欲求とは何か、そしてさらに、黒人とは一体何者なのかという問いに直面する黒人作家達は、それぞれの方法で、仮面の中に隠された意識の奥深くへと入っていったのである。

一方、アフリカ系アメリカ人とは異なった歴史的経験を有する沖縄においても、いわゆる「抑圧されてきた」という共通の歴史の中で、このような二重意識や仮面性の問題を扱った文学作品が見られる。本論では、最初にアフリカ系アメリカ人の文学において二重意識の問題がどのように扱われてきたかを概観し、次に戦後沖縄文学の中から今回は特に大城立裕氏の「カクテル・パーティー」に焦点を当て、二重意識の問題がこの作品の中でいかに重要な位置を占めているかを検討し、二つの文学の間に存在する類似点を探っていきたい。

I　アフリカ系アメリカ人の文学における二重意識の問題

1．仮面性と二重意識の病理

アメリカ黒人の二重意識すなわち、一方ではアメリカ合衆国において多数派を形成する白人の暴力から身を守るために、白人から好まれるようなイメージを持つ仮面を被りつつ、他方では自己の実体を心の奥底に隠し続けるという意識の二面性の問題は、アフリカ系アメリカ人の文学における主要なテーマであるばかりでなく、アメリカにおける黒人の文化的背景全般において常に論じられてきた事柄である。例えば、黒人文学批評家エドワード・マーゴリーズは、その著書『アメリカの息子たち』（一九六八年）の中で、このような黒人の精神的状況について次のように述べている。

アメリカ的状況において生きのびるため、黒人はみずからの威厳の維持を可能にすると同時に、偏執病的な白人文明を脅かすようには思われない文化を形成する必要にせまられてきた。（中略）黒人文化が外部にむかって示すきわめて特徴的な表現は、奴隷時代からの遺物である、あのにやにや笑う道化役者のマスクである。黒人は、白人から期待されている役割を直観的に悟り、かつそれを現実に演じることを余儀なくされてきたのだ。しかし、黒人社会の内部においては、まったく別個の状況が支配している。動作、身振り、会話のリズム、言葉のイメージ、これらはすべて白人世界から（すくなくとも、部分的には）切りはなされたさ

まざまの意味のニュアンスを伝えている。（一一四）

しかしながら、ここで問題となるのは、このような表面上の偽りの「外見」が、時として、まさに「現実」に、人間の精神の一部を形成するようになるという事実である。すなわち、元来は「生きのびるため」に「道化役者のマスク」を被るという、いわば「演技」としての行為にすぎなかったものが、時を経るうちに黒人の意識の極めて重要な部分を形成するようになるということなのである。従って、多くの黒人作家達がこのようにして形成された二重意識の問題を執拗に追い続けてきたのは、彼らがこのような虚偽と真実が同居する意識の二面性を、黒人の「病的」心理とみなすからなのである。すなわち、黒人達が奴隷制以来、その仮面性や分断された意識のために、自らの手で抑圧し続けてきたのは、他でもない、まさに彼ら自身の人間性そのものだったのである。

さて、このように黒人の文学のみならず文化全体において極めて重要な意味を持つ二重意識の問題を初めて明快な形で提起したのは、黒人思想家W・E・B・デュボイスであった。彼は、一九〇三年に出版された『黒人のたましい』の中で、アメリカ黒人は「このアメリカの世界に、ヴェールを背負…って生まれでた」存在であり、また黒人を取り巻くアメリカ世界とは、「黒人に真の自我意識をすこしもあたえてはくれず、自己をもう一つの世界（白人社会）の啓示を通してのみ見ることを許してくれる世界である」（一五）と述べている。そして黒人の「二重意識」については、「たえず自己を他者の目によってみるという感覚、軽蔑と憐びんをたのしみながら傍観者として眺めているもう一つの世界［＝白人社会］の巻尺で自己の魂をはかっている感覚」（一五―一六）であると定義しているのである。デュボイスがこのような「一種独特な」感覚、「いつでも自己の二重性を感じている」ような感覚を「病的」なものとみなし、そのような精神状況を憂いているのは明らかである。なぜなら、アメリカ黒人は、「アメリカ人であることと黒人であること。二つの魂、二つの思想、二つの調和することなき向上への努力、そして一つの黒い身体のなかでたたかっている二つの理想」（一六）の間で、常に精神的な「解体」の危機に晒されているからである。

このようにデュボイスが提示した仮面性あるいは二重意識の「病理」を体現するような人物を、実際に文学作品の中で痛烈な皮肉をこめて描き出した作品として、ラングストン・ヒューズの「教授」（一九五二年）という短編小説がある。これは、アメリカ南部の小さな黒人大学の教授であるブラウンという人物が、白人の富豪チャンドラーの邸宅へ夕食に招かれ、大学の資金援助を要請するという内容の物語である。物語の冒頭、黒人街のみすぼらしいホテルで待つブラウンの元に、チャンドラー家の白人の運転手が迎えにやって来る。そして、車に乗り込み黒人街を後にするブラウンの様子は、次のように描かれている。

教授は、この貧しくだらしない様子をした典型的な黒人街の不快な光景から眼をそむけた。そして彼は前を向き、仕切ガラスを通して見える制服を着た運転手の威厳に満ちた白い首を眺めた。教授は晩餐用の正装に身をくるみ、彼の茶色がかった顔は首に巻き付けた真っ白な絹のスカーフの上でさらに茶色く見え、車に備え付けられた毛皮の膝掛けの下で、暖かくいい気持ちで座席に座っていた。しかし彼はまた同時に、幾分不安な気持ちでもあった。というのは、彼は今、南部の縁に位置するこの町の通りを、白人の運転する高価な車で走ることに対してかすかに身の危険を感じざるを得なかったからである。（九九）

この場面では、ブラウンの心の中に存在する二つの相反する意識が同時に現れている。まずブラウンは、「貧しくだらしない様子をした典型的な黒人街の不快な光景」を自らの心の外に追いやるようにして「眼をそむけ」、白人の運転手の「威厳に満ちた白い首」を憧れの眼で眺める。「ブラウン」という主人公の名前にも象徴的に示されているように、ここで「彼の茶色がかった顔」が「真っ白な絹のスカーフの上でさらに茶色く見え」るというのは、いわば黒人と白人の中間的存在のようなものになろうとする彼の意識、すなわち黒人という自らの存在に恥辱感を抱き、それから逃れ、白人に少しでも近づこうという意識を表していると言えよう。そして、今まさに白人の富豪チャンドラーの邸宅に向かっているブラウンは、「毛皮の膝掛けの下で、暖かくいい気持ち」を感じており、いわば自分が「選ばれた者」であるという「楽しみ」を味わっているのである。ところがその一方でブラウンは、「幾分不安な気持ち」を感じてしまう。それは、「南部の縁に位置するこの町の通りを、白人の運転する高価な車で走ることに対してかすかに身の危険を感じざるを得なかったから」なのであるが、これは、白人の運転する車に黒人が乗っているところを、例えばKKKのような白人に見られたら、リンチに遭うかもしれないという恐怖を表している。それゆえ、白人と黒人の身分が厳然とした社会的規律によって定められ、それに反する行為に対しては暴力が猛威を振るうアメリカ南部の社会にあっては、ブラウンがこのような「不安」を感じるのは当然のことであると言える。すなわち、ブラウンのこの感情は、南部に生きる黒人達が、その苦難に満ちた奴隷制以来、歴史的に共有してきた、いわゆる「民族的な経験」に基づく無意識の反応なのである。

チャンドラーの邸宅に着いたブラウンは、白人達と様々な話題について会話を交わす。その中で一瞬、ブラウンの心の中で、大学教育における黒人・白人の分離政策など、白人社会が黒人に行っている不正に対する憤りの感情が、無意識のうちに頭をもたげて来るのであるが、彼はそれを意識的に抑えつけ、「白人に好まれる従順な黒人」という偽りの仮面を被ることを選ぶ。例えば、チャンドラーが、ブラウンの黒人（専用）大学に資金援助を行い、ブラウン自身にも大学での要職を与えることと引き換えに、黒人・白人の共学ではなく人種分離政策を推進することを提案した時、それに対するブラウンの反応は次のようなものであった。

「その通りでございます」と、我に返ってこの家での自分の使命を思い出したブラウン教授は外交的な調子で同意した。「その通りでございます」とブラウン教授は繰り返したが、その時彼は、大学において彼に与えられるであろう社会学の新たな重要な地位のこと、彼が支払われるであろう六千ドルの年収のこと、そしてそれによって彼が行えるであろう研究や出版できるであろう著書について思いを巡らしていた。（一〇二）

まず、この場面におけるブラウンの「我に返る」あるいは「意識がもどる」という反応は、その前に一瞬ではあるが意識の深部で人種隔離政策という不正に対する憤りが湧き上がろうとしていたのに対し、ブラウンがその意識の表層部分を占める仮面性へと再び戻っていくことを示すものである。そして「我に返った」ブラウンは、チャンドラーの邸宅に来た自分の「使命」を思いだし、「外交的な調子」を取り戻して「その通りでございます」と繰り返すのであるが、この時彼は、将来自分自身に与えられるであろう「地位」、「年収」、「研究」、「著書」等のことを考える。すなわち、この時点でブラウンは、意識の深層部分で感じている不安や憤りなどの「人種的」な経験に基づく感情よりも、地位、金銭、名誉といった意識の表層部分に存在する「個人的」な欲望に支配されていると言えるのである。

このようにブラウンは、アメリカ黒人であるがゆえに味あわねばならない、人種隔離政策に代表される差別という「不条理な状況」の中での苦難を、意識の深部では憤りを持って感じているが、それから逃れ、あるいはそれを忘却し、個人的な「選ばれた者の楽しみ」を得るために仮面を被り白人に調子を合わせるという、いわば「黒人としてのアイデンティティー」を失った人物、「二重意識の病理」を体現する人物として描かれているのである。

2．深層意識と「地下」のイメージ

これまで仮面性の「病理」について述べてきたが、次に黒人の深層心理を扱った作品に触れていきたい。まずこの問題に関して最初に注目しなければならないことは、デュボイスなどの影響を受けた黒人作家達が、黒人の心の奥深くに秘められた深層心理を描き出す際に、その多くの作品の中で「地下」という場面設定を行ったことであろう。その代表的な例としては、リチャード・ライトの短編小説「地下に潜った男」（一九四四年）、ラルフ・エリスンの長編小説『見えない人間』（一九五二年）、アミリ・バラカの戯曲『ダッチマン』（一九六四年）などが挙げられる。

まず、上記三作品の中で最も有名なラルフ・エリスンの『見えない人間』についてであるが、この作品の冒頭で、主人公「僕」は、地上での様々な苦痛に満ちた経験を経た後、「地下室」で一人で暮らすようになった人物、あるいは主人公自身の言葉を用いれば、「地下の穴ぐら」の中で「冬眠」生活に入った人物として描かれる。「僕」がその経験から学んだ最も重要なことは、地上の世界においては、白人は黒人の存在がまさに「見えない」ということである。その理由としては、黒人が白人の前で仮面を被り、偽りの姿を見せているということと同時に、白人が黒人を「見る」のを拒んでいるということが挙げられる。まず黒人の仮面性についてであるが、地上の世界すなわちアメリカ社会とは、「僕」の祖父がかつて遺言の中で語ったように、どんなに「おとなしい」顔つきをした黒人でさえも、その心の奥深くでは、白人を相手に懸命な「戦い」を繰り広げる世界であり、黒人は常に白人にとって「裏切り者」あるいは「敵の国にひそんでいるスパイ」（一九）のような存在なのである。次に「白人が黒人を見るのを拒む」ということであるが、このような白人の「不可視性」について、主人公「僕」は、自分が「見えない」存在であるのは、単に「ひとが見ようとしないからだけのこと」であり、白人は「僕の周囲の物象や、自分たち自身を、でなければ、自分たちのえがいている想像の断片を、眼にするだけなのだ」と語る。そして、白人の「不可視性」の原因は、その「眼の特殊な性質」すなわち、白人の「内的な眼の、つまり、彼等がそれぞれの肉体的な眼を通じて現実を眺める眼の、構造のせいなのだ」(三)と言うのである。すなわち、白人は黒人を見る時、多様な人格を持った一個の人間とはみなさず、白人の固定観念によって創り出された、いわゆる「総体的な黒人」あるいは「黒人という範疇」としてしか知覚しないということなのである。

一方、エリスンは同時に、黒人の「不可視性」に対して、肯定的な意味付けをも行っている。すなわち、黒人は、外部からは「見えない」心の奥底、あるいは意識のいわゆる「地下」の部分から、地上の日常世界の真実を「見る」ことができるというのである。エリスンにとって、地下の世界とは、黒人の意識の隠された領域であると同時に、地上の現実の世界をより明確に「見る」力を黒人に与えるものである。しかし、この鋭敏な「可視性」は、常に、白人は黒人を見ておらず、黒人は「見えない」存在なのだという苦痛に満ちた認識を伴うものであると言えよう。

このようにエリスンは地下の「見えない」世界が持つ「可視性」という皮肉な性質を描いたが、リチャード・ライトの短編「地下に潜った男」もまた、同様に名の無い主人公が地下の可視性によって、「陽のあたる闇の地上世界」(一四二)では決して見ることのできない、世界の現実及び自らの内面に次第に目覚めていく過程を描いた作品である。しかし、この短編におけるライトの主たる関心は、黒人の内面に存在する、沸き立つような正体不明の「力」の発見であった。

この不思議な「力」の発見は、主人公が地下の下水路の中へと潜っていく時から始まる。「黒っぽい色」をした強い水流の力に引き寄せられるようにして地下へと降りていく主人公は、この時、あたかも「夢」の中に入っていくような状態、あるいは批評家ミッシェル・ファーブルが指摘するように、祖先の古い記憶を追い求め、「母親の胎内に回帰」（二一四）しようとする状態にあったとも言えるのである。この時主人公は心の中で漠然とした恐れを抱く。すなわち、彼の理性と意識は、地下の水流の危険な力へと彼を引き寄せる「非理性的な衝動」（一一六）に対して警告を発するのである。ところが一方、主人公の無意識の領域は、この水流の力が、彼自身の隠された真実の姿を具現化するもの、彼自身が内に秘めてきた暴力的な衝動を表現するものとしてとらえる。そして、地下の下水路の中で主人公が遭遇する、死や暴力といった、まさに黒人が歴史的に共有してきた経験や記憶を象徴する出来事を通して、主人公は次第に、自分が常に「有罪を宣告された人間」なのだという、強い信念を得るに至る。すなわち、ここで彼は、黒人とは、奴隷制の時代から今日に至るまで、白人の前で自らを偽り、そして同時に白人に対する激しい怒りや暴力の衝動を常に心の奥底に抱いてきた存在であり、そのことによって、「白人のアメリカ社会」において黒人は「反社会的な存在」、すなわち「有罪を宣告された人間」であることを認識する。そして現在その認識を持つに至った主人公は「有罪」なのであり、元をたどれば、まさに「黒人」であるという事実によって、彼は「有罪」なのである。さらに言えば、アメリカ社会において「黒人」として存在する主人公は、一人の人間として生きたいという沸き立つような強い意志を持つことによって、それを禁じるアメリカ社会において「有罪」なのであり、地上の「陽のあたる死の世界」（一三四）に対して、生を求め人間性を回復するという「反逆」を行うことによって「有罪」なのである。このように、「地下に潜った男」においてライトは、恐怖、怒り、暴力、そして「有罪」の感覚といったものを黒人の内面の真実、そして黒人という存在の真実として読者に提示する。そして、「地下」の「深い闇」を流れる水流に象徴される、黒人の無意識の領域に隠されたこれらの真実や、黒人がアメリカに到着した時以来常に抱き続けてきた歴史的・集合的な記憶の重要性を訴えているのである。

さて、恐怖や暴力の衝動という黒人の深層心理に関しては、リチャード・ライトの代表作である長編小説『アメリカの息子』（一九四〇年）についても触れなければならないであろう。というのは、「地下」という設定こそ用いてはいないが、この作品には、黒人の深層心理に存在する、白人に対する根深い恐怖心と、それと表裏をなす白人への激しい怒りが、実に鮮明に描かれているからである。

『アメリカの息子』の主人公ビガー・トーマスは、シカゴのスラム街に住む黒人青年である。彼は日頃から家族や周囲の黒人達の見せるあきらめや忍従の生き方が受け入れられず、また同時に自分を偽り仮面性を身に付けることを拒絶する人物として描かれる。例えば、ある日ビガーは友人のガスの前で、「畜生めが！」、「〔白人の〕やつらは、おれたちには、何ひとつさせてはくれないんだ」と叫び、日頃から胸の中に抱えている白人に対する激しい苛立ちや憤りの感情を次のように爆発させる。

「・・・おれには慣れることができないだけの話だ。おれはどうしても慣れっこになれないんだ。そのことを考えるたびに、真赤に焼けた鉄を喉に突き込まれたような気がする。畜生、見ろよ！おれたちはここに住み、やつらは向うに住んでる。おれたちは黒くて、やつらは白い。やつらは何でも持っているが、おれたちは持っていない。やつらは何でもするが、おれたちにはできない。まるで刑務所に暮らしているようなものだ。おれは世界の外にいて、垣の節穴からでも、覗いているような気がすることが多いんだ・・・」

「そんな気持を持ってみたって、しようがねえじゃないか。なんの役にも立ちゃしねえよ」とガスは言った。

「おい、知ってるか？」とビガーは言った。

「何をだ？」

「時々おれは、自分に、何か怖ろしいことが起きそうな気がするんだ」ビガーは声にも痛烈な誇りをにじませて言った。

「そりゃどういうことだい？」ガスはさっと友達の顔を見た。ガスの眼には不安の色が浮んでいた。（一五―一六）

ビガーは、黒人であるというそれだけの理由で、住む場所も、所有している物も、将来の夢や希望も、全てが白人とは著しく異なり、まるで「世界の外にいて、垣の節穴からでも、覗いているような気がする」という屈辱的な物理的・精神的状況に決して「慣れることができない」人物なのである。そしてそれとは対照的に、友人ガスの反応は、「しようがねえ」、「なんの役にも立ちゃしねえ」というあきらめに満ちたものであり、怒りを爆発させるビガーを「不安の色」を浮かべた眼で眺めるというものである。従って、ビガーが耐えられないと感じるのは、白人によって感じさせられる状況への苛立ちだけでなく、このようなガスの反応に代表される黒人同胞のあきらめや忍従、不安といった精神的な閉塞状況に対する苛立ちでもあるのである。そしてビガーが「時々おれは、自分に、何か怖ろしいことが起きそうな気がする」と言う時に彼が「痛烈な誇り」を感じるのは、まさにビガーがその深層にある白人への怒りや暴力衝動を失わずに持ち続け、「何か怖ろしいこと」すなわち自分がいつか白人に対して実際に暴力を加えることが起こるという予感を持ち、たとえその結果自分自身に「肉体的」な死が訪れようとも、「精神的」に周囲の黒人達よりも高位に立っているという自負心のためなのである。

このように白人に対する激しい怒りを爆発させ、そのことによってかろうじて自己の存在を確認しているように見えるビガーであるが、一方で彼は、白人に対する強い恐怖心を常に抱いている。例えば、ビガーが民生委員からの斡旋で白人の富豪ドールトンの運転手として雇われるために、その屋敷に向かう時、彼は暗がりの中白人居住区を歩かねばならぬことへの不安から、ほとんど無意識のうちに、銃を携帯するという行為をとるのであるが、このビガーの無意識の行為は、黒人がその深層心理の中に持ち続けてきた、歴史的、集合的な意味での恐怖心を示すものである。

その後無事運転手として雇われたビガーは、ドールトンの娘メアリーを大学まで送るよう命じられるが、彼女は恋人と密会し、ビガーは泥酔したメアリーを深夜屋敷に送らねばならなくなる。ビガーは酔いつぶれて動けなくなったメアリーを彼女の寝室へと運ぶが、その時メアリーの母親がその場へやってくる。この時ビガーの身体は硬直し、「夢の中でおそろしく高い所から落ちかかっている時のような、気ちがいじみた恐怖感にとらえられ」る。彼の眼に写るドールトン夫人の姿は、「ぼやけた白いものが、黙って、幽霊のように戸口に立ってい」るというものであり、「それは彼の眼いっぱいにひろがり、彼の身体をギュッとしめあげた」のである。ビガーは、ドールトン夫人を「はね飛ばして部屋から飛び出したい気持」（一一二）を懸命に抑えて、部屋の中に身を潜めるが、ドールトン夫人に自分が「白人女性の部屋にいる」のを発見されることに対する激しい恐怖におののくビガーは、無意識のうちにメアリーの口に枕を押しあて、その結果彼女を殺害してしまうのである。

メアリーが動かなくなった様子に気づいたビガーは、一瞬「思考も感情も急に停止して」（一一六）しまうが、次第に次のような観念が彼の心を支配していくのである。

その部屋の現実が彼からはがれ落ちた。外の・・・巨大な白人の都市が、そのあとにとって代った。このひとは死んでおり、自分が殺したのだ。自分は殺人犯なのだ、人殺し黒人、人殺し黒んぼ、なのだ。自分は白人の女を殺したのだ。ここから逃げ出さなきゃいけない。(一一六)

メアリーが死んでいることに気づいたビガーは、「その部屋の現実」が彼の意識から消えてしまう。そして、その後に「外の・・・巨大な白人の都市が、そのあとにとって代った」という表現があるが、それはすなわち、この時ビガーが、「白人女を殺した黒人」にリンチを加える白人群衆の姿を想像し、彼の心がそれに対する恐怖に満たされていることを示すものである。歴史的に見た場合、奴隷制の時代から、実際には白人男性による黒人女性の強姦が日常的に行われ、それが罪に問われることはなかった。ところが、その逆すなわち黒人男性と白人女性との間の性に関わる関係は厳しく禁じられ、これを破る者に対しては様々な形での陰惨なリンチが行われてきたのである。すなわち、この場面におけるビガーの激しい恐怖の感情は、「性」に関して黒人男性が歴史的に共有してきた集合的な意識に他ならないのである。

ところが、その後ビガーは、まさにこの「白人女性の殺人」という行為を自らの手によって行ったということにより、それまで彼の心に鬱積していた不満や苛立ちが解消されたと感じるようになるのである。

自分のやってのけた行為を、そのぞっとするような怖ろしさを、そうした行為につながる大胆さを、想い浮べていると、今迄の恐怖にのしかかられて過してきた生涯に、初めて、自分と自分の怖れている世界とのあいだの防壁がきずかれたような気がした。彼は人を殺し、自分の力で新たな生涯を創造したわけだ。それは、すべてが自分のものである何かであり、生まれて初めて、他人の奪うことのできない何かを、彼は自分の手

に握ったのだった。（一三八）

すなわち、この時「自分のやってのけた行為」や「そうした行為につながる大胆さ」について想いを巡らすビガーは、それまで白人によって常に恐怖や恥辱感を感じさせられてきた自分の生涯に、「初めて、自分と自分の怖れている世界とのあいだの防壁がきずかれた」と感じる。そしてビガーは、「人を殺し、自分の力で新たな生涯を創造し」、「すべてが自分のものである何か」、「生まれて初めて、他人の奪うことのできない何かを、彼は自分の手に握ったのだ」という「誇り」を手に入れた、という実感を持つのである。

こうしてビガーは、殺人という「自分のやってのけた行為」によって、おぼろげながらも、それまで感じていた恐怖や恥辱感を拭い去り、自信や誇りを感じ始めるのであるが、彼はさらに次のように、「黒人」としての自己の「存在」そのものに関する認識を深めていくのである。

彼には、自分の犯罪が自然な出来事のように思えた。自分の全生涯がこうしたことを起こす方向へ自分を導いていたのだという気がした。（中略）彼の生涯の隠されていた意味が――ほかの者たちは見てとってもいなかったし、彼自身も常にかくそうとつとめてきた意味が――外へ流れ出てしまったわけだ。そうだ、これは偶然の出来事なんかではなかったのだし、おれは絶対に過失だなどとは言わないことにしよう、と彼は思った。あれはおれのしわざだったのだと、いつかは公然と言ってやれるという気がし、そう思うことに、彼は恐怖のまじった一種の誇りを感じた。（一三八―一三九）

ビガーは、ある意味で自己防衛のための、いわば「偶発的な」殺人ともいえる「メアリー殺し」に対して、

「自分の犯罪が自然な出来事」であり、「自分の全生涯がこうしたことを起こす方向へ自分を導いていたのだ」と考える。すなわち彼は、「殺人の動機」は以前から自分の心の深い部分に「存在」していたのであり、「彼の生涯の隠されていた意味」、「彼自身も常にかくそうとつとめてきた意味」が、単に「外へ流れ出てしまった」のだと考えるのである。ビガーが最後に「恐怖のまじった一種の誇りを感じた」というのは、白人女性との関係に象徴される、黒人の集合的な恐怖心と同様、その恐怖を生み出した白人に対する怒りや暴力の衝動もまた同時に、彼自身の意識の深部に「以前から存在していた」ということをビガーが認識するに至ったということであり、また同時に、ビガーが、「黒人としての自己の存在」を受け入れたということでもあるのである。

最後に、「地下」の設定を用いたもう一つの作品である、アミリ・バラカの戯曲『ダッチマン』について述べたい。まず始めに『ダッチマン』のあらすじを述べると、ニューヨークの地下鉄に乗っている黒人青年クレイの隣に白人女性ルーラが座り、二人はまるでベケットやイヨネスコなどの「不条理劇」に見られるような互いにかみ合わない会話を続ける。そして、二人が延々と続ける会話の核心には、クレイの正体すなわち黒人の深層心理を探ろうとするルーラと、それから逃れようとしてステレオタイプ的な黒人の仮面を巧みに被り白人に期待された「役」を演じ続けようとするクレイ、という二人の関係が存在する。劇の最後の場面では、このような不毛な「言葉のゲーム」を終わりにしようとしたクレイが、仮面を脱ぎ捨て、その深層に潜む怒りをルーラに向かって爆発させる、まるで「演説」のような長い台詞を発するのであるが、その直後にクレイは、ルーラのナイフによって殺されてしまうのである。

『ダッチマン』における「地下鉄」という象徴的な場面設定には、主として次の三つの主題が込められている。すなわち、第一に、主人公の黒人青年クレイの「地下」への逃避が示す、意識的な仮面性、第二に、クレイの意識の「深部」に「隠された」、怒りに満ちた黒人の真実の声、そして第三に、白人女性ルーラの存在の「奥深く」にやはり「隠された」、「殺人者」あるいは「破壊者」としての真実の姿というものである。そして、このような「地下」という概念に関わる様々なイメージを、「地下鉄」という単一の場面設定の中に凝縮して提示することにより、バラカは黒人の存在と黒人を取り巻く状況の「奥深くに潜む」真実を、劇の中で暴き出しているのである。

『ダッチマン』においてバラカが観客に対して提起しているのは、まさに黒人の「生存」の問題である。バラカは、リチャード・ライトが提示した、黒人の無意識の怒りや暴力といったテーマを独自の方法で発展させている。ライトが『アメリカの息子』において提起したのは、黒人は、「肉体的な生存」のために「精神の健全さ」を犠牲にして仮面の下に真実を隠して生きるか、あるいは、「肉体的な死」の危険を覚悟で自らの「精神」の内面に潜む時として暴力的な性質を含んだ「人間性」を表出するか、といういわば「二者択一」を迫られた状況の中に生きているということであった。それに対して、『ダッチマン』においてバラカは、主人公クレイの注意深い仮面性さえも、彼の死の原因となっていることを示しているのである。すなわち、『ダッチマン』においてバラカの提示する、黒人の置かれている状況とは、ライトの言う「精神的な死」か「肉体的な死」かという「二者択一の状況」とは異なり、「精神的な死」すなわち自らの実体を隠し続けるというまさにその行為によって、「肉体的な死」をも招いてしまうという、いわば「選択の可能性のない状況」なのである。

バラカ自身がそのエッセイ集の中で述べているように、一言で言うと、「バラカの演劇」は、断固として「告発と攻撃」(二一二)を行う。そして、「アメリカという法廷」で告発され死の宣告を与えられることを拒否する。それはまた同時に、逃避的な仮面性に伴う如何なる価値をも拒否するものなのである。

すなわち、「地下」という設定に関して言えば、バラカは他の作家達とは違い、現実からの逃避や仮面性を含めた「地下」の世界そのものを拒絶しているとも言える。バラカにとって、「地下」は二重の意味を持つ。すなわち、「地下鉄」という場面設定は、黒人の意識の深層を象徴するだけでなく、自らの内面を隠し、その結果精神的にも肉体的にも滅び行くという、いわば全ての「仮面を被る者たち」が埋葬されるべき「墓場」のイメージをも表しているのである。

かつてデュボイスは、黒人は「自我意識に目覚め」、「二重の自己をいっそう立派ないっそう真実の自己に統一」しようとしなければならないと訴えたが、バラカは、ライトやエリスンたちによって発展させられた「地下」のイメージをより効果的に用いることによって、デュボイスの主張にさらに強い説得力を与えていると言える。すなわち、『ダッチマン』における重厚な「地下」のイメージによって、バラカは観客に対して、黒人が自らの真実を「地下」から現実の世界にまで引き上げることの切実な必要性を認識させることに成功しているのである。

Ⅱ　「カクテル・パーティー」に見られる二重意識の問題

1．「前章」における仮面性

さて、このように二重意識の問題がアフリカ系アメリカ人の文学において極めて大きな主題であることをこれまで述べてきたが、次に沖縄の現代文学においてこの問題がどのように扱われているのか、そしてどのような類似点がこの二つの文学の間に存在するのかということについて、今回は一九六七年に発表された大城立裕氏の小説「カクテル・パーティー」を例にとって考えてみたい。

「カクテル・パーティー」における最も大きなテーマは、いわゆる「被害と加害」の問題であるが、それと同時に、主人公の「意識の二面性」という問題、そして、人間一般の「仮面性」といったものに対する告発という問題もまた、この作品の重要なテーマであると言えよう。

まず「カクテル・パーティー」のあらすじを簡潔に述べると、この作品は「前章」と「後章」という二つの章から構成されている。まず「前章」では、主人公である「私」が基地内のパーティーに招かれ、中国語の会話グループの仲間であるアメリカ人のミスター・ミラー、日本人の小川氏、中国人の孫氏らとともに、沖縄の文化論などを語り合う。そのうち同じくパーティーに出席していたミスター・モーガンの子供が行方不明になるという事件が起きるが、結局はミスター・モーガンがメイドとして雇っている沖縄人の娘が、無断で彼の子供を自分の実家に連れていったことがわかり、皆が和やかな雰囲気の中で「笑い」を取り戻す中、再びパーティーが始まるところで「前章」は終わる。

「後章」は、パーティーから自宅へ戻った主人公が、自分の娘がロバート・ハリスというアメリカ人によって強姦されたことを知らされる場面から始まる。主人公は、この事件でハリスを告訴しようとするが、警察からも暗に諦めるように諭され、ミスター・ミラーも力になってはくれず、仕方なく孫氏に協力を求める。しかし、その時孫氏と話しているうちに、主人公は、自分が第二次大戦中に中国にいた時、中国人に対する日本軍による残虐行為を止めることもできなかったという記憶に責められ、彼の心は、「被害者」と「加害者」の立場の間で揺れ動き、娘の事件を告訴するのをいったんは諦める。ところが、しばらくして再び軍のクラブでのパーティーに招待された主人公は、ミスター・モーガンがメイドを誘拐の罪で告訴したことを知り、再び娘の事件の告訴を決心するのである。

さてこれから、「前章」における主人公「私」の「二重意識」について、作品の具体的な場面を例に挙げながら見ていきたい。まず「前章」の冒頭の部分であるが、ここには「私」の心の奥底に隠された意識が丹念に描かれている。

守衛にミスター・ミラーの名とハウス・ナンバーをいうと、いちおう電話でたしかめた上で、ゲートからの道筋を教えてくれた。「そのまま行って、何ともありませんか」と私はやはりたずねた。「何ともありません」と守衛は無表情でこたえた。「どうしてそんなことを訊くのですか」と訊きかえすこともしなかった。退屈になれたような表情であった。

ゲートをはいると、きれいに舗装された道が二手にわかれて、ハウスの立ちならんだ奥へ流れていた。奥のほうで、また幾手かに岐れて、基地住宅、あるいは沖縄の住民のよびかたによれば「家族部隊」とよばれるハウスたちをつないでいる。この道路設計がくせもので、直線でなく曲がりくねっているものだから、十年前にひどいめにあったことがある。やはり今日のように蒸し暑い午後だった。（中略）私は、おなじ道をぐるぐるまわっていた。ハウスはどれもおなじ形をしていて、たまに植えこみの形がちがっていたりするだけだ。洗濯物の色やかたちで、おなじところへ舞いもどっていることに気がついた。外人やメイドたちは、私をみてもなんの表情も見せなかったが、道をみうしなったとき、ふと恐怖がきた。ここもやはり自分の住んでいる市のなかだという意識をにぎりしめようとするが、なんとも無理だった。（二五七－二五八）

「私」は、ミスター・ミラーに招かれてパーティーの開かれる基地の中へと入っていくのであるが、そこは「守衛」に守られ外の世界とは隔絶された場所であり、「ミスター・ミラーの名とハウス・ナンバー」という「保証」なしには入ることの許されない場所である。しかし、そうした「保証」が実際は実に不安定なものであることは、次の「そのまま行って、何ともありませんか」と「やはり」たずねてしまうという、「私」の中にある漠然とした不安を示す行為に表れている。「私」のこうした不安は、次の段落の「私」の目に映る基地内の道路の形状にも、象徴的に描かれている。すなわち、「きれいに舗装された道」は、途中で「二手にわかれて」おり、さらに基地の「奥」へ進むにつれて、「また幾手かに岐れて」いる。そしてこの道路は「直線でなく曲がりくねっている」のである。このようにまるで「迷路」のように複雑に分岐する道路は、「私」の意識の表層の部分があこがれの気持ちで眺めてきた「基地」やミスター・ミラーの「パーティー」が、実は「私」が推し量ることのできない全く別の実体を持っていることを、「私」自身が心の奥底で予感していることを示すものである。「曲がりくねっている」道は、おそらく、「狡猾で人を欺く」とされる蛇のイメージを与えられたものであり、「私」が意識の深部で「基地」や「パーティー」に対して強い不信感を抱いていることを暗示するものなのである。

引用の後半部分では、「私」は「十年前にひどいめにあった」経験を思い出す。すなわち、この時主人公は、近道をしようとして基地を突っ切って歩き出したのだが、先が分岐して曲がりくねった道や「どれもおなじ形をした」ハウスのために「おなじ道をぐるぐるまわって」道に迷うという経験をしている。その時に感じた「恐怖」の記憶が、冒頭の不安感を生み出しているのは明らかであり、そのために「私」の身体は、十年前と同じ「蒸し暑い」という反応を示しているのである。

しかし、このようなことを漠然と考えながら、パーティーの会場に近づくにつれ、「私」の意識の中では、その表層にある「あこがれ」や「楽しみ」の気持ちが次第に支配的となり、深部に潜む「不安」や「不信感」を覆い隠すようになる。

でも、きょうはいい気もちだ。ミスター・ミラーに招待されたのだ。たとえ誰かにつかまったとすれば、ミスター・ミラーの名と電話番号とハウス番号とを告げればよいのだ。(中略) 孫氏は中国人、小川氏はN県の者だが、四人で中国語研究のグループをつくっている。研究といっても、中国語をしゃべりあうだけの集まりである。英語ではあまり話さないことにしている。英語を話しても私や小川氏や孫氏には勉強になるわけだが、なぜ中国語だけをしゃべるのか。ミスター・ミラーから誘いをかけた集まりだからであろうか。だが、それはどうでもよい。この、日本人とアメリカ人ばかりの土地で中国語を話すグループというのが、われわれに特別の親しみをいだかせていることは事実だった。われわれは、月に一度、軍のクラブの席をミスター・ミラーの名義でリザーブした。

今晩のパーティーにあつまる客が、みんな中国語に関係があるかどうかは、聞きもらした。しかし、それはどうでもよい。まず、ミセス・ミラーの愛嬌のある美貌と豊麗な体格にお目にかかれる(彼女に私たちは、クラブで一度紹介された)。それからうまい酒がのめる(私などの現地人サラリーではどうにもならない)。いつのまにか、中国語づきあい以外の楽しみを、私はいだくようになっていた。それは、月々に集まる軍のクラブでもそうだ。そのクラブの食事には税金がかからないから、とびきり安い。現地の人間が誰でもはいれるというものではないのだ。そういう選ばれた楽しみを、私は感じるようになっていた。——ハウスのあいだを抜けながら、蒸し暑さを忘れて、私はたのしんだ。(二五八―二五九)

この引用の冒頭にある「でも」という表現は、「私」の深層にある「不安」から表層の「楽しみ」への転換をはっきりと示すものである。すなわち、「蒸し暑さ」とともに感じる不安を押しのけるように、「私」は「いい気持ち」になろうとするのである。さらに、先に引用した作品の冒頭の部分とこの部分とを注意深く読み比べてみると、作品の冒頭では「ミスター・ミラーの名とハウス・ナンバー」という「保証」が不安定であるために、「そのまま行って、何ともありませんか」と守衛に問い直すのであったが、ここでは、「ミスター・ミラーの名」と「ハウス番号」の間にさらに「電話番号」が入っている。これは、この場面において、基地の中に入ることに対する、次第に増幅していく不安を必死に払いのけようとする、「私」の無意識の力が働いているからであろうと考えられる。また、中国語の研究会について、「私」は「なぜ中国語だけをしゃべるのか。ミスター・ミラーから誘いをかけた集まりだからであろうか。」との疑念を抱くが、これは、「後章」において、ミスター・ミラーが実は諜報活動を行っていて中国語研究会なるものもその活動の一つにすぎなかったことが明らかになるということを考えると、この場面における「私」の漠然とした疑念は、ある程度の正当性を持っていたことになる。しかし「私」は「それはどうでもよい」という言葉を繰り返し、自らの身体の反応である「蒸し暑さ」や深層意識から発せられた「不安」や「疑念」を払いのける。この時の「私」の意識は、「月に一度、軍のクラブの席をミスター・ミラーの名義でリザーブ」すること、「ミセス・ミラーの愛嬌のある美貌と豊麗な体格にお目にかかれる」こと、「うまい酒がのめる」こと、「税金がかからないから、とびきり安」く「現地の人間が誰でもはいれるというものではない」クラブの食事ができることなどといった、「選ばれた楽しみ」で満たされるのである。

その後パーティーが始まり、様々な話題についての会話がなされるが、「私」は、沖縄の抱える問題の核心には触れようとせず、巧みに仮面を被り続ける。例えば、小川氏が「オバステヤマ伝説」や「間引き」による人口問題の解決についての話を始めた時、「私」は「小川氏の話がすれすれのところまで来ているのを感じ」、「戦争」や「核爆弾」という、まさに米軍による沖縄の占領下の状況を象徴する「イメージ」にとらわれる。しかし、ここで「私」は、「中国にもそのようなことがありましたか」（二六三）と孫氏に意見を求めることにより、話題を沖縄の状況から逸らそうとするのである。もう一つの例としては、その直後に小川氏が、中国のある作家が書いた小説の中に、戦争中に「日本の飛行機の爆音をきいた［中国人の］母親が、泣きわめくわが子の首を扼殺する」（二六三）場面があることを紹介するが、この時「私」はとっさに次のような反応をする。

「沖縄にもありましたよ」私は小川氏にむかった。「沖縄戦では、そういう事例はざらにあったということを、私はきいています。しかも・・・」私は、またよどんだ。ときには日本兵がやったのだ、といおうとしたのだ。が、「ま、よしましょう。酒をのみながら、どうも戦争の話は」
ほんとうは戦争の話ではなく、その奥にもうひとつの核があるのだ、と思いながら、このさいそこを避けて通りたい気もちがあった。（二六三―二六四）

「私」は、「沖縄戦では、そういう事例はざらにあった」と小川氏に言うのであるが、「しかも・・・」と言いかけた「私」の言葉は、「またよどん」でしまい、「ときには日本兵がやったのだ」という「真実の声」を心の中に飲み込んでしまうのである。ここでの「私」の意識には、米軍占領下という「現在」の状況ではなく、日本軍による沖縄住民の虐殺という、「過去」の、いわゆる民族的な経験の記憶が現れていると言えよう。そして、戦争の「奥」にある「もうひとつの核」という表現は、「現在の状況」にも「過去の記憶」にも共通する、沖縄における「状況の不条理性」の存在という厳然とした事実を指すものであろう。ただし、「前章」における「私」の意識の中では、このような「状況の不条理性」の概念は極めて漠然としたものでしかなく、明確な形を持って「私」によって認識されるのは、後に自分自身に降りかかってくる事件を待たねばならないのである。

2.「後章」における深層意識

「後章」は、パーティーでの「選ばれた楽しみ」を味わい、ほろ酔い加減の「いい気もち」で帰宅した主人公を、娘の強姦事件の知らせが待ち受ける場面から始まる。娘という、主人公にとって最も愛すべきものが傷つけられることにより、そして、米兵による婦女暴行という、沖縄が抱える現実の「核心」を最も象徴的に示す事件が起こったことにより、主人公の深層に潜んでいた感情が一気に噴出する。最初に「驚きと狼狽」を感じた主人公は、告訴に関わる様々な出来事を経験する中で、挫折感や絶望、苛立ち、そして怒りなどの感情を持つが、そのような強い衝撃と混乱の中で、次第にはっきりとした形で、自らの置かれた状況に対する認識を得るようになり、最終的には「カクテル・パーティー」の偽りの世界と訣別するに至るのである。以下、まず主人公の深層意識が、自らの表層を告発する過程、次に「状況の不条理性」を認識する過程、そしてその中で得た「不寛容」の姿勢が人間の仮面性を告発する過程について述べていきたい。

まず、主人公が自らの表層を告発するということについてであるが、「後章」の冒頭は次のように始まる。

その蒸し暑い夜、たぶんお前がミスター・モーガンの幼い息子を探しあぐねて、家族部隊の金網の内側で孫氏の思い出話をきいていた時分に、M岬でお前の娘の身の上の事件はおこっていた。
お前がパーティーから微燻をおびて帰宅したとき、娘はもう床をとって横たわっており、妻が緊張した表情でお前を迎えた。妻は、娘が脱いだ制服をお前に示した。ところどころが汚れ破けていて、それだけでもうお前は大きな事故がおこったことを理解させられた。（二七四）

「前章」では「私」という一人称の語り口で話が進められているのに対し、「後章」ではそれが「お前」という呼びかけの形に変わっている。では一体主人公に向かって「お前」と呼びかける主体とは一体何者であろうか。それは、「パーティーから微燻をおびて帰宅した」「お前」という表現に見られるように、主人公の二重意識の中の仮面性すなわち意識の表層の部分を非難する口調を持っていることから、この呼びかける主体は主人公の深層意識であると考えられる。また、場面の設定を考えても、「前章」が「金網の内側」、すなわち主人公の表層意識が仮面を被って「選ばれた楽しみ」を味わっていた場所であるのに対し、「後章」は「M岬」での娘の事件を始めとする、沖縄の現実の状況が容赦なく主人公を襲い、それと対峙していくうちに主人公の深層意識が次第に明確な形を持って現れてくる場所なのである。さらに、「前章」では「蒸し暑い」のにも関わらず「私」が「でも、きょうはいい気もちだ」と自らの感じる不安や不信感を覆い隠しているのに対し、「後章」はその冒頭にある「蒸し暑い」という感覚が全体を支配している。すなわち、この「蒸し暑い」という主人公の「身体」から発せられた感覚は、主人公が娘の事件と立ち向かう中で強めていく、苛立ち、絶望、怒りといった感情を率直に表現するものに他ならないのである。

次に、主人公の深層意識が「状況の不条理性」を認識していく過程を見ていきたい。娘の事件の後、主人公は加害者のロバート・ハリスを告訴することを決意するが、数日後、米軍の捜査員が娘を逮捕してしまう。それは、娘が強姦された後、ハリスを崖から突き落として怪我を負わせたからであった。告訴の手続きをとるために警察署を訪れた主人公は、次のような応対を受け、強い衝撃を受ける。まず主人公は、担当の警察官から「娘が犯されたという事件と、娘が男に傷害をあたえたという事件とは、別個の事件として取りあつかわれる」こと、さらに「男の裁判［＝強姦事件］は軍で行ない、娘の裁判［＝傷害事件］は琉球政府の裁判所で行なう」こと、すなわち司法における「二重の構造」というべき現実を告げられる。そしてこの時主人公は、「お前のつとめる行政機関［琉球政府］が政府とはいいながら、その上にもうひとつそれを監督する政府がある」こと、すなわち行政においても「二重の構造」が存在することを、漠然とした形ではあるが「理解」する。しかし、その次に係官が行った、より現実的で具体性を持った説明は、主人公を大きな混乱に陥れるのであった。すなわち、まず強姦事件については、沖縄という土地で事件が起こったにも関わらず、「軍の裁判は英語でおこなわれる」という、沖縄の人々には極めて不利な条件のものであり、さらに「強姦事件というものは、この上もなく立証の困難な事件であって、勝ち目がない」という理由から、係官は「ふつう、告訴しないように勧告して」いると言うのである。また傷害事件については、やはりこれも沖縄という土地で起こった事件であるにも関わらず、「琉球政府の裁判所は軍要員にたいして証人喚問の権限をもたない」（二七七）という厳然とした「事実」を主人公は告げられるのである。

このように、主人公は娘の事件を通して、ようやく沖縄における「状況の不条理性」について認識を深めていくのであるが、この警察署での場面の少し前にも、沖縄における、いわゆる「二重の構造」あるいは「二つの世界の存在」を主人公が感じていることを示す箇所がある。主人公は、娘を連行して行ったＣＩＤ（Criminal Investigation Department: 犯罪捜査部）という軍の機関について「何も知ら」ず、その所在や具体的な性質を「微細に脳裏に描いてみようと試み」るが、その「イメージは一寸もひろがら」ないのである。そこには、「想像を頑固に拒否するなにものか」があり、またそれは「発言を拒絶される世界」として感じられ、最終的には「想像の拒絶につながっていた」（二七六）のである。「前章」においても、「私」はパーティーへ向かう途中、十年前に基地内で道に迷った際に「恐怖」を感じ「ここもやはり自分の住んでいる市のなかだという意識をにぎりしめようとするが、なんとも無理だった」（二五八）という経験を思い出すが、この意識は、基本的には「後章」における主人公の状況に対する認識と共通するものである。すなわちそれは、「二つの世界」が存在するという感覚、「自分の周囲に自分の手の届かない世界がいつまでも存在する」（二七五）という感覚であり、いわゆる「状況からの疎外感」、「アイデンティティーの喪失感」という感覚にもつながるものなのである。

次に、主人公が、ミスター・ミラー、孫氏、そして「カクテル・パーティー」に象徴される人間の仮面性を告発するに至る過程を見ていきたい。まずミスター・ミラーについてであるが、主人公は告訴のための協力を求めてミスター・ミラーを訪ねるが、「友情」、「親善」などの「折角つくりあげたバランスを崩したくはない」（二八〇）という理由で依頼を断られる。そしてその後小川氏から、ミスター・ミラーがＣＩＣ(Counter-intelligence Corps: 防諜部隊、対敵情報部）という諜報活動を行う部署に所属していることを教えられ、強い衝撃を受ける。すなわち、ここで主人公は、ミスター・ミラーが職業上の必要性のために堅固な仮面性を身に付けた人物であることを認識し、二人の間に存在する距離の大きさを実感するに至るのである。

ミスター・ミラーに協力を断られた主人公は、小川氏とともに孫氏のもとを訪ねる。しかし、そこで孫氏は、娘の事件の告訴を断念するように勧める警察官の言うことが「正しい」、つまり不条理な状況であってもそれを受け入れるべきだと主人公に説く。そして、その理由として、告訴をした場合に娘が「度重なる裁判で徹底的に精神を痛めつけられる」ことが心配であり、娘の「精神の安全の問題」（二八六）を優先させるべきだからだと言うのである。この時孫氏は、自分の部屋の壁にかけられた「山水画から眼をはなさ」ず、主人公は、「孫氏の姿が山水画のなかの遠山の霧に没してしまうようなイメージ」を抱く。このような孫氏の反応は、一つには、故郷を離れ「法律という専門学識ひとつを生活の武器にして沖縄の米軍基地を頼りにしてきた」ことや「この体制そのものがいわば生活の拠りどころである」（二八七）ことから生じた、孫氏の「用心深さ」によるものであると言える。

ところが、孫氏が主人公に状況の不条理性を受け入れるように助言するもう一つの理由は、後に主人公に明かされるように、戦争中に中国で長男が行方不明になり、ようやく見つけて帰宅すると妻が日本兵に強姦されていたという悲惨な経験を孫氏がしているということなのである。すなわち、孫氏は、主人公と同じように、最愛の家族が強姦されるという経験を心に重く抱き続けているのであるが、それを糾弾しようと思えばできるが、それをせずに「沈黙」するという生き方を選んでいるのである。このような孫氏の仮面性は、「山水画」の「霧に没してしまうようなイメージ」に象徴されるように、自らの存在の奥深くにある怒りなどの激しい感情を心の中に押さえつけて生きる、いわゆる「抑圧された民族」や「流浪の民」と呼ばれる人々が、その「生存」のために身に付けた仮面性であると言えよう。

こうして自らの悲惨な経験を語った孫氏は、次に、小川氏と、当時やはり中国において日本軍の兵隊として職務に就いていた主人公に対して、略奪、強姦、虐殺を繰り返された中国人たちのその当時の苛酷な状況に「無関心をよそおったこと」はないかと尋ねる。この時主人公は、ただ「だまっていた」のであるが、それは彼が、「部下兵隊のひとりが中国人の物売りからひったくりのようなことをやったとき、義憤のようなものできつい折檻をしたものの、あとで中隊長からそれを批判されて一言も反論しなかった」（二九三）という「ひとつの経験」を思い出したからなのである。孫氏の「経験」を聞かされ、また自らの「経験」を思い出した主人公は、自分が戦争中に中国で犯した「過去の罪」と、娘の事件に関して自分の「主張を叫ぶ権利」との間で心が揺れ動く。すなわち、自分を含めた「人間」というものが普遍的に持つ「被害と加害」の二つの側面の存在を認識するのである。そしてその後、自分の娘が見せる「かすかな笑い」（二九四）の中に孫氏の生き方に共通するものを感じた主人公は、自らも孫氏と同じように「沈黙」することを選び、告訴も取り下げることにする。

その後しばらくして、主人公は再び軍のクラブでのパーティーへ招かれ、「すこしためらう気もち」（二九五）はあったものの、出かけていく。この時の主人公は、いわば孫氏と同じく仮面性を肯定する生き方をする努力をしている過程にあると言える。しかし、パーティーの途中で、ミスター・モーガンがメイドを告訴したという衝撃的な事実を知った時、主人公は最終的な決断を下すのである。この知らせを聞いた時「フォークを音をたてて皿になげた」（二九六）主人公は、もはや周囲の目を気にすることもなく、ミスター・ミラーが沖縄の文化論を始めようとした時、「その問題にそれほど興味をおもちですか」と「はっきりと固いもの」（二九七）の混じった語調で応える。この時主人公は、「カクテル・パーティー」という存在が、状況の不条理性や人間の深い苦しみや痛み、そして怒りなどの感情を覆い隠す役割を持つものであり、その「親善」や「友好」といった名目が欺瞞に満ちたものであることをはっきりと認識し、同時に、自らの仮面を最終的に脱ぎ捨てる決断を下しているのである。

では、ミスター・モーガンがメイドを告訴したことが主人公にこのような重大な決断をさせたのは、なぜであろうか。メイドはミスター・モーガンの息子を無断で自分の実家に連れていったのであるが、それは「前章」における主人公の言葉を借りれば、「底抜けの善人ぶり」（二七三）から行った行為であった。しかし、ミスター・モーガンは息子を「誘拐」したとしてメイドを告訴したのである。これを聞いた時、主人公の心の中では、メイドと自分の娘という二つの存在が重なり合って映ったのであろう。すなわち、主人公の娘は、ロバート・ハリスに車で連れ去られるが、これはまさに「誘拐」に等しい行為である。そして、主人公が「ああも醜い行為」（二八九）と形容した強姦という犯罪を行ったにも関わらず、ハリスは罪に問われず、逆に娘は傷害の罪で告訴されている。一方メイドは、「善意」から行った行為のために「誘拐」の罪で告訴される。つまり、仮に「誘拐」という共通点でこの二つの事件を見た場合、その行為の主体と客体という点で娘とメイドは立場が逆であるにも関わらず、ともに告訴される者であるという不条理性が存在するのである。孫氏の悲痛な経験を聞いた時、娘と孫氏の妻を重ね合わせることにより、人間の持つ「被害と加害」の二面性を認識し、いったんは沈黙や仮面性を許容しようとした主人公であったが、ここで娘とメイドの苦難が重なり合うことにより、状況の不条理性を再認識させられるのである。

このようにして最終的に仮面を脱ぎ捨てることを決意した主人公は、他の登場人物達と次のような会話を行う。

ミラー――論理というものは、ときに犠牲をともなう。

――・・・おたがいはほんとうに論理に忠実に生きているでしょうか。いや、論理的に行動すべきことと感覚的に行動すべきことを、生活のなかできびしく定めて生きているでしょうか。

小川――(日本語で) それからさきは言わないほうがいい。

――(日本語で) ありがとう。しかし、まだ本題にはいらないのだ。(中国語で) いま小川さんが言ったことの意味がわかりますか。彼は私がこの私たちの安定したバランスを破ることを心配しているのです。しかし、やむをえないと思います。この安定は偽りの安定だ。(中略)

孫――私がせっかく努力してきたことを、あなたはすべて破壊しようとしている。

――孫先生、あなたは努力する必要がなかった。いや、その努力は立派なことだが、その前にすべきことをあなたは怠った。

(中略)

――仮面だ。あなたがたは、その親善がすべてであるかのような仮面をつくる。

ミラー――仮面ではない。真実だ。その親善がすべてでありうることを信じる。すべてでありたいという願望の真実だ。

――いちおう立派な論理です。しかし、あなたは傷ついたことがないから、その論理になんの破綻も感じない。いったん傷ついてみると、その傷を憎むことも真実だ。その真実を蔽いかくそうとするのは、やはり仮面の論理だ。私はその論理の欺瞞を告発しなければならない。

（中略）

――孫先生。私を目覚めさせたのは、あなたなのです。お国への償いをすることと私の娘の償いを要求することは、ひとつだ。このクラブへ来てからそれに気づいたとは情けないことですが、このさいおたがいに絶対的に不寛容になることが、最も必要ではないでしょうか。（二九九－三〇一）

娘の事件を告訴する過程で経験した、司法や行政における「二重の構造」などに代表される、沖縄における「状況の不条理性」や「論理の矛盾」を認識した主人公は、この時、「おたがいはほんとうに論理に忠実に生きているでしょうか」とミスター・ミラーに問いかける。そして小川氏が「それからさきは言わないほうがいい」と忠告するのを振り切って、「この私たちの安定した安定したバランスを破ること」を敢えて行う。主人公は、このような「安定したバランス」は「偽りの安定」にすぎないと言い、さらに、そのような「安定」に基づく「仮面の論理」を告発し始めるのである。主人公は、ミスター・ミラーの、いわば職業的に身に付けた仮面性や「傷ついたことのない」者の「論理の欺瞞」、そして「真実を蔽いかくそうとする」「仮面の論理」を弾劾する。そして主人公は、孫氏に関しても、孫氏の、生きるために「努力して」身に付けざるを得なかった仮面性を、「努力する必要がなかった」として拒絶する。これは、先に述べたように、自分の娘、孫氏の妻、そしてメイドという三者の「事件」が主人公の中で重なり合い、不条理な状況に対して「絶対的に不寛容になる」ことの必要性を認識したからなのである。

また、この引用部分の文体についてであるが、作者がここで演劇で用いられるような会話調の文体を使っているのは、これが内容において作品の中核を成す部分であり、作品を通して唯一この部分だけにおいて登場人物達が自己の真実の姿をさらけ出して「自然」な「会話」を行っていることを示すためのものであろう。そしてさらに注目すべきことは、これまで「私」または「お前」という言葉で呼ばれてきた主人公が、この会話の部分においては「――――」という形で示されている点であるが、これは、表層の仮面を脱ぎ捨て、ようやく「自然な会話」を始めた主人公を「お前」と批判的に呼ぶ必要がもはや無くなったということ、そして、「前章」において仮面を被っていた「私」と、その仮面性を告発し「お前」と呼びかけてきた主体、すなわち表層と深層の二重意識に分離していた主人公の自己が、ここでようやく統合された人格を持つに至ったことを示すものであろう。

しかし、この場面の文体については、別の解釈も成り立つことが考えられる。すなわち、この部分はパーティーの席で実際に登場人物達によって交わされた会話ではなく、主人公の心の中で行われた想像上の会話ではないかという解釈である。その理由は、孫氏、ミスター・ミラー、小川氏、そして主人公が、実際にこのような激しい「真実の」言葉の応酬を行うというのは、作品全体の流れから考えて現実性に乏しく、不自然に見えるという点である。そして、この場面における各人物の会話の現実性は、それぞれの「仮面性」の度合いの強さから考えて、上に挙げた順に疑わしいと言えるのである。すなわち、この解釈からすれば、主人公はこのような想像上の会話を行うことにより、自分の心の中で、表層と深層に分離していた自己の統合を果たし、状況の告発を決定するに至ったということになるのである。

さて、最後に、この作品における状況の不条理性を最も象徴的に表しているものとして、「性」の問題に触れてみたい。まず、抑圧される側の女性に関してであるが、その性は、抑圧する側の男性、すなわちこの作品においてはアメリカ軍や日本軍の男性によって「強姦」という形で蹂躙され、しかもその男性は罪に問われることはない。では、抑圧される側の男性に関してはどうであろうか。ここで主人公とミセス・ミラーの関係を考えると、まず「前章」においてパーティーに向かう途中で、主人公は「ミセス・ミラーの愛嬌ある美貌と豊麗な体格にお目にかかれる」（二五九）ことを楽しみにしている。そして実際にパーティーが始まると、主人公は「黒いワンピースの大きな襟ぐりから、白い胸がひろく浮きあがっているのが、まぶし」（二六〇）く感じ、その後もミセス・ミラーの「肉づきのよい肩」や「豊麗な肉体」（二六五）を眺めるのである。ところが、「後章」において娘の事件の告訴に関してミスター・ミラーに協力を求めに行きそれを断られた時、主人公は次のような反応を示す。

ミセス・ミラーの豊かな二重顎がお前の眼をつよく射た。お前は、布令刑法の一節を思いうかべた。「合衆国軍隊要員である婦女を強姦し又は強姦する意志をもってこれに暴行を加える者は、死刑又は民政府裁判所の命ずる他の刑に処する」（二八一）

「ミセス・ミラーの豊かな二重顎がお前の眼をつよく射た」という文章は、一見「前章」における「私」の「楽しみ」を表す表現に似通ったものであるが、ここで重要なことは、それと同時に主人公が、「合衆国軍隊要員である婦女を強姦し又は強姦する意志をもってこれに暴行を加える者は、死刑又は・・・」という「布令刑法の一節を思いうかべ」るということである。娘の事件を通して裁判の不平等を経験した主人公は、ここでは男性の性に関する不条理性、すなわち抑圧する側の男性は強姦事件で罪に問われず、抑圧される側の男性は同様の事件を犯した場合に「死刑」になるという「論理の矛盾」を理解するのである。そのように考えれば、「ミセス・ミラーの豊かな二重顎がお前の眼をつよく射た」という文章には、主人公の次のような認識が込められていることがわかる。すなわちそれは、ミセス・ミラーは主人公にとって、いわば「禁じられた性の対象」なのであり、まさにその理由によって、「前章」において「選ばれた楽しみ」を味わう「私」にとって、ミセス・ミラーは「強い憧れの対象」となっていたという認識なのである。

そして、最後に仮面性を捨て去り「偽りの安定」を拒否する主人公は、ミスター・ミラーに対して、「布令第一四四号、刑法並びに訴訟手続法典第二・二・三条をご存じですか?・・・合衆国軍隊要員への強姦の罪。あれがあるかぎり、あなたの願望は所詮虚妄にすぎない」(三〇一)と言って軍のクラブを去るが、この時主人公は、性に関しても一方の側だけが痛みを背負わなければならない状況の不条理性をはっきりと認識し、それを告発しているのである。

おわりに

以上、前半ではアフリカ系アメリカ人の文学、そして後半では「カクテル・パーティー」を取り挙げ、それぞれの作品の中で扱われている「意識の二重性」の問題について述べてきたが、以下簡潔にその類似点をまとめてみたい。

まず、「カクテル・パーティー」の「前章」における主人公は、その意識の表層にある「選ばれた」者の「楽しみ」が、自分の意識の深部が敏感に感じている不安を押さえつけ、沖縄の抱える状況に関する本質的な議論を避けようとする人物として描かれている。そして、このような「私」の「選ばれた楽しみ」というものは、ラングストン・ヒューズの描く「ブラウン教授」が、チャンドラーの夕食に招かれる際にその表層意識の中に抱く、「選ばれた者の楽しみ」や「個人的な欲望」と同質のものである。また、「カクテル・パーティー」において、基地の中を通る際に「私」の深層意識が感じる不安に関しても、ブラウンが車で白人居住区に向かう時に感じる不安や、リチャード・ライトの『アメリカの息子』の主人公ビガー・トーマスが銃を携えなければ白人居住区へ行けないほどの大きな恐怖を抱いていることと比べた場合、程度の差こそあれ、本質的には同種の不安や恐怖の感情であると言える。すなわちそれは、厳然と分離された「二つの世界」の「もう一方の側」へ入っていく時に感じる不安や恐怖なのである。さらに、「前章」での「私」が、アメリカによる沖縄の占領や日本軍による沖縄住民の虐殺という現在や過去の不条理な状況に触れようとせず、懸命に仮面を被って本質的な議論を回避しようとする姿は、ブラウンが白人の提案する人種隔離政策に対して無意識に感じた憤りから「我に返って」「外交的に」振る舞う姿と重なり合う。このように、「前章」での「私」と「ブラウン教授」は、ともに仮面性の「病理」を患っている人物であると言えるのである。

ここで「カクテル・パーティー」のミスター・ミラーについて少し触れると、彼は「職業的な」仮面性に身を固め、状況や歴史の不条理性を孕む微妙な話題を巧みに「笑い」に転じさせ、諜報活動という隠された大義のために「カクテル・パーティー」という偽りの「親善」や「友好」関係を作るのに懸命な人物であるが、ラングストン・ヒューズの「教授」におけるチャンドラーもまた、ブラウンに地位と報酬を与えることによって彼を「飼い慣ら」し、人種隔離政策という白人の大義を巧みに推し進める人物である。さらに別の見方をすれば、ミスター・ミラーとチャンドラーはともに、「私」やブラウンの意識の奥深くに秘められた不安や憤りといった感情に対して無関心であり、彼らはいわば、ラルフ・エリスンの言うように、「私」やブラウンという一個の「人間」の存在が、まさに「見えない」人物達なのである。

次に深層意識についての共通点であるが、「カクテル・パーティー」の「後章」における主人公は、娘の事件、司法や行政の「二重の構造」、ミスター・ミラーの対応、そしてメイドの事件の顛末などといった一連の経験を経て、自分の置かれている「状況の不条理性」を認識するようになるが、それは『アメリカの息子』のビガー・トーマスが感じている、黒人と白人の「二つの世界」の間に存在する絶望的な距離に対する苛立ちと同種のものである。また、本論の最後で触れた「性」の問題であるが、その中でも特に、抑圧される側の男性にとって抑圧する側の女性が「禁じられた性の対象」であるという事実は、「カクテル・パーティー」と『アメリカの息子』の二つの作品世界の核心部分を構成するものであると言えよう。そして、このような状況の不条理性や人間の仮面性を告発するに至った「カクテル・パーティー」の主人公は、「絶対的に不寛容になること」の必要性を最後の場面で訴えるが、この主張は、アミリ・バラカの演劇が「告発する」演劇であり、観客に対して状況への徹底した「不寛容」を説く姿勢に共通するものなのである。

さて以上のように、アフリカ系アメリカ人の文学と沖縄文学との間に存在する共通点を探ってみたが、今回はそのテーマを「二重意識」という問題に絞り、また、沖縄文学の中での比較の対象を「カクテル・パーティー」のみに限定して考察を行った。しかし、他のテーマや沖縄文学の他の作品を検討した場合、アフリカ系アメリカ人の文学と沖縄の文学との間には「二重意識」の問題以外にも様々な興味深い関連性があると思われる。例えば、又吉栄喜氏の『豚の報い』は「アイデンティティーの回復」と「癒し」といったテーマを、「豚」や「魂込め（マブイ）」などの、いわゆる「土着性」の強い題材を用いて描いた作品であるが、アフリカ系アメリカ人の文学においても、ジェームズ・ボールドウィンや本論でも紹介したラルフ・エリスンなどは、同様のテーマを扱った作品において、ブルースなどアメリカ黒人の文化的特質を効果的に用いているのである。また、ブルースに関しては、ちねんせいしん氏の戯曲「人類館」における「毒のある笑い」との関連性も、興味深い考察の対象であると思われる。このような類似点については、私自身も含めて、今後の研究対象として取り上げて行く可能性があると考えられる。

引用資料

Baraka, Amiri. (LeRoi Jones.) *Dutchman and The Slave*. London: Faber and Faber, 1964.

——. *Home: Social Essays*. New York: William Morrow, 1966.

デュボイス、W・E・B・（木島始・鮫島重俊・黄寅秀訳）『黒人のたましい』（一九〇三）岩波文庫、一九九二年。

エリスン、ラルフ（橋本福夫訳）『見えない人間』（一九五二）早川書房、一九六一年。

Fabre, Michel. "Richard Wright: The Man Who Lived Underground." Eds. Richard Macksey and Frank E. Moorer. *Richard Wright: A Collection of Critical Essays*. Englewood Cliffs, New Jersey: Prentice-Hall, Inc., 1984. 207-220.

Hughes, Langston. "Professor." *Laughing to Keep from Crying*. New York: Aeonian Press, 1952. 97-105.

マーゴリーズ、エドワード（大井浩二訳）『アメリカの息子たち』（一九六八）研究社、一九七一年。

大城立裕『カクテル・パーティー』（一九六七）『沖縄文学全集第七巻』所収、国書刊行会、一九九〇年、二五七－三〇三頁。

ライト、リチャード（橋本福夫訳）『アメリカの息子』（一九四〇）早川書房、一九六一年。

Wright, Richard. "The Man Who Lived Underground." 1944. *Eight Men*. 1961. New York: HarperCollins, 1996. 19-84.

第五講　ラングストン・ヒューズ「ある金曜日の朝」

使用テキスト　Hughes, Langston. "One Friday Morning." *Laughing to Keep from Crying*. New York: Aeonian Press, 1952. 83-95.

本章では、ラングストン・ヒューズの短編「ある金曜日の朝」（"One Friday Morning"）を読みます。第三講で扱った「教授」との比較も交えながら、作品を考えていきましょう。まず、冒頭の段落ですが、「教授」と同じく、「ある金曜日の朝」でも、何か奇妙な書き出しになっています。この段落に目を通して感じることは、否定語や"but"が多いということです。具体的には、"not"、"but"、"indirections"（「間接的」）、"no"などと言った単語が頻繁に用いられています。要するに、「どうやらナンシー・リー（Nancy Lee）という生徒が今年の美術奨学金を受賞するらしい」という内容の「噂」が流れるのですが、「確定した情報ではない」ということです。

次の段落では、冒頭の段落とは違って、ナンシーの描く絵が、素晴らしいものであることが、何の疑いもなく書かれています。すなわち、ナンシーならば受賞しても当然であるという「一つの考え方」が提示されているわけです。ところが、その直後、再び、ナンシーの受賞が不確定であるという調子に変わっています。なぜなら、昨年度の受賞者は、誰も予想しなかったジョー・ウイリアムズ（Joe Williams）だったからです。彼の絵は、極めて抽象的なものですが、その絵を見てかなり長い時間が経たないと、橋が描かれていることすら分からないものでした。それにも関わらず、彼は賞をもらい、その地域の重要人物たちによる受賞祝賀パーティーに招かれ、現在は、その街にある唯一の美術学校へ特待生として通っているのです。

このように、この作品の冒頭の二つの段落では、「ナンシー・リーが奨学金をもらうようだがまだ不確かだ」、「確かに、彼女の絵が素晴らしいものであることは皆が認めている」、「しかし、例えば去年受賞したジョー・ウイリアムズの絵は、奇妙なもので、誰も受賞を予想していなかった」ということが述べられています。つまり、ナンシーの受賞が不確かだということが、冒頭で示されているのですが、これは、これから物語がどのような展開になっていくのかを示唆するものと考えることができます。「伏線」として捉えても良いと思われます。

次の段落では、最初の行で、ナンシーが「黒人の少女」（"a colored girl"）と紹介されており、それまでの段落で述べられていた「不確かさ」を補強する情報となっています。すなわち読者は、「そうか、黒人の生徒だから不確かなのか」と考えるわけです。この段落のその他の部分は、ナンシーが最近南部から転校してきたこと、成績も優秀で、容姿も美しく、新しい学校ですぐに周囲に溶け込んでいること、学業だけでなく、運動でも能力が秀でており、ミュージカルでも美しい声を披露したこと、そして、そのように多方面で能力があるにも関わらず、自慢したり出しゃばったりということは決してしない人物であることなどが紹介され、それゆえ学友たちは彼女が黒人だということをほとんど意識していないことが述べられています。また、次の段落の最初の文では、ナンシーは、自分が黒人であることを時々忘れるほど、人種に関することを意識していないことが述べられています。すなわち、ここでのナンシーの描かれ方は、一言で言うと、「自分が黒人であることへの劣等感などを全く持たない純粋な少女」ということになるでしょう。

次の場面からは、ナンシーが尊敬する美術の教師である「ディートリッヒ先生」（Miss Dietrich）に関することが述べられています。ディートリッヒ先生は、ナンシーに、絵を描くこと（ここでは特に版画を制作すること）における基本的な法則を学ばせ、明確で美しく、この世界の他の誰でもない自分の個性を表現させ、最終的に、ナンシー以外の誰も表現できない内容の作品を作り出させています。すなわち、ディートリッヒ先生は、自分の生徒たちから最上のものを、ただし他の誰かのコピーではない、生徒自身の最上のものを引き出すことに努めるという明確な教育方針を持っていることが示されています。さらにディートリッヒ先生は、アメリカの中西部に住む若者の、アメリカ人であることを意識した想像力を重視している人物、つまり、生徒それぞれのアイデンティティーを引き出すことを重視する人物として描かれています。

そのようなディートリッヒ先生の願いに応えるように、ナンシーは、自分がアメリカ人であること、さらに、何世代も前にさかのぼって、自分がアフリカの血を引く黒人のアメリカ人であることを、誇りに思っています。そんなナンシーに対して、彼女の両親は、アフリカの美しさ、力強さ、アフリカの歌、偉大な川、そして、ピラミッドなどを作った素晴らしい文明について、ナンシーに教えました。また、ディートリッヒ先生も、ナンシーのために、アフリカの彫刻などに見られる、鋭さと同時にユーモアに満ちた輪郭などについて調べてくれたのです。

ナンシーの父は郵便配達人、母は市の社会福祉施設でソーシャルワーカーの仕事をしていました。両親ともに南部の黒人大学を卒業しましたが、母は北部の大学院へ行き、（おそらく）修士号を取得しています。両親は、多くのアメリカ人と同じく、勤勉であり、教育に力を入れています。それゆえ、娘のナンシーには自分たちのような苦労をできるだけ少なくして、より良い環境で教育を受けさせたいと願って、南部からこの街へと移り住んできたのです。ナンシーは、そんな両親を、奨学金の受賞で喜ばせたいと思いますが、ある「約束」があって、両親にはまだ伝えてはいません。

ナンシーの描いた絵は、どのようなものだったのでしょうか。ディートリッヒ先生から、その絵の額縁の色を尋ねられた時、ナンシーはすぐに「青」（“blue”）と答えます。「青」は「水」や「海」、「空」などを連想させますが、多くの場合、「透明性」や「純粋さ」などを表します。すなわち、この作品では、「青」という色は、ナンシーの「若さ」と「純粋さ」を象徴的に表していると言えます。そして、肝心のナンシーが描いた絵ですが、季節は春で、緑が芽生え始めており、中心に描かれているのは、年老いた黒人の女性が公園のベンチに座り、アメリカ合衆国の国旗を眺めている様子です。国旗と春、そして老婆は、ある種の三角形を形成しており、そこには、ナンシーの「夢」が表現されています。すなわち、本来のアメリカの特質である自由と平等を象徴する国旗を、差別に苦しんできた黒人の老婆が眺めているというのは、その自由と平等がいつか実現するという「夢」が描かれているということになります。

ナンシーは、副校長の「オーシェイ先生」（Miss O'Shay）の部屋に呼ばれ、「まだ誰にも話してはいけない」ことだという「約束」を交わした後、途中から話に参加したディートリッヒ先生から、受賞のことを知らされます。そして、喜びを噛みしめるナンシーは、黒人としての誇りが増々強まります。そして、国旗に描かれている数多くの星は希望を表しており、アメリカという国には、希望を叶える土台が初めから存在するという考えに至ります。また、絵で描かれている老婆は、南部に住む、ナンシーの祖母がモデルになっていることも明かされています。それは、ナンシーが、アメリカに住む黒人たちの「集合的な」願望あるいは夢を共有していることを示すものです。

ナンシーは、金曜日の朝の朝礼で受賞が公表されることから、受賞のスピーチを考えます。その内容は、今回の受賞は自分個人と同時に、黒人という人種に与えられたものであること、アメリカ黒人は、アメリカの平等の機会と公正さを信じていること、そしてその希望は、アメリカの国旗にある星に表現されていること、さらに、黒人は、「万人に与えられている自由と公正さというアメリカの夢」を信じていること、などを含むものでした。

そして、受賞発表の金曜日の朝がやってきます。教室にいたナンシーは、副校長のオーシェイ先生に呼ばれます。ところが、オーシェイ先生はナンシーに、受賞が取り消されたことを伝えます。すなわちそれは、受賞を決める委員会で、ナンシーが黒人であることが分かり、黒人の受賞を阻止するために新しいルールを作ったことが理由です。委員会からの手紙には、これまで黒人が受賞した（そしてその後美術学校へ進学した）前例はなく、今回のナンシーの受賞は地域社会全体に混乱を招くということが書かれていますが、その真の意味は、この街の美術学校を白人・黒人の共学にしたくない、つまり、白人専用、黒人専用という、教育における隔離政策という差別を維持したいということです。

動揺するナンシーに、オーシェイ先生は、自分の祖先はアイルランドからやって来た移民だったこと、アイランド系移民はひどく差別されたこと、「アメリカの夢」を信じて、あきらめなかったこと、差別された自分たちには「アメリカの夢」を実現する力があることなどを語ります。そしてさらに続けて、アメリカの民主主義はこれから作られるもので、その作り手は、「あなたと私」つまり黒人やアイルランド系など、差別を経験した者であり、また、差別を行う者たちに、アメリカの国旗の星が意味するものを知らしめるのは、他でもない我々なのだと語ります。

作品の最後の場面では、オーシェイ先生の目が「非常にはっきりとした青い目」と表現されています。ここでの「青」は「深淵さ」を含むものですが、同時にナンシーとの重なりを意味しています。さらに、「白髪の混じった髪」などの表現を見ると、オーシェイ先生とナンシーの祖母との重なりも意図されていることが考えられます。このようなオーシェイ先生の言葉に励まされ、ナンシーはようやく顔を上げ、微笑みます。そして、他にも奨学金はあること、他の街にも美術学校はあること、今回のことで自分は負けたりはしないことなどを考えることができるようになりますが、最も重要なことは、「大人になったら、黒人の子供たちに自分と同じ思いをさせないように闘う」ことを誓っていることです。このように、ナンシーは、常に、個人ではなく黒人全体のことを考える人物として描かれています。最後の場面にある「黒い肌の少女」(“a dark girl”)という表現は、ナンシーが今回の経験によって、さらに黒人としてのアイデンティティーを深めたということを表すものでしょう。

最後に、第三講で扱った「教授」との比較ですが、ブラウン教授は、黒人が差別されていることを十分知りつつ、同胞の黒人たちに「恥辱感」を覚え、白人に対する憧れを持っています。そして、深層意識では差別の不条理さを感じますが、最終的には、学部長の椅子や六千ドルの年収、南アメリカへの旅行などといった「個人的な」利益を選びます。それゆえ、ブラウン教授は、民族のアイデンティティーを投げ捨てた人物、白人に調子を合わせてダンスを踊る人物として、否定的に描かれています。一方のナンシーは、最初から黒人としての誇りを持った人物として描かれ、受賞の取り消しという黒人であるが故の苦難を経験しますが、最終的には、同じく差別を受けて来たアイルランド人との連帯や、今後自分と同じ苦難を子供たちに経験させたくないという「民族的な」あるいは「集合的な」誇りや希望を持つ人物として描かれています。この二つの作品に共通するテーマは、教育における人種間の分離政策ですが、これまで見て来たように、ラングストン・ヒューズは、そのような不条理な状況に対して黒人はいかに立ち向かうべきか、という問いを読者に投げかけていると言えます。

第六講　リチャード・ライト「河のほとり」①

使用テキスト　Wright, Richard. "Down by the Riverside." *Uncle Tom's Children.* 1938. New York: Harper & Row, 1965.54-102.

この「河のほとり」（"Down by the Riverside"）という短編小説は、第一講で扱った「黒人差別の中で生きる知恵」と同じく、リチャード・ライトの初期短編集『アンクル・トムの子供達』に収められたものです。また、「黒人差別の中で生きる知恵」は副題に「自伝的素描」とあり、作者リチャード・ライトの自伝的要素が大部分を占める作品でした。それに対し、今回の「河のほとり」は、完全なフィクションです。短編としては分量が多いため、本書では第六講と第七講の二章に分けて読むことにします。（第六講は作品のⅠ～Ⅲ、第七講はⅣ～Ⅵの部分です。）

では、作品のⅠの部分から説明を行います。Ⅰの冒頭の段落では、この作品の場面設定が描かれています。それは、「洪水」という設定です。この設定には、様々な意味が込められていると思われます。また、「水の力」が何を表しているのかを考えることも重要でしょう。「洪水」と「水」の意味に関しては、作品を読み進めながら考えていきたいと思います。

作品冒頭の「古い家」や、「家の土台の下にある地面は水浸しになっていた」という表現に注目しましょう。文学作品では、「家」や「部屋」が登場人物の意識を表すことが多いのですが、「古い家」とあることから、それが主人公の「古い意識」だと考えると、この物語は、「洪水」という特殊な状況を通して、主人公の意識が変化していくということ、あるいは、主人公による「洪水」の中での「旅」により、主人公に新しい意識が芽生えたと考えることができます。さらに、この「家」の「土台」やその下にある地面が、水浸しになっていることから、「家」という主人公の意識の土台が脆いものであり、作品が進むにつれてその古い土台が崩れ、新しい意識が現れてくることを示唆していると考えることができます。また、「半分腐った床板」や、「彼は床板がこれほど脆いものだとは思っていなかった。」という表現からも、自分のこれまで過ごしてきた「家」の土台が脆いものであることが示されています。

冒頭部分でもう一つ注目すべき箇所は、主人公が「鈍い頭痛」を感じ、「一日中熱っぽい。インフルエンザにでも罹ったかのようだ。」と考える場面です。一見、何でもない表現のようですが、作品を通して、この表現が頻繁に表れてくることから、何らかの重要な意味が込められていることが予想されます。リチャード・ライトの代表作である長編小説『アメリカの息子』(*Native Son*)の中で、主人公のビガー・トーマスは、白人の娘を殺害してしまうのですが、その前に、「今日は何かが起きそうだ。いや、俺が何かをやってしまう気がする」と述べます。それと同じ文脈で考えると、「河のほとり」の主人公も、「一日中熱っぽい」と、何か重大なことが起きること、あるいは自分が何か重大なことを行うのではないかという予感を抱いている場面であると考えることができます。そして、その予感は、白人男性のハートフィールド(Heartfield)を主人公が殺害するということで的中してしまいます。

作品に戻ると、主人公が洪水であるにも関わらず、判断を誤り、「水はすぐに引くだろう、そして、その後誰よりも早く農地に戻れるのは自分だ」と考え、政府から支給されるボートを断り、避難するのが遅れて、取り残されている状況が述べられています。そして、そのような状況の中で、妻のルル(Lulu)が出産の最中で苦しんでいる様子が描かれます。すなわち、今主人公がするべきことは、妻のルルを一刻も早く病院へ連れて行くことだったのです。ところが、この洪水という非常事態の中、白人たちは黒人を集め、堤防のある場所で強制労働をさせていること、また、商店などが略奪の被害に遭わないように、兵士が派遣されていること、遠くで銃声が聞こえてくることなどが述べられています。すなわち、「洪水」という状況設定は、奴隷制の時代に逆戻りするような状況、黒人がまるで犬のように酷使され殺害されている状況、すなわち、黒人が「人間以下の存在」であることを表面化するものだと言えます。さらに言えば、「洪水」という状況設定には、奴隷制が廃止された後も、黒人は白人の奴隷のような存在であることを浮かび上がらせる役割を持っていることが示されているのです。そして、主人公は、そのような危険な状況の中で妻のルルを病院へ連れて行かざるを得なくなっており、それゆえ、白人に対する恐怖から、銃を持っていくことを考えるのです。その場面で、「洪水の水はこれまで常に存在していた。そしてこれからも存在し続ける。」と主人公が考える場面があります。これは、主人公が「黒人が迫害される状況は常に存在し、これからも続いて行くものだ」と考えていることを表しています。そして、再び「熱っぽい」と感じる主人公は、奴隷のような状況で自分が何か重大なことを行うことを予感しています。すなわち、明白な描写はありませんが、主人公の意識の中には、主人公自身が気付かない、白人に対する強い怒りあるいは憎しみの感情が存在すると考えるべきでしょう。

物語が3ページほど進んだ時点で、初めて主人公の名前が「マン」（Mann）であることが示されます。この名前が「人間」を表す“man”の意味を含むことは明らかです。そして、上に述べたように、黒人が「人間以下の存在」であることが描写されていることから、このマンという名前には、「人間ではない」という痛烈な皮肉の意味が込められています。そして、物語が進むにつれて、このマンという名前には、一人の人間の様々な意識や行動が含まれていることが明らかになります。

ここで“Brother Mann”や“Sister Jeff”という表現がありますが、これは兄弟姉妹の関係を指すものではありません。すなわち、黒人たちは教会を中心としたコミュニティーを形成しており、その中で、信者同士が互いを呼び合う時に、男性なら“Brother”、女性なら“Sister”という敬称を付けて呼ぶということです。後に登場する“Elder Murray”は、おそらく教会の牧師または牧師補佐のような役割を持つ人物だと思われます。

次の場面では、ルルの状態が良くないこと、早急に病院へ連れて行かねばならないことなどが述べられています。そして、ここで「ボブ」（Bob）という人物が登場します。彼は、マンの息子である「ピーウィー」

（Peewee）から「ボブおじさん」（"Uncle Bob"）と呼ばれ、ルルの母親である「グラニー」（Grannie）から「ボブ」と敬称無しで呼ばれていることから、ルルの兄弟（おそらく弟）であることが分かります。マンはボブに、町へ行ってボートを買ってくるように頼んであったのですが、白人たちはこの「洪水」という状況でボートの値段を吊り上げたため、買うことが出来ず、あろうことか、「黒人を非常に嫌っている」、「ハートフィールド」の家から盗んできたことが明らかになります。

次に、「マレー（牧師）」（"Elder Murray"）がマンの家を訪れます。マレーは、ルルの容態を尋ね、皆で跪き、祈りを捧げようと言います。そしてその祈りの中で、「主よ、白人の心を和らげて下さい」と述べます。そして"Down by the Riverside"という歌を歌います。この歌は、歌詞の第一行目や第七行目にあるように、争いを行わないことを神に誓う内容となっており、このことは、マレーという人物が白人に対する「怒り」や「憎しみ」を持たず、ひたすら現状に耐える生き方を説く人物であることを示しています。そして、その後、マンは息子のピーウィーと義母のグラニーとともに、ボブが盗んできた白いボートに乗り、ボブやSister Jeffはマレーのボートに乗せてもらうということで、家を去って洪水の中へと進んで行きます。

Ⅱへ移りましょう。このボートでの「旅」は、「暗闇」（"darkness"）の中での旅です。そして、作品が進むごとに、マンは常に暗闇の中におり、逆に「光」（"light"）は白人を象徴するように使われています。また、ボートを漕いでいる時、洪水の中での水流の強さと、ボートの重みをマンは感じます。マンが水流に逆らって、あるいは水流と戦いながら進むことを考えれば、この辺りの「水」は、白人の力を表していると考えるのが妥当でしょう。また、ボートについてですが、この物語の最後では、マンは「ボートによる暗闇の中の旅」に重大な意味を見出すようになり、逆に、陸や昼間を恐れるようになります。マンが執着し、洪水の水の流れに翻弄されるボートは、マンの意識を象徴していると考えることができるでしょう。

マンは、洪水のため水没している地上の様子が分からず、方向感覚を失っている様子が描かれています。そうして苦労して漕ぎ進んでいくうちに、明かりが見えてきます。息子のピーウィーが明かりを見つけ、マンも「二つの四角形をした黄色い明かり」を見つけます。そして、「明かりがある所には人がいる。人がいる所には助けがある。」と、マンは至極「人間らしい」ことを考えますが、そのすぐ後には、「白人だったらどうしよう」という、「黒人特有の、白人に対する恐怖」を抱いています。すなわち、ここでは、Iの場面で触れた、マンという名前が象徴するものとして、「普通の人間」と「白人に対する恐怖を抱く黒人」の二つが示されていると言えます。

マンは、上に挙げた「二つの四角形」の明かりが窓から出ている明かりであることが分かります。しかし、そこがどこなのかが全く分からないマンは、"Hello"と二回呼びかけますが、現れたのは白人の男でした。その白人は、「そこにいるのは誰だ。」と尋ね、マンは自分の名前を答えます。このやり取りは奇妙です。それは、マン（Mann）の名前が「人間」（"man"）を表すものだからです。白人の男は、懐中電灯でボートを照らします。そして、マンが（病院にかけるための）「電話をお借りできますか。」と尋ねた時の白人の返答は、「ニガー、お前は何処からそのボートを盗んで来たんだ？」という怒りに満ちた言葉でした。すなわち、この白人は、あろうことか、ボブがそのボートを盗んできたハートフィールドだったのです。

マンは恐怖に怯えますが、白人は懐中電灯を照らしながら、容赦なく発砲してきます。マンは必死でボートを漕ぎ、懐中電灯の光から逃れようとします。ここで描かれている「黄色い円盤状の光」は懐中電灯の照らす明かりを表しますが、それから逃れながら、マンは慌てて自分の銃をポケットから取り出します。ここでは、懐中電灯の明かりが、「発作的に飛び跳ねながら」（"jump fitfully"）、「ジグザグ状に（右往左往して）動いた」（"zigzagged"）、「（マンを）探して」（"searching"）、「這うように動いた」（"crept"）などの表現で表されていますが、ここでは、懐中電灯が、あたかもそれを手にしている白人の「意識」を代弁しているかのように、「生き物」のように描かれています。そして、懐中電灯の明かりがマンのボートのすぐ近くまで迫ってきた時に、マンは二発の弾丸を撃ちます。そして、ハートフィールドは水の中に倒れて沈むのですが、それと同時に、懐中電灯は「一つの目」(“one eye”)と描かれ、白人とともに水の中に沈んで行く描写がなされています。やはり、ここでの懐中電灯の「明かり」は、その所有者の意識の象徴として捉えるべきでしょう。(なお、「懐中電灯」に関しては、後のVの場面でも、重要な使われ方がなされています。)

この出来事の後、「黒人の自分が白人を撃ち殺してしまったこと」が持つ重大な意味を考え、恐怖に支配されたマンは、自分の人生が終わったと感じ、これ以上ボートを漕ぐことは無意味だと考えます。しかし、その後すぐに、強い水の力を感じたマンは、それと戦うように、ボートを漕ぎ始めるのです。すなわち、ここでは、「白人殺し」の恐怖におびえる「黒人」としてのマンと、それでも妻のルルを病院へ運ばなければならないと思う「人間」あるいは「夫(男性)」としてのマンの姿が描かれていると言えます。

次第に町へ近づいて行くマンのボートは、「止まれ!そこにいるのは誰だ。」という声によって止められます。それは、洪水という非常事態で派遣されている兵士たちでした。この場面でも、「ギラギラと光る明かり」や「兵士のライフル銃の鉄の部分の光」とあるように、「光」が、白人の力の象徴のように描かれています。この後、マンは兵士から様々な質問をされますが、マンから「妻が出産のため病院へ行く」ことを聞かされた白人の兵士たちは、笑いながら「ニガーはこんな非常時でも何でもやるんだな」と言います。ここでの白人は、「妻の命を守るために必死でボートを漕ぐ」マンの「人間として当然の行為」を、マンが黒人であるという理由だけで、考慮しようとは思わないのです。また、「(淫らな)女」(“bitch”)や「(軽蔑的に用いられる)黒人の子供」(“picaninny”)などの差別的な言葉が、白人兵士たちから聞かれます。その後、白人の兵士たちは、マンがボートを漕いで進むことを禁じ、モーターボートでそのボートを引っ張って行くと告げます。それは非常に早く進み、マンたちはあっという間に病院へ到着します。

病院に着いたマンは案内に従って進みますが、行きついた場所は、「黒人専用」（"FOR COLORED"）と表示された場所でした。すぐに白人の医師がルルを診察台に乗せて診察しますが、すでに亡くなっているとマンに告げます。（これは推測ですが、私は、ハートフィールドの家から病院へ向かう途中で、マンがグラニーにルルの様子を聞いた時、「眠っている」とグラニーは答えていますが、この時にはすでにルルは死んでしまっているのではないか、すなわち、その前にマンがハートフィールドを殺害した時に、ルルも死んでしまったのではないかと思います。）

次に、Ⅲの場面に移ります。ここでは、白人の医師が、「もう少し早く病院に連れてきていれば、子供だけでも助けられたかもしれないが、今はすぐに（避難所である）丘へ家族を連れて行くように」と述べます。ここで登場している医師や看護師たちは、おそらく黒人に対して寛容な人物達だと思われます。「かわいそうに」と思ったり、「水の勢いがこれ以上強くなる前に、義母たちを丘に連れて行きなさい」などと述べたりしています。「黒人専用」の病棟で働いていること自体が、この白人たちの黒人への寛容さを表していると思われます。

ところが、マンが丘へ行こうと準備をしている時、"Hey, you!" と白人兵士に呼び止められ、ここからマンの運命は急速に悪い方向へと変わって行きます。まず、兵士は、マンの乗ってきた白いボートが軍によって接収されたこと、そして、その代わりにマンたちをモーターボートで丘へ連れて行くことを伝えます。しかし、その後、兵士が大佐とともに戻ってきた場面で、事態が大きく変わります。大佐は、マンの乗って来たボートの値段を聞きますが、５０ドルというマンの答えに対して３５ドル支払うことで接収すると言います。これが不当な取引であることは明白です。そして、大佐は、泣き崩れているグラニーのことを尋ね、マンが「義母なのですが、今さっき娘を亡くしたので」と答えますが、それに対して「そうか、分かった。しかし、お前はどうしたんだ。病気にでも罹っているのか」と尋ねます。先に、義母であることを告げられ、マンが妻を亡くしたばかりであることを知っているにも関わらず、マンという一人の人間の精神的な苦痛のことは考えず、肉体的に病気に罹っているのかと尋ねているのです。これは、明らかに、黒人には人間としての感情などないと決めつけている大佐の意識が表れている箇所です。そして、マンが病気ではないことが分かると、「お前は丘へ行かなくてよい。代わりに、堤防のところへ行って仕事をして来い。」と命じます。そして、マンの「私は疲れ果てています！」（"Ahm tired!" = "I am tired!"）という、人間としての悲痛な叫びにも耳を貸さず、兵士たちに、マンを堤防に連れて行くように命じます。この場面や、堤防で強制労働をさせられている黒人たち、さらにその後マンが再び病院へ戻り、白人の患者たちを助け出す作業を強要される場面などでは、白人と黒人の関係が、かつての奴隷主と奴隷の関係と同じようなものであることが描かれていますが、この物語の「洪水」という状況設定が、普段は隠れている白人と黒人の関係を白日の下に晒す役割を持っていると考えられます。

物語に戻りましょう。マンを病院から堤防へと連れて行くモーターボートが到着する間、白人の兵士はマンに、大量の箱からレインコートや長靴を出して並べる作業を命じます。マンは感情を押し殺し、なるべく機械的に作業を行おうとしますが、不意に泣き出してしまいます。それを見た兵士が「どうしたんだ、ニガー」と尋ねますが、マンは、ここでも "Ahm tired!" と言い、さらに妻が死んだことを兵士に伝えます。しかし兵士は、「この洪水の中で自分が死ななかったことだけでもラッキーだと思え」と言い、やはりマンの人間として当然の悲しみを察しようとはしません。マンも、これ以上騒ぎ立てると、自分がハートフィールドを殺害したことが知られてしまうのではないかと考え直し、「水を一杯頂けますか」と兵士に言います。兵士は「水は無いがサンドイッチならある。腹が空いているのか。」と聞きますが、マンは空腹でないにも関わらず、「お願いします」と答えます。ここでは、「黒人はいつでも何かを食べたいと思っている」、「黒人は白人が差し出す食べ物は何でも食べる」という白人の固定観念に従って、自分の身の安全を図ろうとするマンの偽りの態度、すなわち、仮面を被り、白人の前で黒人が演じる道化の役割をマンが演じていることが示されています。

兵士からもらったサンドイッチを食べている途中で、マンを堤防に運ぶモーターボートが到着し、マンは残りのサンドイッチをポケットに入れて、モーターボートに乗り込みます。他の箇所でも再三出てきますが、ここでも、マンは自分のズボンのポケットに入っている銃のことを考えます。そして、「憎しみの感情がマンに湧き上がった」とあるように、白人兵士たちを撃ち殺して逃亡することを考えたりします。

堤防にマンが到着した時、もう一人の黒人が別のボートで連れて来られます。ここでは単に「黒人の少年」("A black boy")と紹介されているだけですが、この少年は、「俺にモーターボートを操縦させてくれないかな」と言います。これまでの場面で、モーターボートを操縦するのは白人の兵士たちだけであることを考えると、この少年は、白人に近付きたいという考えの持ち主ではないかと予想されます。

次の場面は重要です。ここでは、マンが、堤防で働かされている黒人たちを見ていますが、その様子が「蛇のように身をくねらせて動く」と表現され、さらに次の場面では「おぼろげな影のようにゆっくりと動く」と書かれています。これはマンから見た黒人たちの様子ですが、「蛇のように」というのは悪魔のように人を欺くという意味が込められていることから、マンが同じ黒人である彼らを信用していないと考えられます。さらに「おぼろげな影」という描写には、黒人たちの実体の無さ、空虚さ、無力さなどの意味が込められていると考えられます。これは、マンが先に挙げた黒人の少年に出会った直後のことであり、マンの黒人同胞に対する不信感、あるいは、少なくとも、この少年に対して無意識に感じたマンの嫌悪感が表れていると言えます。

そして、Ⅲの最後の場面では、突然サイレンが鳴り響き、堤防が決壊したことが明らかになります。

第七講　リチャード・ライト「河のほとり」②

使用テキスト　Wright, Richard. "Down by the Riverside." *Uncle Tom's Children.* 1938. New York: Harper & Row, 1965. 54-102.

本章では、第六講に続き、「河のほとり」Ⅳ～Ⅵについて説明を行います。Ⅳの最初の場面では、堤防が決壊したことを受けて、司令官が、モーターボートを赤十字病院へ行かせ、患者たちを救い出すことを兵士たちに命じます。そして兵士たちは、「誰かモーターボートを操縦できる者はいるか」と尋ね、前章のⅢの場面で登場した黒人の少年が、すかさず「自分が出来ます！」と答えます。そして、躊躇うマンとともに病院へと向かうことになります。なお、この場面で、白人の司令官が「モーターボートをあまり多くのニガーたちに操縦させたくないのだが」と兵士に語りますが、これは、モーターボートが白人の力の象徴であり、できるだけ黒人に操縦させたくないという考えがあるからでしょう。

次に、黒人少年の名前がブリンクリー（Brinkley）だということが分かりますが、この少年は自分から進んでモーターボートの操縦を申し出ており、それが叶って嬉しそうに働く様子は、このブリンクリーという少年が、白人に媚びへつらう種類の黒人であることをマンが無意識のうちに感じ取っていることを示していると言えます。そして、マンは、同じ黒人であるブリンクリーを信用できるか、意識して考えています。マンは、それを確かめるためにブリンクリーの顔を見ようとしますが、激しい雨と暗闇のために顔を見ることができません。この「マンがブリンクリーの顔を見ようとするが、見えない」という場面は、次のⅤの部分でも現れるため、重要だと言えます。

病院に着いたマンは、Ⅲの場面で登場した大佐から、病院の天井に穴をあけ、そこから患者たちを外に出すように命じられます。ここでも白人による黒人の強制労働が描かれますが、注目すべきは、「光」の描かれ方です。やがて停電が起こり、懐中電灯を照らす大佐の様子が描かれています。ここでの「懐中電灯」は、ハートフィールドが手にしていたものであり、白人の力を示していると言えます。その「光」に照らされながら、マンはまるで奴隷のように、大佐から指示されて過酷な労働に従事しています。また、マンは大佐に「明かりが必要です」と言いますが、大佐は「そのための兵士を連れてくる」と言い、決して懐中電灯をマンに渡すことはありません。これも、「光」が白人の象徴であり、それを黒人に渡すことを拒む大佐の無意識の行動を表したものと考えるべきでしょう。

ようやく天井に十分な穴をあけたマンは、白人兵士とともに、白人の患者たちを一人ずつ屋上へと運び上げます。その時、マンは死んだ妻ルルのことを考え、「ルルは水の中に置いていかれるのだ」と悲しみますが、白人から命じられた仕事を黙々と行うことで、何とかルルやハートフィールドのことを考えずに済むように努力します。

そうして、全ての白人の患者を救い出した後、マンは、再びブリンクリーの操縦するモーターボートに乗り、避難所である丘へ向かうことになります。この時、ボートに向かうブリンクリーの動作が、「猿のように」(“monkey-like”)と表現されていることにも注目すべきです。すなわち、先にも述べたように、マンは無意識にブリンクリーのことを「白人に媚びへつらい道化を演じる黒人」とみなしており、警戒しているのが分かります。

Ⅳの最後の場面では、大佐が水に濡れた一枚の紙をマンに手渡し、「ある女性と子供二人が救助を求めている。ここに住所があるから、もし可能ならば、助けに行って欲しい」と言います。この後、マンはハートフィールドを殺害したことで捕われるより、自ら水の中に身を投じ、ルルの下に行こうかという「人間」らしい考えを持ちますが、その一方で、病院の天井を壊すために用いた斧を手に取り、ベルトに取り付けます。ポケットに入っている銃と合わせて考えると、マンは、無意識のうちに「武装」していることが分かります。それは、これから自分に襲い掛かるであろう白人の力に対抗するための行為だと考えられます。すなわち、ここでのマンは、「人間」としての存在とともに、白人に対する強い「憎しみ」や「怒り」を持つ

「黒人」としての存在を表していると考えられます。このように、マンという名前が示す意味は、場面によって異なるものとなります。

　マンは、モーターボートに乗り込んで、大佐から渡された紙切れを「光」を当てて見てみると、何とそこには、ハートフィールドの家の住所が書かれていました。次のⅤの場面では、ハートフィールド一家に再び会うことになるマンの様子などが描かれます。

　Ⅴの最初の場面では、洪水の中をマンとブリンクリーが乗ったモーターボートがハートフィールド家に向かう様子が描かれています。水の流れは強く、家が流されて行くのも見えます。マンたちは少しずつハートフィールド家に近付きますが、その時マンは、同じ黒人であるブリンクリーにハートフィールド殺害のことを話し、逃亡を手伝ってもらうように話そうと何度も考えますが、なかなか切り出せません。この時のマンの行動を見てみましょう。「マンはブリンクリーの顔を覗き込もうとした。しかし少年は、前かがみになり、目を凝らして、黒い水の表面を探していた。」という描写があります。ここでの「黒い水」とは、ルルやハートフィールドを飲み込んだ水のことであり、普段は目立たない白人・黒人の主従関係を明らかにした水です。ここでブリンクリーがその「表面」を必死で探しているという描写は、ブリンクリーが物事の本質の「表面」しか見る事のできない人物であることが示されています。それゆえ、マンはブリンクリーのことが信用できず、自分が犯した殺人のことも言い出すことができないのです。

　すると突然、ハートフィールドの家を見つけたブリンクリーが、「あそこがハートフィールドさんの家だ！」と叫びます。追い詰められたマンがこの時考えたことは、ハートフィールド家の白人たちが、すでに水に流され、「黒い水の底に沈んでいる」という強い願望でした。ここでも「黒い水」とありますが、「白人の死体を飲み込む水」ということであり、この作品での水の表す意味が、「マンを取り巻く白人優位の状況」

から「黒人であるマンの存在」へと変化してきていると考えることができます。

ブリンクリーは、ハートフィールド夫人 の名前を呼び、モーターボートのヘッドライトを家に向けます。するとハートフィールド夫人が現れ、助けを求めますが、その時マンの目に映ったものは、「赤い頭部」でした。Ⅱでマンがハートフィールドを殺害した時も、そしてその後も、再三にわたって、ハートフィールド夫人の描写には「赤い髪の毛」と書かれています。これは、白人にとって許されない行為を行った黒人をリンチにかけるＫＫＫの赤く燃える十字架や、白人の群衆が掲げる松明の明かりを連想させるものであり、夫人の赤い髪は、ハートフィールドを殺害したマンの強い恐怖を表現したものであると言えます。

その後、水の力が急激に加わり、ハートフィールド家は傾きながら水に流され、ようやくある場所で止まります。その時ブリンクリーはマンに、家の窓から中に入り、人々を助けるように言い、懐中電灯を渡します。これまでの物語の流れでは、懐中電灯やその他の「光」は、常に白人のものであり、マンが手にすることのないものでした。すなわち、この時、初めてマンが「光」を手にしたということです。さらに、ここでのマンは、ポケットに銃を隠し持ち、斧を持っています。このように「武装」したマンが手にしている「懐中電灯」は、やはり「力」の象徴として捕らえることができるでしょう。さらに言えば、この場面では、白人と黒人の力関係が逆転しており、マンの優位性が示されていると言えます。

家の中に入ったマンは、ハートフィールド夫人、その息子のヘンリーと娘を見つけます。ヘンリーは、「お母さんを連れて行け」と言いますが、マンの顔を見て、「こいつはあの時のニガーだ!お父さんを殺したニガーだ！」と叫びます。そこでマンは、白人たちを殺害しなければならないと考え、持っていた斧を頭上に振り上げます。そして、次のように考えます。「俺は今からこの斧を振り下ろす。そうすればハートフィールドを殺害したことは誰にも知られない。黒い水が白人たちを飲み込んでくれる。ブリンクリーには、白人は見つからなかったと言えば良い。だが、もしブリンクリーにバレてしまったら・・・俺の持っている銃を奴の頭に突きつければ良い。」すなわち、ここでの「武装」して「懐中電灯」を手にしているマンは、白人もブリンクリーも殺してしまおうとしているのです。

しかし、マンが斧を振り下ろそうとした瞬間、水の力により家が激しく傾き、マンは床に倒れます。その時、手にしていた懐中電灯も床に転がりますが、その時の描写は、「その一つの目が回転していた」（"its one eye whirling"）とあります。これは、Ⅱの場面で、マンがハートフィールドを撃ち殺した時に、ハートフィールドが持っていた懐中電灯が「一つの目」（"one eye"）と描写されている場面と重なります。すなわち、ここでは、マンもハートフィールドと同じように、相手を殺害できず、自分の方が命を落とすことになることが示唆されていると言えます。

マンが懐中電灯を拾い上げ、再び斧を頭上に振り上げたその時、ブリンクリーの「見つかったのか」という声が聞こえ、懐中電灯をその声の方向に向けると、はっきりとブリンクリーの顔が見え、マンは「ブリンクリーが見ている今は、白人たちを殺すことはできない」と考え、殺害を諦めます。

そして、マンたちは丘へ向かいますが、マンにはもう何もすることが出来ず、ただ恐怖に満ちた感情で自分の運命の最後を迎えるしかありませんでした。

次に、最後のⅥの場面の説明に移ります。Ⅵの冒頭の部分は重要です。すなわち、「光あふれる昼間だった。ボートは止まっていた。（水による）揺れや（ボートの）低い音がもはや聞こえなくなり、マンはヒステリーを伴う激しい緊張感を感じた。」と描写されています。Ⅴの終わりの部分にも、「雨は止んでいた」、「辺りの暗闇は明るい靄へと変わっていた」などの描写がありますが、丘に着いた時は、上に示したように、「光あふれる昼間」であり、水の上を移動することが終わったことから、マンは激しい恐怖に襲われています。言い換えれば、マンは、「暗闇」の中で「水」の上を移動する「旅」に慣れてしまい、陸地や昼間の明かりに違和感を覚えています。そして、他の皆がボートから降りた後も、「マンはボートの縁にしがみ付いていた」とあり、ようやく地上に降り立った時には「乾いた地面で転がりそうになった」という描写もあります。また、マンの目の前に広がる地上の情景は、「驚くほど致命的な硬さ」を持っており、マンは自分が「狭く黒い棺」に入っているような気持になります。これをまとめると、マンは洪水や暗闇の中を進む「旅」の中で、自分が何者なのかということを漠然とではあるが考え始め、陸地の現実に対して極めて強い違和感と恐怖を抱いていると言うことができます。

陸地に上がったマンは、黒人たちのいる所へ行き、多少の安心感を得ますが、コーヒーを飲んでいる時に、白人の兵士に捕えられます。そして黒人たちの見ている中を兵士たちに連行されていく時、マンには黒人たちの「鈍く霞がかかったような」顔を見ますが、それは、恐怖に怯え、同胞を助けることができない黒人たちの「実体の無さ」を象徴するような表現です。やがてマンは白人のいる場所を通りますが、ハートフィールド殺害の噂が広がっており、さらにマンがハートフィールド夫人に性的な暴行を加えたに違いないと考える白人たちは、マンを「リンチにかけろ」、「殺してしまえ」と叫び、実際にマンは殴られたり蹴られたりという暴行を受けます。

兵士たちがマンを連行して行った場所は、軍法会議のようなものが行われているテントでした。そこでマンはハートフィールドを殺害した罪に問われますが、マンは「自分が発砲する前にハートフィールドが撃ってきた」こと、「自分はボートを盗んではいない」ことなどを訴えますが、そのテントの中にいたハートフィールド夫人や息子ヘンリーの証言などにより、追い詰められ、最後に司令官は兵士にマンを連れていくように命じます。

マンは、自分がこれから処刑されると考え、絶望しますが、兵士たちに連行される途中で、水辺に浮かぶボートを見ます。それは、「白いボート、自由なボートが、魚のように飛んだり跳ねたりしている」（“white boats, free boats, leaping and jumping like fish”）と、あたかもマンを水辺へと招き寄せているかのように描かれています。そして、兵士が煙草に火を付けた瞬間に、マンは水辺に向かって走り出します。ここでのマンは、「白人の兵士によって殺される前に、自分から死のう」と考えています。すなわち、この行為には、マンに残された唯一の「自由」は、自ら死を選ぶことだったという皮肉が込められています。

最後の場面では、走り出したマンに対して兵士たちが銃を撃ち、被弾したマンは水辺で息絶えます。そしてマンの手に関して、「黒い掌が、外へ、上方へと投げ出され、茶色の水の中で垂れ下がっていた」（“one black palm sprawled limply outward and upward, trailing in the brown current”）という描写がなされています。この作品では、マンの妻ルルが亡くなったと聞かされた場面でのルルの手の描写が再三に渡って描かれていますが、この場面でのマンの手の描写は、ルルの手の描写と重なるものです。すなわち、マンは最後に、水の底に沈んでいるルルとの一体化を果たしたと言えるのです。

第八講　ジェイムズ・ボールドウィン「サニーのブルース」①

使用テキスト　Baldwin, James. "Sonny's Blues." *Going to Meet the Man.* 1965. New York: Dell Publishing,1986. 86-122.

翻訳　ボールドウィン、J「サニーのブルース」山田詠美編『せつない話』光文社、一九八九年。

本章では、ジェイムズ・ボールドウィン（James Baldwin）の代表的短編小説「サニーのブルース」（"Sonny's Blues"）の前半部分の説明を行います。冒頭の段落は、「私は新聞で『それ』について読んだ。」という文から始まり、「それ」は、この段落で何度も出てきますが、「それ」が何を指すのかは、明らかにされていません。それが語られるのは、後の場面で、その内容は、語り手である「私」の弟サニー（Sonny）がヘロイン（麻薬の一種）の売買及び使用の罪で、前日夜にダウンタウンのアパートで警察に逮捕された、というものでした。このように、なかなか語り手である「私」が「それ」の内容を示さないのは、その衝撃があまりに大きく、「信じられないけれども、全く否定もできない」と語っているように、「私」が非常に混乱しているからであることが分かります。

もう一つ、冒頭の段落で気になることは、「私」が地下鉄に乗っている場面から物語が始まるという設定です。文学作品では、しばしば「地下」という設定が見られますが、大きく分けて、次の二つの使われ方があります。まず、「地下」は意識の深層部分を象徴するという設定です。エドガー・アラン・ポーの短編小説では、「黒猫」や「アッシャー家の崩壊」で、地下の設定が効果的に用いられています。もう一つの使われ方は、文字通り「地下に潜る」、すなわち、現実の世界からの逃避などを象徴するものとして用いられる設定です。この「サニーのブルース」では、後者の使われ方をしていると考えられます。簡潔に言ってしまえば、「私」は、現実の世界から逃避するように地下鉄に乗って「聖域」である学校へ通い、学校でも生徒たちの現実から目を背け、再び地下鉄に乗って、もう一つの「聖域」である家に戻るという生活を送っているということです。この小説では、「通り」（"street"）という語が頻繁に使われます。地下鉄が現実からの逃避を表すものだとすれば、「通り」はその対立物、すなわち現実そのものを象徴するものであると考えられます。この冒頭の段落の最後に、「（地下鉄の外で）轟音を発する暗闇」という表現がありますが、この

「暗闇」も、「通り」と同じように、「現実の暗闇」、「現実の中に潜む暗い部分」などの意味を持つ表現と考えられます。

物語を読み進めましょう。第二段落では、「私」が恐れを抱き、逃れてきたものは、実は弟のサニーという存在だったことが示されています。また、次の文でも、長い間避けて、あるいは忘れていたサニーという存在が、再び現実味を帯びて「私」に迫ってきたことが示されます。そして、「私」は、「氷の大きな塊」が腹部にできて、それが少しずつ溶けてくるのを感じます。それは「特別な種類の氷」で、絶え間なく溶け続け、その雫を「私」の血管に送りますが、決して氷が小さくなることはなく、時折それはさらに固くなり、大きさも増して、ついには「私」の腹部から内臓が飛び出すような、あるいは窒息してしまいそうな感情を「私」に抱かせるのです。そして、このような感情は、「私」がサニーのこれまでの言動を思い出す時に起きるわけです。すなわち、「氷の大きな塊」は、まさにサニーの存在そのものを表しており、「腹部」や「内臓」、「窒息」などというような「身体の感覚」で、「私」はサニーの存在を感じ取り、恐れます。これも、文学作品では頻繁に用いられますが、「身体の感覚」は、言葉などよりも深い感情、あるいは深層意識と言っても良いものであり、「身体の感覚」や「身体の反応」は、偽りのない、正直な感情や意識を表す際に用いられます。

次の場面では、「私」の持つ様々な感情が赤裸々に語られています。「私はそのこと（サニーが逮捕されたこと）が信じられなかった。しかし、それによって私が言おうとしていることは、私は自分の内部のどこにも、それを受け入れる空間が見当たらなかったということだ。私は長い間そのことを自分の外部に置き続けてきた。私は（現実を）知りたくなかったのだ。」この「私」の独白には、「私」がサニーの存在を受け入れられなかったことが述べられています。さらに「私」は、次のように語ります。「私は、自分の弟が、かつての輝きを持った顔から、落ちぶれて、無に等しい存在になることを信じたくなかったのだ。そのような落ちぶれた姿を、私はあまりに多くの他者（黒人たち）の中に見てきたからだ。」この文は、一見、弟のことを思いやる兄の気持ちが表されているようにも見えますが、見方を変えると、「私」は、他でもない「自分の」弟が「他者（他の黒人たち）」のように落ちぶれていくのを見たくない、あるいは信じたくない、という、自己中心的な考え方をしていることが示されているとも解釈できます。これからの展開から考えると、「私」は他者のことには関心がなく、常に自分のことを中心に考え、サニーにも「私」が望む生き方をして欲しいという考え方をしています。そして、他者に対して無関心な「私」は、自分が教えている生徒たちが麻薬を打っているのではないかと推測しながらも、淡々と数学の授業を行い続けるのです。

次の場面でも、「私」は、自分が教えている高校の生徒たちが、隠れて麻薬を使用しているのではないかと考え、弟のサニーや「私」自身の高校生の頃を思い出し、状況が変わっていないこと、つまり、この生徒たちも、「私」たちと同じように、黒人として生きる上での苦労を背負っていることを考えます。そして、ここでは「二つの暗闇」（“two darknesses”）の中で黒人たちは生きていることが述べられています。一つ目の「生活の暗闇」（“the darkness of their lives”）とは、「現実の暗闇」であり、「この生徒たちは成長していくが、突然、頭を低い天井にぶつける」、すなわち、黒人であるというだけで、進学や就職などにおいて人種の壁を経験する日がやってくるということです。そして、二つ目の「映画の暗闇」（“the darkness of the movies”）とは、一つ目の「現実の暗闇」を見ないようにするために、言い換えればその闇から逃れるために求める「映画館の暗闇」のことです。つまり、現実の苦労を忘れるために映画館へ入り、楽しもうとするのですが、多くの黒人が一緒になって映画館にいるけれども、実際はそれぞれが孤独な状況にいる、と述べられています。ちなみに、この「映画の暗闇」は、一種の比喩的表現で、あらゆる現実逃避的な行動、例えばサニーのヘロインや、「私」の高校教師という職業も、それに当てはまりますが、そのことは、「私」自身も知っていることなのです。

授業が終わり、「私」が自宅に帰ろうとして階段を下りて行くと、そこには一人の黒人の男が「私」を待っていました。一瞬、サニーかと見間違うほど風貌が似ているこの男は、昔「私」の家族が住んでいた場所の近くに暮らしていて、麻薬をやったりしていつも「通り」にたむろしている少年たちの中の一人でした。「私」は昔と同じような生活を続けているこの男のことを快く思っておらず、迷惑そうな態度を示します。「私は彼に、この学校の校庭で、一体何をしているのかと聞いてやりたかった。」と述べられていますが、ここでの「学校の校庭」とは、「私」にとっての聖域であり、避難所、すなわち「現実の闇」から逃避するための「映画の暗闇」と考えて良いでしょう。そのような場所にやって来た男に対して、「私」は怒りを覚えているのです。

地下鉄の駅へ向かいながら、「私」はこの男と会話を交わします。内容は、主にサニーのことで、サニーがこれからどうなるのかを「私」が聞くと、男は、「警察がサニーをどこかの施設に送って、麻薬の禁断症状を治療し、それが済んだら釈放される。それだけさ。」と答えます。「私」は、「それだけさとはどういう意味だ」と問いますが、それは、また麻薬を始めて、元に戻るという意味であり、そのことを「私」自身も知っていながら尋ねているのです。この会話をしている時、二人は、あるバーの前にいます。そこではジュークボックスから黒人が好む音楽が流れ、黒人のウエイトレスが音楽に合わせて体を揺らしながら、客と話をしたりしています。「私」は頻りにこのウエイトレスの方に目をやり、音楽にも耳を傾けています。そして、「その音楽が通りを揺らしている」という感覚を持ちますが、「私」は自分が行きたくない場所に向かって進んでいること、つまり、自分が黒人であるということを認識しなければならない場所へと入っていくのを感じています。ここでの音楽の役割は重要です。つまり、これは黒人の文化の中心的役割を持つものとして捉えることができるでしょう。また、この小説が進むにつれ、音楽の役割はますます重要になりますが、「私」は、自分では気付いていませんが、すでにこの時点で、黒人文化の中核に位置する音楽の性質を敏感に感じ取っていると言えます。

その後、「私」はずっとサニーに手紙を書こうとはしませんでした。やがて、自分の幼い娘が亡くなり、ついに「私」はサニーに手紙を出しますが、サニーからの返信を読んで、自分を「ひどい奴」だと思います。それは、サニーからの手紙に、サニーが「私」のことを想う気持ちや、自分の状態に関する正直な気持ち（例えば、自分が深く暗い穴の中にいて、そこから必死で地上へ這い上がろうとしていたことなど）が率直に述べられていたからです。手紙の最後には、「私」の娘の死について、母親が生きていたらやっていたであろう、「私」への慰めを示します。ここで「私」は、自分とサニーの母親のことが述べられていることで、母親との「約束」のことを思い出します。そして、それをずっと忘れてきたことに対して正面から向き合う気持ちになるのです。

その後、「私」はサニーと頻繁に手紙のやり取りをして、ようやく再会を果たします。その時には、「私」の中で重大な変化が起こっています。「彼に会って、それまで忘れていた多くのことが洪水のように押し寄せて来た。なぜなら、私は、ようやくサニーのこと、そしてサニーの心の中で起きて来たことを、考え始めたからだ。」とあるように、「私」は、それまで避けてきたサニーのことを思い遣ることができるようになっています。さらに重要なことは、次の文にあるように、「サニーがそれまで心の中で送ってきた辛い生活のために、サニーは歳をとり、やせ衰え、それまでも持っていた独特の、他人との距離を置き常に冷静さを保つ態度がより深いものとなった。」という部分です。ここでの「歳をとり、やせ衰え」という表現は、あたかもサニーが「苦行僧」であるかのような印象を与えます。実は、ロバート・ボーン（Robert Bone）という批評家が、この作品に関して、「人間苦の司祭たるジャズ演奏家の姿を描く感動的な物語」と述べているのですが、私は、「司祭」というよりも「苦行僧」あるいは「修行僧」としてのサニーの存在という考えを持っています。このことも、作品を読み進める上で、気を付けるべきことです。

再会した兄弟は、タクシーで「私」の自宅まで向かいますが、途中で見る黒人居住区の光景について、「私」は、建物などの外観は変わっても、人々の生活は昔の自分たちの生活と全く変わっていないことに気付きます。さらに、「私」は、少年だった頃、店から品物を盗んだこと、空きビルで性行為を行ったことなどを思い出します。そして、「私」は、自分がそのような現実から逃げてきたことをはっきりと認識します。また、次の場面では、「私」による、自分自身の生き方に関する赤裸々な思いが綴られています。「(黒人が置かれている状況の）罠から逃げ出す者もいる。その時には、まるで罠に掛かった動物が罠から逃れるために自分の足を切り落とすかのように、何かしら自分の痕跡を残していくものだ。私は逃げ出した。そして高校の教師をしている。サニーも逃げ出した。文字通り、何年もハーレムを離れていたからだ。そして今、我々が窓の外で探しているものは、罠から逃れる時に切り落としたものであり、苦しい時に、その残してきた部分が痛むのだ。」すなわち、この場面では、「私」が、もう現実から逃れるのではなく、現実と向き合う覚悟が出来ていることが示されていると言えます。

「私」の自宅に着いて、サニーは、「私」の妻であるイザベル（Isabel）や子供たちから暖かく迎えられます。そして、イザベルが作った料理を味わい、楽しい会話が行われるのですが、「私」は、なぜだか不安になり、態度や言葉もぎこちなさを感じます。それは、「私」がサニーの表情や態度の中に、麻薬の禁断症状などがないかを必死で探しているからです。

ここでは、「私」がサニーが麻薬の禁断症状を見せていないか、「大丈夫」なのか、という意味で“safe”という言葉を文末に使っていますが、その次の行の冒頭も、“Safe”で始まっています。ところが、ここでは、現在ではなく、ずいぶん前に亡くなった父親の言葉として出てきています。ここから、「私」の回想が始まります。つまり、それまで疎遠にしていたサニーが逮捕され、娘が病死し、サニーからの手紙を受け取り、ようやくサニーと親しく付き合うようになっていく過程で、気付かないうちに、「私」は何らかの気持ちの変化を経験し、その結果として、過去への回想が始まるのです。すなわち、過去への回想とは、自分のこれまでの生活、生き方、そして何よりサニーとの関係を、見つめ直すという行為を、「私」が始めたということになります。このような、大きな変化があるのですが、行を変えただけで、同じ単語“safe”を用いて「私」による過去の回想場面が始まるという手法は、秀逸と言わざるを得ません。

「私」の最初の回想では、父親が「黒人にとって、どこにも安全な場所などない。」と言いながらも、子供たちのために、より良い環境を求めている姿が描かれます。また、父親はサニーのことをとても可愛らしく思っていましたが、実際にはいつも口論が絶えませんでした。その理由として、「私」は、父親とサニーは独特の心の内面を持っており、似ている存在だからと述べています。

次の場面は、極めて重要です。まず、これはいつのことなのか、「私」にも正確には分かりません。ただ、「私」がまだ非常に幼かった頃の「記憶」として語られています。（おそらく「私」の）家に、黒人たちが集まり、黒人としての辛い経験を語り合うのですが、それを聞いている子供たちもいて、おそらくその中の一人が「私」であることに間違いありません。また、ここでは、外の暗闇と人々の中に潜む暗闇が描かれており、特に夜になって部屋に明かりが灯った時に意識される「外の暗闇」に関しては、「外の暗闇は、まさにその年老いた人々が話していたものだ。つまり、その暗闇から彼らはやって来たのだ。そして、それこそが、彼らが耐えしのいでいるものなのだ。」と描かれ、まさに黒人たちの苦難そのものを示すものとして語られています。このような、遡ることのできる最も古く、かつ重要な「記憶」であるがゆえに、この場面では、文章が現在形になっています。いつのことかも正確には分かりませんが、いわば「私」の「記憶の原点」であることを示すための手法と考えるのが妥当でしょう。

次の回想は、「私」が母親と最後の会話を交わした時のことです。内容は大きく二つに分かれます。一つ目は、父親とその弟のことです。まだ若い頃、父親とその弟は週末にダンスをしたり酒を飲んだりして楽しく暮らしていましたが、ある土曜日の夜、父親の弟は、白人の運転する車に轢かれて亡くなります。酔った白人が、楽しみのために黒人を驚かそうとして車を突進させたのですが、父親の弟は、酒を飲んでいたこともあり、また、あまりに恐ろしかったので、車を避けようと飛び上がるのが遅く、轢かれてしまったのでした。弟の死を目の当たりにした父親は、それ以来、精神の変調をきたし、辛い経験から逃れることはありませんでした。しかし、母親は、父親が先に逝ってくれて良かった、自分は父親の涙を見て、彼の「傍に」いてあげられて、良かった、と「私」に話すのでした。

母親が「私」に語った二つ目の内容は、サニーについてのことです。母親は「たとえどんなことがあっても、サニーから離れてはいけない。弟を優しく見守ってあげなさい。」と言います。それに対して「私」は、「サニーには何も（悪いことが）起きないように自分が守る。」と言いますが、母親は、何も起こさせないというのは不可能であると言い、最後に「でも、あなたはサニーに、あなたがいつも一緒にいてあげているということを知らせてあげなければならない。」と言います。つまり、自分が父親の「傍に」いてあげたように、「私」もサニーの「傍に」いてあげること、そして、それをサニーに伝えること、この二つのことが最も大切なことだと言っているのです。（言うまでもないことですが、この「傍にいてあげること」と「そのことを伝えること」がいかに重要であるかは、我々の日々の生活で実際に見られることです。）

もう一点、ここで注目すべきことは、「私」とサニーの関係が、父親とその弟の関係と重なるということです。また、父親の弟がギターを弾いて歌うのが得意だったことは、後に述べるように、サニーがジャズ・ピアニストになろうとしていることとも重なります。それゆえ、母親が、弟を亡くして辛い思いをしている父親の傍にいてあげたのと同じように、「私」も弟のサニーの傍にいてあげることを説いている場面には、大きな説得力があるわけです。このような、主人公に関係する話が進むのと同時に、それと似ているもう一つの話が語られることを、「ダブル・プロット」と呼ぶことがあります。ここでは、父親とその弟の話が、ダブル・プロットとして効果的に使われています。

次の場面は、母親が亡くなり、当時軍隊に入っていた「私」が葬儀のために帰国し、家の台所でサニーと会話を交わす場面です。まず、「私」は（サニーの傍にいて見守るという）母との「約束」を忘れていたことが語られます。そして、サニーとの会話では、主にサニーの将来のことが話し合われています。サニーはミュージシャンになりたいと話します。それに対する「私」の反応は、快いものではありませんでした。「私」は、ミュージシャンについて、「他の者は良いが、私の弟のサニーにはふさわしくない」と思います。この「サニーにはふさわしくない」とは、実際は「私自身にとってもふさわしくない」と考えて良いでしょう。すなわち、「私」は、世間体を気にして、ミュージシャンになるなどということは、他でもない「私の」弟がやることではないと考えており、突き詰めれば、「私」自身の世間体を気にしていると言えます。それゆえ、「私」はサニーに対し、「もっと現実的になりなさい」などと言いますが、サニーがピアニストになりたいと言った時、クラシック音楽のピアニストなのか、「それとも・・・何に？」と口ごもりながら尋ねます。それを聞いたサニーは、「兄さんは恐いのか？」と言います。これは、「私」が、「クラシックでなければ、もしかして、黒人の音楽なのか」と考えて、それを恐れていることを示すものです。黒人の音楽は、黒人の魂とも言えるものであり、それを否定するということは、「私」が自らのアイデンティティーを否定するような考え方をしているということになります。すなわち、作品の冒頭部分の「地下鉄」や「学校という避難所」と同じように、ここでも「私」の「現実からの逃避」が示されていると言えます。

ちなみに、この場面でサニーが尊敬するジャズ・ミュージシャンとして、「チャーリー・パーカー」（Charlie Parker）の名前が出てきますが、実在の、アルト・サックス奏者です。ジャズを根底から変革した偉大な人物として知られています。それまで主流だったビッグバンド形式のジャズから、即興演奏をふんだんに取り入れたビ・バップというジャンルを開拓し、その後のジャズ・ミュージシャンたち、例えばマイルス・デイヴィスやジョン・コルトレーンなどにも多大な影響を与えた人物です。サニーの言葉にある「バード」（Bird）とは、チャーリー・パーカーのニックネームです。

次の場面では、「私」の婚約者であるイザベルの家でサニーがどのように暮らしていたかが述べられています。サニーは、学校に行く時と寝る時以外は、ずっとピアノを弾き、レコードプレイヤーを買ってきて、同じ曲を何度も聴いて、その後ピアノで何度も練習をする、という生活をして、イザベルの家族からは、「人間ではなくまるで音楽と生活をしている」ようなものだと思われます。ここで注目すべきは、ある種「神」のような存在、あるいは「雲や炎に包まれた」存在として、「苦行僧」のようなサニーの様子が描かれています。ところが、サニーが実は学校に行っておらず、白人の女性のアパートでミュージシャン仲間と時間を過ごしていたことが発覚し、（黒人中産階級に属する）イザベルの家族から非難されたことで、サニーは密かに家を出て、軍隊に入り、外国へ行っていたのでした。

次の場面では、「私」もサニーもニューヨークに帰ってきていたのですが、事あるごとに口論となり、次第に疎遠になっていく様子が描かれています。そして、最後には、なんとかサニーの居所を探し当て、そこを訪れる「私」に対してサニーは冷たく接し、「自分は死んだものと思ってくれ」とまで言います。その後「私」は、泣きそうになりながら、「寒い雨の日に、あなたは私を必要とするでしょう」（*"You going to need me, baby, one of these cold, rainy days"*）という歌を口笛で吹きながらサニーの元を去ります。この時「私」は自覚していませんが、相手を必要としているのは、実は、自分自身だったのです。それは、この場面を最後にして、次は現在に戻り、サニーとの関係を修復していく「私」から見た、過去の自分の過ちに気付いている様子が描かれているからです。言い方を変えると、過ちに気付いたから過去の回想を行った、ということになります。

第九講　ジェイムズ・ボールドウィン「サニーのブルース」②

使用テキスト　Baldwin, James. "Sonny's Blues." *Going to Meet the Man*. 1965. New York: Dell Publishing, 1986. 86-122.

翻訳　ボールドウィン、J「サニーのブルース」山田詠美編『せつない話』光文社、一九八九年。

この章では、「サニーのブルース」の後半部分を説明します。前章は、サニーの薬物使用による逮捕と、幼い娘の死によって始まった「私」の回想が語られていました。前章でも述べましたが、文学作品で「回想」が行われるのは、多くの場合、自分を偽って生きて来た人物が、ある出来事などを経て、心理に変化が起き、過去へと、「自分探し」の旅に出るということです。「私」は、父親の弟の死、父の苦しみ、それを傍で支えた母親の愛、サニーの傍にいて守ってあげるという母親との約束などを思い出した結果、以前とは違った状態になっています。そのような「私」の変化と、サニーの「ブルース」とは何かということを中心に、以下で見ていきましょう。

後半部分では、まず、「私」の娘の死について語られています。娘のグレース（Grace）は、サニーが逮捕されて半年後くらいに亡くなります。まだ2歳でしたが、小児マヒで亡くなります。その状況が詳しく述べられていますが、それは、「私」がようやく娘の死に冷静に向き合う準備ができていることを意味します。娘は、苦しみながら亡くなりますが、ここでの「苦しむ」（"suffered"）という語は重要です。今後の話の展開の中でも、"suffer"という語は、頻繁に出てきます。

「私」は、自分と妻のイザベルが娘の病状に気付かなかったことを正直に話しています。ここでは「～のように見えた、～のようだった」という意味の"seemed"という語が何度か使われていますが、娘は高熱を出してもすぐに熱が下がったために、大したことではない「ようだ」、ただの風邪の「ようだ」、と考えて、「私」もイザベルも、特に何もしてあげませんでした。しかしある時、娘は突然床に倒れ、痙攣を起こして、すぐに亡くなってしまったのです。妻のイザベルは、台所で娘が倒れる音を聞き、慌てて娘のところに行きます。娘が大声で泣き叫ばなかったのは、痙攣が起きて、声が出せなかったからでした。その後娘は泣き叫びますが、その声は、イザベルが人生の中で聞いた、最も恐ろしい声でした。娘の死後、イザベルは就寝中に娘のことを夢に見て、うなされますが、「私」は妻を抱いて支えています。また、ここでは頻繁に現在形が使われていますが、これは、現在もイザベルが苦しみ、「私」が支え続けていることを意味しています。

その後の場面では、過去の回想を経て変化した「私」の気持ちが素直に表されています。娘が埋葬されたまさにその日に、「私」はサニーに手紙を書きます。その時、「私は、居間の暗闇の中に一人で座っていた。そして突然、サニーのことを考えた。私の苦しみが、サニーの苦しみを現実のものにしたからだ。」とあるように、娘という極めて大切な存在を失った「私」は、初めて「暗闇の中に一人で」座っており、突然サニーのことを考えます。「私」に起こった苦しみが、「サニーの苦しみを現実のものにしたからだ」とありますが、これは、いわゆる「痛みの共有」という感情であり、「私」が初めてサニーに真剣に向き合うことになることを示しています。

次の場面からは、完全に現在のことに移ります。関係を修復したため、サニーは「私」の家に同居し、2週間が経ったある日のことです。「私」は、家に誰もいないことから、サニーの部屋に入ってヘロインがあるかどうかを確かめることを考えながら、居間の窓から外を眺めています。外の「通り」では、「信仰復興の伝道集会」(“revival meeting”)が行われています。通りにいる人々は、足を止めて、この集会を見ています。この集会は、一人の男性と三人の女性によって行われます。要するに、ゴスペルやスピリチュアルなどの歌を歌い、人々も時にはそれに応じて掛け声を発するという、教会で聖歌隊によってゴスペルが歌われている様子を想像すると良いでしょう。「私」も、通りにいる人々も、この種の「伝道集会」をこれまで何度も見てきたのですが、それでも、今回も皆が足を止めてこの集会や歌に聞き入るのです。それは、聴衆の中で、ある「変化」が起き、聴衆の心にある「苦しみを和らげてくれる」ものだからです。これも、「痛みの共有」と言えます。すなわち、先に触れた、「私」の最も古い回想である、黒人たちが家に集まり、それぞれの苦しい体験を語り合う場面と共通するものです。確かに、この「伝道集会」には、現実からの「逃避」という側面もあるのですが、奴隷制の時代から、黒人たちは、このような「痛みの共有」を通して、辛うじて生きていくことができたのです。

集会が終わり、聴衆が寄付をするのですが、サニーもその中におり、ノートを手にしています。おそらく、サニーは、この伝道集会から何かを学び、それをノートに記しているのでしょう。ここにも、常に何かを学び続ける「修行僧」あるいは「苦行僧」の姿が、サニーの中に見られます。その後、集会が終わって「私」の家に戻るサニーと、それを迎える「私」の様子が描かれています。「ビールを飲むか」と聞かれたサニーは、「いや。うん、でも飲もうかな」とあるように、最初は断りますが、思い直して飲むことにします。そして、今度はサニーが、「今晩一緒に出掛けないか」と誘い、「私」は、直感的に断ってはいけないと感じ、「もちろん」と答えます。先ほどのビールの件と合わせて考えると、お互いに相手を誘って、誘われた方は、それに快く応じている様子が描かれています。ちなみに、サニーが誘っているのは、ニューヨークのグリニッジヴィレッジにあるジャズのクラブで今夜自分が演奏するので、観に来ないかというものでした。つまり、サニーは、自分が命を懸けて取り組んでいるジャズの世界へ、「私」を誘うという、極めて大きな決断をしたことになります。（命を懸けてというのは、先に触れた、サニーがイザベルの家でピアノを弾いていた様子が、「サニーは、命を懸けて、ピアノの演奏に向かっていたのだ。」と描かれているからです。）

このように、一緒にビールを飲みながら会話を行う兄弟ですが、話題が伝道集会からヘロインへと変わります。サニーは、伝道集会での女性の歌声を聴いて、ヘロインを打った時のことを思い出したと言います。そして、ヘロインとは、「暖かいが同時に冷たいもの」、「手が届かない遠くのものでもあり、同時に確かに感じ取れるもの」であると語り、「自分をコントロールするためのもの」でもあると言います。(これは私も含めて多くの人が思うことだと察することができるのですが、ヘロインで「自分をコントロールする」という感覚は、心を病んで「苦しみ」の中にいる時に精神安定剤などを服用して得られる感覚と似たものであると想像されます。)また、サニーは、ヘロインの使用は、自分が「バラバラに壊れてしまわないため」でもあると言います。このようなサニーの話を聞きながら、「私」は、最初は、「他人のことなどどうでも良いから、他ならぬサニーはどうなのか」という気持ちでしたが、次第にサニーが極めて重要なことを話していることを悟り、「サニーの話を聞かなければならない」と思うようになります。これは、「私」がサニーを受け入れる第一歩を踏み出したということになります。

「私」とサニーとの会話は続きますが、この会話の場面で頻繁に用いられている「窓」(“the window”)という語に気を付けて下さい。つまり、自分の弟のサニーのことしか考えない「私」に対して、サニーは、時折「窓」から「通り」(“the street”)を眺めます。これは、「通り」が黒人を取り巻く過酷な「現実」を表すものであり、サニーが「窓」から「通り」を見るという行為、つまり黒人を取り巻く現実から目を背けないという行為は、同時に、「他者のことを想う」という意味も含んでいます。母親も、以前、頻繁に「窓」から「通り」を眺めていました。つまり、母親とサニーは、一言で言えば、「他者の痛みを共有する」人物であることが分かります。また、サニーは、伝道集会で歌っていた女性が多くの「苦しみ」(“suffering”)を受けてきて、そのためにあれほど人の心を打つ歌声を持つことができたのだと述べます。そして、それに対して「私」は、「苦しむ」(“suffer”)ことを避ける方法などないと言いますが、それに対しサニーは、「それでも何かに挑戦すること」(“trying”)の重要性を説きます。それは、「私」が発する、「状況を(何もせずにただ)受け入れる」(“take it”)こととは対照的な考え方です。そのような、常に他者のことをも気に掛けるサニーの姿を見て、「私」は、サニーを「見守る」約束をしようと思うのですが、今回は、口に出して言うことをせず、心の中で、その約束を果たす固い決意を行います。

では、サニーが「苦しみ」の中で見い出したものは何だったのでしょうか。サニーは、苦しむ過程で、「通り」すなわち現実の中に身を置き、そこでは心の中で常に嵐が吹いていたと言います。そして、サニーは、「自分がどこにいたのか」、「自分は何者だったのか」を問いますが、その結果、自分が他人や自分自身に酷い行いをしたことを悟り、そのため深い穴の底まで落ちていき、最終的に、自分の「臭い」を嗅ぐことになったことを語ります。そしてサニーは、「自分の臭いを嗅ぐことは良いことだ」、そして、「自分が求めてきたことは、自分の臭いを嗅ぐことだったのだ」ということを理解したと述べます。つまり、「自分の臭い」とは、「自分のアイデンティティー」に他なりません。それゆえ、「それを嗅ぐ」ことは、「自分が何者かを理解する」ということになるのです。

このような告白をしたサニーは、「それはまたやって来るかもしれない。」（"It can come again."）と「私」に言います。これは、「もしかしたら、またヘロインに手を出すかもしれない」という意味ですが、それを聞いた「私」の言葉は、「分かった。また来るかもしれないんだな。」というものであり、さらに、「うん。兄さんにはそれが理解できるよ。」と答えています。すなわち、サニーの正直な告白を、「私」は正面から受け止め、弟であるサニーの本当の姿を受け入れたということになるのです。

この物語の最後の場面では、サニーの演奏するジャズとはどのようなものか、そしてそれを聴いた「私」にはどのような変化が見られるのか、ということが描かれています。

ニューヨークのダウンタウンにあるジャズクラブに着いた「私」とサニーは、「クレオール」（Creole）という黒人に暖かく迎え入れられます。その場面で使われている「薄暗い」や「暗闇」という語に見られるように、クレオールは「暗闇」に属する人物、すなわち、「私」の幼い頃の記憶に出てきた、「年老いた人々の集まり」(“old folks' meeting”)と同様の「暗闇」に属する人物として描かれています。その場にいた皆がサニーのことを知っており、中には、サニーの演奏を聴くためにやってきた人もいました。そして、「私」は、その場がサニーの「王国」であり、サニーは「王の血筋」を引く人物として皆に認められているのを悟ります。そして、皆にサニーの兄であると紹介された「私」は、クレオールによって「暗い片隅」にあるテーブルへと導かれます。「私」はそこからサニーたちの演奏を聴くわけですが、注目すべきは、「私」が「暗闇」にいることです。すなわち、この場面では、先にも述べた、「年老いた人々の集まり」と同様の「暗闇」に属する人物として「私」がいること、そしてその「暗闇」からサニーの音楽、すなわちサニーの語る「話」を聴く人物になっているということです。

サニーとともに演奏するのは、ベースを弾くクレオール、「石炭のように黒く、陽気な人物」と紹介されたドラマー、そして、「痩せた、とても明るい茶色の肌をした男」と紹介されている(おそらく)トランペット(“horn”)奏者です。この4人が、「カルテット」(“quartet”、4人編成のバンド)と示されていますが、この人数は、前回の場面での「伝道集会」と同じであり、ウエイトレスがラスト・オーダーを取りに急いでテーブルの間を走る姿は、やはり「伝道集会」で、タンバリンを裏返しにして寄付を募る歌い手の女性の姿と重なります。また、バンドの仲間がサニーに対して「アーメン」(“amen”、同意や賛同を表す意味もある)と語り掛ける場面も、「伝道集会」での「アーメン」に重なるものであり、また、演奏中に使われる「語った」、「答えた」、「話しかけた」、「断言した」、「聞いた」などの表現に見られるように、バンドのメンバーたちは、互いに「語り合う」ように演奏を行っていることが述べられています。先にも述べましたが、「伝道集会」は、黒人教会で聖歌隊が歌うゴスペルのようなものであり、黒人音楽の伝統の一つである

「コール・アンド・レスポンス」（"call and response"、呼びかけと応え）の形式を持つものです。また、これは、「年老いた人々の集まり」で、それぞれが辛い経験を語り、それを皆が聞き、「痛みの共有」を行っている場面とも重なります。さらに、サニーたちの演奏が始まる時に照明が「藍色」に変わりますが、これは、「年老いた人々の集まり」での母親の服の色が「淡い青」と描かれていることと重なります。それゆえ、この三者、すなわち、「年老いた人々の集まり」（"old folks' meeting"）、「伝道集会」（"revival meeting"）、そしてサニーたちの演奏は、互いに重なり合うものとして捉えることができます。そして、これらのことを回想している「私」にとって、サニーたちの演奏は、黒人音楽、あるいは黒人文化全体の原点あるいは核になる部分を継承しているものとして認識されているのです。

いよいよ演奏が始まりますが、サニーは、一年以上演奏から離れていたせいもあり、なかなか他のメンバーとの呼吸が合わず、苦しそうに演奏します。それでも、メンバーたちはサニーを見守り、本来の演奏ができるようになるのを待ちます。そして、一曲目が終わる頃、「あらゆるものがそこから燃え尽きた。そして同時に、普段は隠れているものが、あの高みにいるサニーの内部で今まさに起こっている炎と激情によって燃え上がっていた。」とあるように、サニーの中で変化が起き、サニーという存在の中に隠されたものが炎となって燃え上がります。バンドは、間髪を入れずに二曲目に入り、そこでは自由になったサニーを、バンドの仲間たちが祝福し、サニーのソロ演奏を見守ります。

二曲目は、いわゆる「ブルース」（"blues"）の曲ですが、それは、まず、「クレオールが私自身の中にある何物かに触れた。」とあるように、聴衆の一人である「私」の中にある何かに訴えかけます。その「何か」とは、「物語」のことであり、具体的には、黒人が受けて来た苦しみ、その中で束の間に得られる喜び、すなわち「痛みの共有」のことを指します。これは、「暗闇の中に灯された灯台の明かり」と表現されているように、いわゆる黒人という「民族の集合的無意識」に訴えるもののことであり、変わることのない黒人文化の中核を成すものでもあります。ただ、ここでは、そのような黒人が共通に持っている「物語」を、これまでとは違った、全く新しい方法で表現するサニーたちの姿が描かれています。黒人音楽については、「形は違えども中身は同じ」（"changing same"）という言葉が良く用いられますが、サニーたちの演奏は、まさにそれに当てはまるものだと言えます。

次に、この小説のタイトルでもある「サニーのブルース」について、「私」の視点から述べられています。まず、「サニーの指は、その場の空気を彼の生命で満たした。しかし、その生命とは、非常に多くの他者の生命をその中に含んだものであった。」という「私」の言葉から分かるように、サニーの演奏の中には、自分の苦しみだけではなく、多くの黒人たちの苦しみが含まれていることが述べられます。また、「私」は、「我々がサニーの演奏に耳を傾ければ、サニーは我々が自由になるのを助けてくれる」ということを考えます。そして、最終的に、「我々（普通の人）が、母親や父親までしか遡れないあの長い血筋（すなわち、奴隷制以来、脈々と続くアメリカ黒人の歴史）を、サニーは自分のものにして、それを今度は我々に返してくれる」ことを「私」は理解します。すなわち、ここでは、苦行僧としてのサニーが、我々を導き、癒し、救ってくれる存在であることを、私がはっきりと認識しているということが描かれています。その一つの例として、「あの高み」（"up there"）という表現があります。この表現は、四度使われています。これは、「私」が、サニーという存在とその音楽のことを、尊いもの、神聖なものとして捉えていることを示すものです。

そして「私」は、サニーの演奏を聴いて、母親が歩んできた苦難に満ちた人生、父親の弟の死、娘の死とイザベルの涙、そして「私」自身の涙のことを想います。ただし、それは、「伝道集会」が逃避的側面を持っていたのに対し、「飢えた虎のように、現実の世界が外で待ち構えている」という認識を伴うものです。すなわち、「私」は、現実から逃避することなく、「痛みの共有」を通して、一人の黒人としてのアイデンティティーを回復することになります。そして、物語の最後で、「私」は、ウエイトレスに頼んでサニーに「スコッチウイスキー入りのミルク」を届けるように注文します。そしてそれを手にしたサニーは、私に向かって頷きます。この「スコッチウイスキー入りのミルク」は、苦みとまろやかさ、あるいは痛みと母性を表すものとして捉えることができるでしょう。すなわち、「私」は、現実の痛みと癒しの両方を理解したことをサニーに伝えたのであり、それを受け取って頷くサニーは、兄の変化を認めてそれを受け止めているということです。そして、この二人の行為は、兄と弟が互いに相手を祝福している様子を表したものだと言えるのです。

第十講　ラルフ・エリスン「帰郷」

使用テキスト　Ellison, Ralph. "Flying Home." 1944. *Flying Home and Other Stories*. New York: Random House, 1996. 147-173.

この章では、ラルフ・エリスン（Ralph Ellison）の短編小説「帰郷」（"Flying Home"）を読みます。この作品は、いわゆる「文学的手法」と呼ばれるものが、様々な場面において非常に効果的に用いられており、中身の濃い短編小説です。さらに、この作品の次に読む、又吉栄喜の「豚の報い」との比較考察を行うことで、さらに作品の内容を深く理解することができると思います。

では、作品の冒頭部分から読んでいきましょう。最初の文にある"came to"というのは、「意識を取り戻す」、「我に返る」という意味の熟語です。すなわち、最初の文からわかることは、主人公のトッド（Todd）が、ある状態から意識を取り戻し、目を開けると二つの顔がぼんやりと見えるということです。しかし、この文の最後には、その二つの顔が「黒人なのか白人なのかが分からなかった」とあります。すなわちトッドは、意識が戻った最初の反応が、白人か黒人かということを気にする、人種に関して非常に敏感な感情を持っている人物であることが分かります。次に、「白人の手に触られた時のかつての恐怖が彼を包み込んだ」とあるように、トッドは黒人であり、白人に対する大きな恐怖を抱いていることが分かります。そして、トッドには「意識が戻ったようだ」という「音」（誰かの話す声）が聞こえてきます。その声を発したのが「誰だろう」と考えるトッドは、「いや、まだ意識は戻っていない。すっかり白人だと思っていたんだがな。」というもう一人の声を聞きます。そして、今度ははっきりと、「怪我はひどいのか？」という声を聞き、トッドは、二人の人物が黒人であることを理解し、「彼の中にある何かがほどけた（あるいは、彼の中の何らかの緊張が解けた）」と感じます。

トッドに声をかけたのは、年老いた黒人とその息子でした。この老人は、"Say, son, you hurt bad?"や、"How you feel. Son?"などの言葉にあるように、最初からトッドのことを"son"と呼びますが、これは、年下に対する愛情を込めた呼びかけの言葉です。そして、物語が進むにつれて、この老人の深い「愛情」が示されていきます。しかし、ここでのトッドは、この老人のことを警戒し、「こいつに答えることは、受け入れられない弱さを認めてしまうことになる」と考えるのです。

トッドは、老人が屈んでトッドのブーツを脱がせる様子を見て、痛みが和らぐのを感じますが、同時に、「彼の関心は、(足の骨折より)はるかに重要なことに向けられていた」とあります。すなわち、トッドにとって「世の中で一番重要なことは、上官が気分を害する前に、この飛行機を基地に戻すこと」だったのです。ここで、トッドは飛行士であり、乗っていた飛行機が墜落して、足を骨折してしまったことが分かります。トッドは、老人が止めるのも聞かず、立ち上がって飛行機に向かって歩こうとしますが、あまりの痛みに、断念します。

トッドは、「この老人には俺のことは絶対に理解できないだろう。」と思います。そして、老人が「医者を呼びに行こう」と言うのを受けて、その息子が「この人をネッド(Ned)に乗せて町へ運んだら?」と言いますが、この言葉を聞いたトッドは、畑にいる牛を見て、「自分が牛に乗せられて、多くの白人たちが見ている通りを基地に向かって進む」姿を想像し、これ以上の「屈辱」はないと感じます。そして、「屈辱」という言葉から、トッドは、彼のガールフレンドが「あなたはいつまで、白人の上官に自分の優秀さを証明し続けなければならないの?もう十分でしょう。白人たちは、決してあなたを認めることはしないし、黒人をゲームのように弄んでいるだけよ。それこそが『屈辱』だわ。」と言ったことを思い出します。そして、トッドは次のように考えるのです。「彼女に『屈辱』の意味など分かりはしない。彼女は一度も南部に来たことは無いからな。白人が黒人を判断する時には、俺たちの過ちを俺たち個人の問題としては考えず、常に黒人全体のせいにするんだ。そうだ。『屈辱』というのは、俺たちが決して俺たち自身になれず、常に、ここにいる無知な老人と同じ範疇に入れられることなんだ。そうさ。この老人は良い人で、優しく俺を介抱してくれる。だが、俺はこんな老人とは違う人間なんだ。」この場面からは、トッドが南部の出身であり、それにも関わらず、自分は無知な南部の老人とは違う人間だと考えていることが分かります。南部出身のトッドが南部の土地に墜落していることから、この物語の題名は「帰郷」（"Flying Home"）となっているのです。

ネッドという名の牛に乗せて運ぶ提案に対して、トッドは「飛行機から離れてはならないという命令を受けている」ことを告げます。それに対し老人は息子に「グレイブズ（Graves）さんのところに行って、ここに来てもらうように・・・」と言いますが、トッドは瞬時にグレイブズが白人であることを察し、「その人に、基地に連絡するように頼んでくれ」と言います。

基地からの救助を待つしかないと思ったトッドは、「あのハゲタカ（"buzzard"）が俺を百年前の世界に突き落としたんだ」と考えます。また、「今の俺は、この小作人の老人の時間の感覚に任せるしかないのだ」と絶望的に考えます。しかし、トッドは、自分の喉に固まりを感じますが、これは飛行を考える時に常に現れるものでした。（ちなみに、「サニーのブルース」の中でも、「私」はサニーのことを考えるたびに「氷の大きな塊」を腹部に感じていました。そしてこれは、サニーに対する恐怖心を表すものでした。すなわち、ここでのトッドは、飛行（機）に対して恐怖心を持っていることが示唆されていることが分かります。）さらにトッドは、飛行機が「蝉の抜け殻」のようなものだと感じ、「飛行機がないと俺は裸同然だ。これはもはや機械などではなく、俺が身に付けているスーツのようなものだ。これが俺が持っている唯一の威厳なのだ。」と考えているのです。すなわち、トッドは、自分は老人のような一般の黒人とは違う人間だと思いつつも、自分と他の黒人を区別している象徴である飛行機のことを「蝉の抜け殻」や「身に付けているスーツ」と表現していることから、自らの「空虚さ」や「中身の無さ」をすでに十分理解していることが分かります。

このような自らの真実について考えるトッドは、他の黒人たちが自分のことを英雄扱いにして、自分も誇らしかったこと、黒人たちが自分の苦労を理解できず、それゆえトッドが次第に彼らのことを恥辱感を持って見始めたこと、こうして飛行機に乗って空を飛ぶことの意味が一つ消えてしまったことなどを思い出します。さらに、白人の上官の前では自分はもはや人間ではなく、芸を行う猿のような存在であり、自分は白人の描いた地図の中で「盲目的に飛ぶ」(“Flying blind”)存在であることを考えます。それほど、トッドは自分の置かれた状況を十分に理解しているのです。

しかし、一方でトッドは、自分と老人とは違うという意識に捕らわれたままです。老人が、なぜ空を飛ぶ飛行士になろうと思ったのかをトッドに聞きますが、その時トッドは心の中では「それが世界で一番意味のあることだからだ。つまり、俺のことをお前と違う人間にしてくれるからだ。」と考えますが、実際には「飛ぶのが好きだからさ。敵と戦って死ぬのに、一番良い方法だと思うんだ。」と答えます。しかし、次に老人が発した、「でも、実際の戦闘に参加できるまで、あとどのくらいかかるんだ?」という問いに、トッドは答えることができません。それは、軍隊においても、黒人には実際の戦闘に参加できないという差別的な状況があるからです。

次に、トッドの飛行機が落ちてくるのを見た時の老人の驚きが語られていますが、それを受けて、トッド自身が、どのようにして墜落したのかを思い出しています。すなわち、飛行中に、子供が凧で遊んでいるのを見て、自分もかつて凧で遊んでいたのを思い出して気分が高揚し、飛行機を急上昇させたために操縦不能となり、急降下していく中でハゲタカが操縦席のガラスに衝突し、その血と羽根で視界を遮られ、墜落したということです。

それを聞いた老人は、「ハゲタカは死んだものしか食わないんだ」と言い、自分たちはハゲタカのことを「悪運」や「黒人」と呼んでいるんだというジョークを飛ばします。そして、「かつて、馬が路上で倒れており、よく見てみると、血まみれになったハゲタカが馬の腹から出てきた」ことを話します。それを聞いたトッドは、嘔吐感に襲われます。その後、トッドは空に黒い点を見つけますが、期待していた基地からの飛行機ではなく、ハゲタカが飛んでいました。トッドは、失望してハゲタカの動きを眺めますが、それは翼を広げ、滑らかに大空を飛んでいます。

その時、突然、老人が「俺が天国に行っている時の話なんだが」と語り始めます。老人の話は、次のようなものです。ある時、老人は天国に行きました。しかし、（天使になったと思われますが）羽根がうまく動かないのです。そこで、出会った黒人の天使たちに尋ねると、「黒人は特殊なベルトを付けないといけない。だから上手く飛べないんだ。」と答えました。老人は、そのような邪魔なベルトを付けることを拒否して、自由に空を飛び回りました。老人は、「このジェファーソン（Jefferson）は、誰よりも上手く、早く飛べるんだ」と叫び、「自由」を満喫しながら飛んだのです。（ここで初めて、老人の名前がジェファーソンであることが分かります。）そのうち、天国の中で高位にいる「聖ペテロ」（Saint Peter）がジェファーソンを呼びつけ、「なぜそんなに早く飛べるのだ」と聞くと、ジェファーソンは「片方の翼だけで飛んでいるからです」と答えます。聖ペテロは、ベルトを付けるのは免除するが、片方の翼で飛ぶことは禁じることをジェファーソンに告げます。しかし、いつの間にかそのことを忘れて再び天国に混乱をもたらしたということで、聖ペテロはジェファーソンを天国から追放します。（その時に、パラシュートとアラバマ州の地図を渡されたというジョークをジェファーソンは述べます。）そしてジェファーソンの天国の話は、次のように終わります。すなわち、天国から追放される時、白人の天使たちが自分を嘲笑ったことで激しい怒りを感じ、「俺は天国の中で一番早く飛べたんだ！」と叫んだということです。

このジェファーソンの天国の話を聞いていたトッドは、次第に自分が責められているような気分になります。例えば、ジェファーソンが自由気ままに空を飛んでいることを語っている時、トッドは不安感を覚えます。ジョークに対して笑いたいと思うのですが、身体がそれを拒否しているのです。それは、トッドが、母親から飲むように言われた、砂糖でコーティングされた錠剤を噛み砕いてしまい、その激しい苦みと戦うトッドを見て、母親が笑っているという記憶があったからでした。この「苦い薬」の記憶がなぜトッドの心に浮かんだのかを考えると、それは、ジェファーソンの天国の話が、トッドにとって「苦い薬」の役割を果たしているからに他なりません。そして、天国の話を終えたジェファーソンが高らかに笑うのを見て、トッドは自分が笑われていると感じ、「なぜ俺のことを笑うんだ?」とジェファーソンに詰問します。この時トッドは自己を憎悪し、感情をコントロールすることが出来ない状態でした。そして、トッドは次のように言います。「白人が俺たちを実戦に送らないからといって、俺に何が出来ると言うんだ?俺たちは、死んだ馬を食らうハゲタカの群れだ。でも、鷲になることを夢見ることも出来るんだろう?」ここで注目すべきは、「俺たちはハゲタカの群れだ」という箇所です。すなわち、ここで初めて、トッドは「俺たち」(“we”)という、自分とジェファーソンの両方を含む黒人という表現を使っており、それまでの、「自分と他の黒人は違う」という偽りのアイデンティティーをようやく捨てることが出来たのです。それゆえ、ジェファーソンの天国の話は、確かにトッドにとって「苦い」ものですが、最終的にトッドが仮面を外すのを手助けする「薬」の役割を持っているといえるのです。また、この天国の話の中で初めて老人の名前がジェファーソンであることが示されたことにも理由があります。すなわち、それまでトッドはジェファーソンを、自分とは違うその他の黒人たちの一人としてしか見なしていなかったために、「老人」となっていましたが、この話の最後で「俺たち」と、自分と老人を同じ黒人だと認めたことにより、「老人」は、はっきりとした人格を持ってトッドの心の中に存在し始めたという理由で、ジェファーソンという固有名詞が物語のそれ以降の部分で使われるようになったと考えるべきでしょう。

そして、その後、トッドは初めて飛行機を見た時のことなどを思い出します。つまり、自分のアイデンティティーを突き止めるべく、過去の記憶をたどる旅に出たということです。この過去の記憶の場面でも、数々のいわゆる「文学的な手法」が用いられています。まず、ここから、トッドの幼少期の回想が始まるのですが、これまで第三者の視点から、主人公がトッドとなっていましたが、ここでは一人称の「私」(“I”)に変わっているということです。この効果としては、トッドが自分の幼少期の記憶を辿るのに、「私」を用いることで、より深く記憶の中に入り込むことができるということでしょう。

「私」は、4歳半の頃に、州の博覧会に展示されている模型飛行機を初めて見て、すぐに大好きになりますが、それは母親が「金持ちの白人の子供しか買えないもの」と言うように、幼く貧しいトッド少年には手の届かないものでした。しかし、「私」の飛行機に対する興味は高まるばかりで、飛行機の飛ぶ音を口で真似たり、飛行機の飛ぶ様子を手で真似たりします。さらに、それまで遊んでいた自動車のおもちゃなどへの関心は無くなり、空を飛ぶ鳥も、「私」にとって飛行機のような存在になります。

そのような「私」が母親と会話を行う様子が、次のように描かれています。「私」は、躊躇いながら、恐る恐る母親に「いつ飛行機を買ってくれるの?」と尋ねます。すると母親は、「そんな高価なものが買えるわけがない。」と答えますが、その時、「頭がおかしい」(“crazy”)や「馬鹿らしい」(“foolishness”)などの言葉を「私」に浴びせ、現実の生活で忙しく働く自分の邪魔をしないように強く叱りつけます。これが、第一の回想です。

二度目の回想は、そのすぐ後に起こった出来事についてです。春のある日のことでしたが、なぜだか「私」

は身体が熱く感じ、興奮した状態にあります。やがて、「私」は、聞き慣れないブーンという低い音を聞きます。どこから聞こえてくるのかを探しますが、それが分かりません。このトッドの様子は、父親の懐中時計がどこかでチクタクと鳴っているのに場所を特定できない時に空虚感を抱いた時のようだと表現されています。やがて「私」は、頭上に飛んでいる飛行機を発見し、興奮します。そして、ある考えが頭に浮かびます。それは、「どこかの白人の子供の飛行機が飛んで行ってしまったんだ。僕が手を伸ばしてそれを掴めば、自分のものになるんだ。」というものです。また、「飛行機が来たらそれを掴んで、誰にも見つからないように急いで家の中に入れれば、誰もその飛行機を取り戻すことなどできない。」とも考えます。すなわち、一言で言えば、この時のトッド少年の考えは、「窃盗」を行うということであり、もはや純粋な子供の気持ちでおもちゃを欲しがる様子とはかけ離れたものになっています。そして、「銀色の十字架」のような形をした飛行機が「私」の真上に来た時、「私」は手を伸ばしてそれを掴み取ろうとします。しかし、それは「指を石鹸の泡の中に入れる」ような感覚でした。ここでの「石鹸の泡」は、先にも言及した、飛行機を表す「蝉の抜け殻」と同様に、「中身の無さ」や「空虚感」を表す比喩として、非常に効果的に用いられています。「私」は、その後何度か飛行機を掴もうとしますが、それは空気を掴むようなものであり、「私」は深い絶望感に襲われます。最後にもう一度掴もうとした時、もう片方の手が手すりから離れ、「私」は地面に落ちてしまいます。

泣き叫ぶ「私」の声を聞いて、母親が駆け付けますが、事情を悟った母親は、ここでも「私」を「馬鹿な」（"fool"）子と呼び、今飛んでいるのはおもちゃではなく本物の飛行機であり、それは自動車よりも大きく、二〇〇マイル（約三二〇メートル）くらい高いところを飛んでいることを告げます。その夜「私」は高熱を出し、数日床につきますが、飛行機を掴もうとしては失敗するという夢を何度も見ては失望感が増していくのです。

この場面のすぐ後で、“Hey, son!”というジェファーソンの台詞から、主人公の呼び方は再びトッドに戻ります。なぜなら、ここで一旦回想が終わり、現実に戻ったからです。ここでは遠くに「小さな黒い形」が見え、軍の飛行機が飛んでいる可能性が示唆されますが、トッドは、これまで何度も感じたことのある恐怖、すなわち、自分の身体が飛行機のプロペラで切り裂かれる恐怖を感じます。これは、トッドが幼少期の経験を思い出したために蘇った飛行機に対する大きな恐怖を表しています。そしてその恐怖の元凶となる出来事が、後の第三の記憶で明らかにされます。

その前に、トッドはジェファーソンに、息子の「テディー」（Teddy）が電話をかけてくれるように頼みに行ったグレイブズという白人がどのような人物かについて尋ねます。それに対しジェファーソンは、グレイブズはこれまでに何人もの黒人を殺害したこと、他に行くところもないので自分はグレイブズの土地で働いていること、グレイブズは黒人を助けてその後無関心になることを楽しんでいること、本当は自分はグレイブズが大嫌いだということなどを話します。その話を聞いていたトッドは、ジェファーソンが自分の手の中で話をしていること、すなわち、その手の中には「もう一人のジェファーソン」（“another Jefferson”）がいて、笑い転げていることを感じ取ります。これは、ジェファーソンが、苦痛に満ちた現実の生活の中で、その現実の不合理さを笑い飛ばしているもう一人の自己を持っているということを示しており、アメリカ黒人が生き延びるために伝統的に身に付けた「二重意識」を、トッドはジェファーソンの中にはっきりと見たということです。

この、「二重意識」の発見という経験を行ったその時、トッドの第三の記憶が突然始まります。一ページ弱ほどの部分ですが、ここには一切ピリオドが無く、一つの文になっています。これは、「意識の流れ」（“the stream of consciousness”）という、文学作品でしばしば用いられる手法の一つで、その代表は、アメリカ南部の白人作家ウイリアム・フォークナーです。そして、この手法は、主人公トッドにとって最も重要な記憶、それも、最も年齢的に幼い頃の記憶が語られる場面であることを示すものです。この記憶では、具体的な場所やトッドの年齢などが全く示されていませんが、トッドと母親が黒人街を急ぎ足で歩いており、人々は恐怖を感じて家の中に急いで入っていきます。空には飛行機が飛んでおり、何かのカードのようなものを地上にバラまいています。トッドはそのカードを拾い上げ、母親がそれを読み上げます。カードには、「ニガーどもよ、投票には行くな」と書かれており、白いフードに目の印が付いた絵が付けられていました。これは、ＫＫＫによる、黒人の投票を妨げるメッセージです。そして、この時、トッド少年は、このカードと、空を舞う飛行機を見ますが、彼の心の中には、飛行機に対する憧れと恐怖が入り混じった感情があるのでした。

この記憶の後、再び現実に戻りますが、トッドたちの下へ三人の白人がやってきます。一人はグレイブズで、残りの二人は、精神病院から脱走した患者を探している職員です。すると、（おそらくグレイブズの指示で）いきなり白人たちはトッドに拘束服を着せて、動けなくします。病院の職員は、自分たちが探しているのはトッドではないと言いますが、グレイブズは構わず、「ニガーの頭は、高いところに行くと異常をきたす。だからこいつは頭がおかしくなっているのさ」と言い放つのです。

トッドはこの時、白人に対する「恐怖心」と「嫌悪感」を抱きますが、過去の記憶を取り戻したトッドは、「俺の身体に触るんじゃない！」と、大声で叫びます。これを聞いたグレイブズは、「ニガー、もう一度言ってみろ」と言い、拘束服の中にいる無抵抗のトッドの胸を足で踏みつけます。トッドは、息が出来ない程の痛みを感じますが、突然、大声で笑い出したのです。これは、自分の置かれた不条理な状況を笑い飛ばすためのものであり、トッドがジェファーソンの中に感じた黒人の「二重意識」を、自らが表現しているものです。すなわち、ここではトッドがジェファーソンに対して深い連帯感を持っていることが示されています。「ジェファーソンは、暴力と恥辱にまみれたこの狂気の世界でトッドにとっての唯一の救いとなった。」とありますが、これは、物語の前半部分とは大きく異なるトッドの意識が描かれている箇所だと言えます。

その後グレイブズは、自分の土地から出て行けとトッドに命じ、病院からやって来た二人の白人を先頭に、ジェファーソンと息子のテディーがトッドを担架に乗せて運びます。この場面では、トッドがようやく孤独から解放され、同じ人間との間で連帯感を持つことのできる世界へと入っていくことが描かれています。そして、トッドは、遠くでハゲタカが、まるで止まっているかのようにゆっくりと飛んでいるのを見ます。最後の文では、トッドはテディーのハミングする歌声を聴き、ハゲタカが太陽の中へとゆっくりと飛んで行き、燃える黄金の鳥のように光り輝く姿を見ます。この「燃える黄金の鳥」とは、多くの批評家が指摘しているように、「不死鳥」のことであり、トッドの「生まれ変わり」を表すものであることは明らかです。また、担架は「揺りかご」、テディーのハミングは「子守歌」という意味を表していると考えられることから、やはりトッドの「生まれ変わり」を表す場面であると言えます。すなわち、この作品でトッドは、白人の上官の前で自らを偽るための仮面を被り、ジェファーソンのような無知な黒人たちとは自分は違うのだと思っていた人物から、過去の記憶を辿る旅を通して、黒人としてのアイデンティティーを確立し、同胞のジェファーソンと互いに理解し合える存在へと「生まれ変わった」ということになるのです。また、作品の冒頭でトッドはハゲタカに衝突したことで、生まれ故郷の南部に墜落しますが、そのことが原因となって自己のアイデンティティーを回復することを考えると、この作品の中で黒人を象徴するハゲタカのおかげで、トッドは一種の「先祖返り」をしたということになり、また、墜落という「試練」は、トッドが子供から大人に成長するための「通過儀礼」の役割を果たしていると言えましょう。

第十一講　又吉栄喜「豚の報い」

使用テキスト　又吉栄喜「豚の報い」（『文學界』一九九五年十一月号。七四―一二七頁。）
『豚の報い』文藝春秋、一九九六年。五―一二〇頁。

本章では、又吉栄喜の芥川賞受賞作「豚の報い」を読みます。この作品を読む理由は、前章で扱ったラルフ・エリスンの「帰郷」と共通する特質を持っていると思われるからです。

作品を見ていきましょう。この小説は、1～13までの部分に分かれているので、その番号に従って、読み進めて行く形をとります。冒頭の1は、次のように始まります。「豚の、スナック『月の浜』への闖入が正吉と三人の女を真謝島に向かわせている。」後に次第に明らかになりますが、スナック「月の浜」とは、主人公の正吉が通っているスナックであり、そこにある晩豚が乱入してきたことが原因となり、正吉と三人の女性（「月の浜」で働く三人）が真謝島へと向かっているということです。ちなみに、真謝島は、「聖なる島」であり、実在の久高島をモデルにしたものだと言われていますが、作品中では、正吉の生まれ故郷の島という設定になっています。ここで注目すべき点は、「豚が主人公たちを真謝島へ向かわせている」、すなわち、「豚のせいで正吉たちは生まれ故郷の島へ行かねばならなくなっている」ということです。これは、「ハゲタカ」が飛行機に衝突したためにトッドが生まれ故郷の南部に墜落させられたという「帰郷」の設定に非常に良く似たものです。また、「豚」と「ハゲタカ」が作品中で果たす役割に関しては、他にも類似点がありますが、その中でも、「帰郷」では最終的に、黒人を表す「ハゲタカ」に対する主人公の意識が変わりましたが、「豚の報い」においても、「豚」が正吉たちの意識や成長などに果たしてどのように関わってくるのか、という点にも注意しながら、読み進めていきましょう。もう一点、冒頭の段落終わり頃に「琉球大学一年生の正吉」という説明がありますが、このことは、ちょうど二〇歳前後の、子供から大人への転換点に正吉がいるということであり、「帰郷」では、正吉と同じくらいの年齢と思われるトッドが「通過儀礼」を経て自らのアイデンティティーを確立する姿が描かれていましたが、果たして「豚の報い」ではどうか、そのことも考えながら読んでいきましょう。

2では、作品冒頭の「豚の闖入」の様子が描かれています。食肉工場へ運ばれる途中でトラックがパンクして、柵が折れ、何頭かの豚が逃げ出し、その中の一頭が「月の浜」に入って来たのでした。三人の女たちは逃げ惑うのですが、カウンターの陰に隠れた和歌子に豚が近づき、のしかかるようにして驚かせたせいで、和香子は「魂（マブイ）を落とす」ことになります。三人の女たちは、正吉に「落とした魂（マブイ）を込めてくれる」ように頼みます。というのは、次のようなことを女たちが知っていたからです。「マブイをこめるのは、沖縄ではユタと呼ばれる霊能者の仕事であるが、正吉は日頃からそのユタというものに非常に強い関心を抱いていた。」しかし、そのすぐ後に、次のような文もあります。「正吉は大学の講義は受けずに、大学図書館にいりびたって、ユタの聞き取り調査集や、マブイこめの実例の本などを読み耽った。だが、今、どのように何をしたらいいのか、正吉にはわからなかった。」すなわち、正吉には中途半端なユタに関する「知識」しかなく、実際にどのようにして「魂込め（マブイ）」を行うのかを知りません。それは、飛行士としてまだ半人前であったため墜落してしまったトッドと、似通ったものであると考えられます。それにも関わらず、女たちは、正吉に御嶽（ウタキ）に連れて行ってくれるように頼みます。それは、和香子の「魂込め（マブイ）」のためでもありましたが、「月の浜」のママであるミヨの、「長く生きれば、生きるほど積み重なる」自分の「罪」に向き合いたいという願望や、和香子の同僚である暢子の、「何もかも削ぎ落し」て、「裸から出発したい」という決心が込められた「旅」でもあったのです。

3は、「豚の闖入から二日後」に、和歌子に誘われた正吉が「月の浜」に出かける場面です。ここでは三人の女たちが、それぞれ自分の「身の上話」を始めます。まず暢子が、「夫は、やっと私が五年目に子供を身籠もったのにさ、何も知らずに死んだの。盲腸炎でね。」と話を始めますが、すかさず和歌子が、暢子は「亡くなった旦那さんの弟」と再婚したと言います。それを無視して、暢子は、中学生の一人娘が喘息の持病を持ち、熱を出してうわごとを言い、「夜も昼もぶっとうしで泣いている」と言い、その原因は夫ではないかと正吉に言います。さらに「どうしても夫のような気がするのよ。私を許さないのよ。」と、自分の「罪」をどのようにして償えば良いのかを正吉に尋ねます。しかし正吉は、「神様に許してもらったらいいんじゃないですか」と言い、暢子が「神は許してくれるでしょうけど、夫が許さないわよ。」と言うと、正吉は「夫の問題なら、あなたが解決すべきです。」と答えます。これに対して暢子は、「私が解決できないから、あんたに相談しているのよ」と、正吉を責めます。ここでは、自分の「罪」を（自分で解決するのではなく）誰かに解決して欲しいと願う暢子と、ユタのような話し方をするが実際に暢子を救う言葉を発することができない正吉の姿が描かれています。

次に、和歌子が自分の話を始めます。「姉は十年前に死んだんだけど、今でも、私とすれちがう人なんか、友子さんと姉の名を呼んだりするの。私は恐くなってね、眠れないの。・・・みんな死んだのよ、母も父も、姉も赤ちゃんも。私一人よ。死んでいないのは。」この和歌子の話も、先の暢子の話と同様、家族、夫婦、親子に関わる問題です。さらに、物語が進むにつれて明らかになってきますが、女たちの苦しみの根底には、「赤ちゃん」の存在があるのです。なお、ママのミヨは、ここでは話をしませんが、「夫」という言葉を用いていることから、やはり夫婦間の問題を抱えていることが予想されます。

４の冒頭では、沖縄の「御願（ウガン）」や「御嶽（ウタキ）」に関する説明がなされています。「沖縄には厄介事が生じた時や、家の新築、結婚、旅立ちなどをする前なんとなく気持ちがおちつかない時、女たちが沖縄本島や離島の方々にある御嶽にお参りに行く、という習わしがある。この『お参り』を御願（ウガン）といっている。」正吉は、「月の浜」の女たちに厄払いの御願を頼まれた時に、咄嗟に「真謝島へ行こう」と言います。それには、次のような理由があったからです。正吉の父の死については、８の場面で、「正吉の父は真謝島の漁師だったが、ある日、真謝島から数十キロ西の沖合の漁場にサバニ（小さな漁船）を出し、ふたつにぶった切った鯖を針にかけ、海へ投げいれたとたん、大魚が喰いつき、糸が腕にからまり、あっという間に海中に引きずりこまれた。」と書かれています。4の場面に戻ると、「(正吉は）この機会に決着がつけられる、と考えた。真謝島には、非業な死に方をした者は十二年間墓に納骨できないという風習がある。正吉の父の骨は故郷の真謝島の海岸に風葬にされたままになっている。だが、十二年が過ぎた二ヵ月前から、門中と呼ばれる、正吉の父の親族たちが・・・門中墓（共同墓）へ納骨をしろと正吉に迫った。」という事情が語られています。正吉には、「六歳の時に死別した」父との思い出は、ほとんどありませんでした。また、正吉は父の骨を拾うのが「億劫」に感じられ、「父の骨を拾ってもよし、拾わなくてもよし」というどっちつかずの曖昧な気持ちを持っており、どうしようかと「逡巡」していました。ちょうどそのような時に、女たちから「魂（マブイ）込め」を頼まれ、「真謝島には御嶽がたくさんあるから、父の骨を拾うついでに女たちを連れていこう」と決心したのです。そうして真謝島へ到着した正吉たちは、事前に予約していた民宿へと向かいますが、民宿の「おかみ」は、幼少時の正吉を知っており、成長した姿を見て喜びます。

5では、民宿に着いた正吉たちに、おかみが料理を作り、それを食べながら皆がおしゃべりをしている様子が描かれています。女たちは、シャワーを浴びた後で、髪は濡れており、ママのミヨは、店にいる時のパーマをかけた髪から真っすぐな髪へと変わっています。すなわち、ここでは、「仕事」としてのホステスの会話ではなく、そこから離れて自由に会話を楽しむ女たちがいます。食欲も旺盛で、おかみが料理した小蛸や栄螺を美味しそうに食べ、やがておかみが泡盛の一升瓶を抱えてやって来ると、宴会が本格的に始まります。

6は、その「宴会」の様子です。まず、正吉は、女たちがこんなにも酒を飲むのに驚きます。仕事では、様々な言い訳をして、トマトジュースなどしか飲まない彼女たちは、今は好きなだけ酒を飲んでいます。そして、正吉は、今酒を飲んではしゃいでいる彼女たちは、普段仕事場で見ている彼女たちとは「人がちがう」と思います。そのうち、酒が回って来た暢子が、「ほんとうの話だけをしようよ。・・・お店ではほんとうも嘘もあるけど、ほんとうの話だけをここではしようよ」と言います。そして暢子は泣き出し、二番目の夫に裏切られたこと、すなわち、ある日店から帰ってくると部屋のベッドに夫と若い女性が寝ていたことを話します。その後、和歌子が、「短大の頃の恋人」との間に子供ができたことを告げますが、詳しいことはまだ話しません。同様に、ママのミヨも、話をはぐらかして、「ほんとうの話」をすることはありませんでした。そこで正吉は「明日は朝から強行軍です」と言って、自分の部屋に戻ります。しかし、その後も女たちの宴会は続き、正吉には誘いの言葉が何度も聞こえます。そして正吉が再び宴会の場へ行こうとした時、暢子が正吉の身体に倒れ込み、ミヨは廊下に「子供のようにだらしなく」座り込んでおり、正吉は再び彼女たちが「店にいる時とはまるっきりちがう」と思います。そして、和歌子と肩を組んで泡盛を飲んでいたおかみが、窓のところへ行き、美しい月に吸い込まれるように、（二階の）窓から地面に落下してしまいます。そこで正吉は、おかみをおぶって、島の診療所へと向かうことになります。

7では、正吉がおかみを診療所におぶって連れて行く間に、一緒についてきたミヨが自分の「罪」を「告白」します。かつて、暢子や和歌子から、「ママは夫を自殺に追い込んだ」ことを聞いている正吉は、ミヨがこの島に「懺悔」に来たことが分かります。ミヨは、「私に男の声が聞こえるようになったのよ・・・一人じゃないのよ、大人の男と、小さい男の子よ。産めなかったのよ、夫の子ではなかったのよ、だから堕ろしたのよ」と告白します。それを聞いた正吉は、「ミヨの体験が自分の空想を上回っている」と思い、何も言葉が出ません。診療所に着いた正吉は、医者から、おかみはただの打ち身なので、しばらく横になっていたら治ると言われ、ミヨとともに民宿に戻ります。正吉はこの時も、困惑し、「（女たちは）自分の手にはあまる」と感じながらも、「女たちにあてにされている、何とか義務をはたさなければならない」と考え、「神様なんか紹介しないでもいいから、あんたが救ってよ」という声がどこからか聞こえてくるような気がしています。

8は、正吉たちが真謝島に来て二日目の話になります。朝正吉が目を覚ますと、雨が激しく降っており、御嶽に行くことを中止すると女たちに告げます。その後、診療所のおかみと話をしてきたミヨが、おかみの夫からもらったという豚の腸（ナカミ）や肝（チム）を持って帰ってきて、暢子と和歌子に調理するように言います。その夜の「宴会」の前に、正吉は、様々なことを思い出します。まず、正吉は母から「何度もおまえを堕ろそうとしたんだよ」と聞かされます。それは、すでに子供を五人産んでいるにも関わらず、男の子ができないため、今度も女の子だろうと思い、堕ろそうとしたことが原因でした。また、正吉の母は、「真謝島から子供たちと一緒に祖母のいる本島の与那城村に渡」り、「豚を飼い」始めました。そして、毎日豚の餌を煮る「かまどの火にあたり」、「豚の発狂したような鳴き声をあび、しだいしだいにおかしく」なり、「豚に独り言を言うようになった」のでした。その母の父親も、借金の支払いを逃れるため豚を小舟（サバニ）に乗せてどこかへ逃げて行方不明になっていたのでした。このように、正吉は豚との間に「因縁」とも言うべき不思議な関係があり、そのため、「目の奥では豚が母の顔になったり、母が豚の姿になったりした」のです。

夜になり、二日目の「宴会」が始まります。テーブルには「内腸の炒めもの、あばら骨汁（ソーキ）、耳皮刺身（ミミガー）など」が並べられ、女たちはよく食べ、よく酒を飲みますが、正吉は食欲がなく、「明日があるから」と言って自分の部屋へ帰ります。その後、突然、女たちがトイレへと走る音が頻繁に聞こえ、肝（チム）にあたったことで下痢が止まらないほど苦しんでいる様子が描かれます。正吉は「薬をもらってきて欲しい」と頼まれ、診療所へと走ります。その時正吉は、「女たちにいいようにあしらわれながら、息苦しいのに走っている。」と考えますが、その時の正吉の様子は、「うっすらと正吉のたよりない影が動いている」と描写されています。これは、正吉の「実体の無さ」や、「アイデンティティーがまだ確立されていない状態」を表していると考えることができるでしょう。そして正吉が診療所に着くと、診療所の医者もおかみの夫が持ってきた豚の肝（チム）にあたってひどい下痢に苦しんでいることが分かります。その後薬をもらい、民宿に戻った正吉は、女たちを寝かせますが、この時、「ふと、正吉は女たちがかわいそうになった。女たちは胸の中に苦しみやら悩みやらを抱えているから、俺についてきたんだ。」と考えます。すなわち、この場面で初めて、正吉には女たちの本質がほんの少し見えたということであり、ここから少しずつ、正吉という人物に変化が現れることになります。

9では、真謝島に来てから三日目のことが語られています。暢子と和歌子は少し元気を取り戻しますが、年上のミヨは弱りきっており、正吉はミヨを背負い、診療所に向かいます。その時にミヨは、「私の母親は入院している父親より、先に死んだのよ、看病疲れよ。・・・ほんとうの私の気持ちはね、父親に死んで欲しかったのよ」という告白をします。診療所に着くと、おかみとミヨがベッドに寝かされ、ミヨは「安心なのよ、正吉さんが側にいると」と言います。一旦民宿へ戻った正吉に、和歌子は、「神様は私たちを試しているのかしらね・・・会う資格があるかどうか・・・負けちゃいけないのよね」と言いますが、この台詞は、豚の肝（チム）にあたったという「試練」を経て、和歌子に大きな「変化」が表れている箇所と考えるべきでしょう。

10では、再び診療所に戻り、夜中に看病しようとしている正吉の様子が描かれています。うたたねをしていた正吉は、突然、ひどい臭気を感じ、ベッドのところに行ってみると、ミヨが激しい下痢をしてしまったことが分かります。うろたえたミヨは、「電気、消して」や「出ていって」と正吉に叫び、一旦正吉は外に出ます。その後、再び下痢の音が聞こえ、ミヨが泣き出す声も聞こえてきます。その時正吉が感じたことは、(ミヨは)「少女のようだ」ということです。動揺するミヨの感情を穏やかにしたのは、おかみでした。おかみは正吉を呼び、ミヨの汚れを拭き取り、下着を付けさせるように言います。また、おかみは、「あんなに昨日から出ているのに、まだ出てくるんだから、人間の体ってどうなっているんだろうね。」と言いますが、これは、ミヨの「試練」が人一倍辛いものであり、下痢という「膿み出し」に時間がかかることを表しています。やがて落ち着きを取り戻したミヨは、正吉に、「何か夢を見てね、誰かが、子供のようだったけど、私のお腹をしょっちゅうくすぐるの。私は、やめて、やめて、と言うんだけど、変にいい気持ちになってね、急にお腹を抱えて笑い出したの、そしたら、手がぬるぬるして、・・・」という話をします。まだ明らかにはされていませんが、やはりミヨの心の奥底に、子供の存在があるということが分かります。ミヨは、下痢の症状と同じように、少しずつ、心の中に長い間溜まったものを吐き出していると言えます。

ミヨに帰るように言われた正吉は、民宿に戻ります。すると、正吉の部屋に和歌子が訪れ、次のような「告白」を行います。「正吉さん、私見たの・・・この宿はきっと人が死んでいるわ・・・いろいろなきざみの夢を見たような見なかったような変な時間が過ぎていったの。・・・人が来たの、部屋の窓際に・・・父よ・・・後ろに母も・・・また後ろにおじいが・・・もっともっとよ、私が知らない人もたくさんいたのよ。・・・はっきり見えたの。みんな私をじっと見ているのよ。」これを聞いた正吉は、「和歌子がこの島に来たから、きっと喜んでいるんだ・・・和歌子のご先祖だよ。みんな、和歌子といっしょに神様に会いに行くから喜んでいるんだ。和歌子が道案内人だよ」という言葉をかけます。ここでの正吉は、かつてとは違い、「淀みなく言葉が出」ており、和歌子との間でしっかりとした会話がなされていると言えます。それゆえ、和歌子は、「私ね、一度ね、瀬底大橋に身投げに行ったの。」と言い、自分の太股にある「十ばかりの赤黒い斑点」を見せて、「子供を産む道を開けるためなの。私、高校生になってもね、ひきつけが治らなかったの。・・・私は歯科技工士にすてられたの。子供が流れたから。」と語ります。そして、歯科技工士は結婚したが妻がお産の時に死んでしまったこと、もし彼が望むのであれば、元に収まって子供を育ててもいいという気持ちになっていることを告げます。それを聞いた正吉は、和歌子のことを、「たくましく、しかしかよわい大人の女のように思えてきた」のです。すなわち、この場面では、「夢」のようなもの、言い換えれば無意識のものが和歌子の意識の表面に現れ、それを正面から受け止める正吉の姿を見る事ができます。和歌子は下痢という「膿み出し」を経験したことで無意識の世界に閉じ込めて来た「記憶」を外に向かって吐き出すことができ、正吉は「ご先祖さまを道案内する」和歌子を祝福しているのです。さらにその後、和歌子はせっかく真謝島にきたのに豚のせいで倒れてしまったことを語った後に、「でも、私たちをここに連れてきたのも豚なのよね・・・(これまで)こんなに不安になる時間なんてなかったでしょう?・・・不安な時間、お店で働く前にはあったのよ」と言いますが、これは、日常から離れて、真謝島という「非日常」の世界を訪れたこと、「非日常」の中で、日常では心の奥底に隠している重要な「記憶」が意識の上に現れてきていることを、朧気ながらも和歌子が認識し始めていることを示しています。

11は、真謝島に来て四日目のことです。正吉は、朝目覚めると、なぜだか「生きかえるような気」がします。そして和歌子も、「私、何もかも吐き出したのね」と、目を輝かせながら言います。そして、正吉と和歌子、そして暢子の三人は、ミヨがまだ入院している診療所へ向かいます。診療所へ行く途中、「顔にあたる陽差しは強かった。太陽の色は昼間のような金色ではなく、白っぽかった。真っ白く、数十の力こぶがくっきりとした、生まれたばかりの入道雲が太陽の下に湧き出ていた。」という描写があります。この作品ではこれまで、「月」の描写が頻繁に行われ、この場面からは「太陽」の描写が多くなることを考えると、ある種の変化が登場人物たちに起こっていることが予想されます。太陽と比べて、「月」とは、影の部分を表すことから、登場人物たちはそれまで、自分の本心を隠し、様々な「痛み」や「罪」を意識の深い部分にため込んでいたということが示唆されます。それに比べて太陽は、あらゆるものを照らし出すものであることから、この場面以降は、登場人物たちは、以前のように本心を隠したりせず、感じたこと、思ったことを正直に表出することが予想されます。そのきっかけとなったのは、やはり「豚」でした。豚の肝(チム)にあたったことで、下痢という「膿み出し」を行い、心が「浄化」されたために、登場人物たちは自分の人生に正直に向かい合うことを始めたのです。

診療所に着いた正吉たちを驚かせたのは、医者、おかみの夫、看護婦、ミヨ、おかみの全員が、真っ黒な口をしていたことです。それは、おかみの夫が釣って来た烏賊を墨で煮て作った、烏賊墨汁(イカスミ)でした。この烏賊墨汁も、豚料理と同じく、沖縄独特の食文化を代表するものです。すなわち、ここで登場人物たちが沖縄の土地に根付いた食文化に接するということは、前章の「帰郷」で「ハゲタカ」が黒人そのものを表しており、物語の最後でトッドがハゲタカを崇高な不死鳥と考える部分と重なります。

美味しそうに烏賊墨汁を食べるミヨも、「古いものは何もかも出たわ」と語ります。その後、正吉は、真謝島の出身である医者に、父親の風葬されている様子やその場所などを尋ねますが、無意識のうちに、正吉の烏賊墨汁の椀は空になっていました。これは、正吉が、上に述べた「沖縄の食文化」に触れたことであり、一種の「通過儀礼」の意味を持っていると考えられます。なぜなら、その時正吉は、「ようやく何かがふっきれたような気がした」からです。そして、女たちは、烏賊墨汁を食べたせいで鼻が「真っ黒」になっている正吉を見て笑い、さらに「鼻黒豚にそっくり」とも言います。ついに、正吉は「豚」になった、あるいは、豚に関わる自身の人生そのものを受け入れる準備ができたことが示されており、女たちは、そのような正吉を「祝福」しているように読み取れます。

12では、診療所を出た正吉が、父の骨が風葬されている場所に行き、重大な決心をする場面が描かれています。風葬の場所に行く途中、正吉は女たちが「必死に生きている」こと、「必死に生きているけど悩みに満ちている」ことを考え、女たちを「いとおしく」思います。また同時に、「御嶽に連れて行ったら、女たちは救われるだろうか」と疑問に感じ、「女たちは・・・正吉の手の届かない世界を生きている」こと、「女たちは俺より十倍も二十倍も深く生きてきている」ことを考えます。これは、一見、正吉がまだまだ未熟な青年であることを示していますが、ここでの正吉は、少なくとも女たちが「痛み」を抱えて生きていることを「理解」しています。作品前半部分と比べると、正吉が成長しているのは明らかです。

その後、風葬の場所に行く途中で、正吉は「高さも幅も二メートルばかりの穴が開いている」場所を見つけ、その中へ入っていきます。そこでの描写は、「正吉は背中を曲げ、暗い穴の中に入った」、「戦争中真謝島の人たちが避難生活をしていた・・・壕だった」、「天上から雫が滴り落ち、床が濡れていた」、「正吉の足がすべ」り「堅い石の床に尻餅をついた」などというものです。これに関しては、私は、正吉が「子宮」の中に入って行ったことの比喩ではないかと思います。すなわち、これも正吉の成長にとって欠かせない「生まれ変わり」を表す「通過儀礼」だということです。また、この後正吉が重大な決心をするための準備としての役割も持っていると言えます。さらに、この作品の「穴」は、確かに「子宮」を表していると思いますが、もう一つの意味も持っています。それは、この穴が「戦争中の避難場所」、すなわち「ガマ」（壕）として使われていたということに関連しています。「ガマ」では、日本軍によるものや住民同士でのものなど、様々な形で集団自決が行われました。また、それに加えて、泣き声を上げる赤ん坊を日本兵が殺すという悲惨な行為も行われました。ここで、この作品に登場する女たちの「痛み」を考えてみると、男女の関係などがありますが、根底には、赤ん坊を堕ろしたり、流産したりと、赤ん坊の「生死」が付きまとっています。すなわち、この穴が象徴しているのは、単なる子宮だけではなく、その中に赤ん坊の生死という「痛み」が混じったものであり、その穴の中に入った正吉は、自分の「生まれ変わり」だけではなく、女たちという「他者の痛み」を共有することの出来る人物へと成長していくことが示唆されているのです。

その後、すぐに正吉は父の骨を見つけます。その様子は、「白い頭蓋骨や大腿骨が浮かびあがっていた」と描かれていますが、正吉は次に「父の眼窩の先を見た」とあり、「先には何もなかった」ことから、「もし父の眼窩に目が入っていると想像するなら、何かを見ているというより、何かを待っている目だ」と考えます。さらに、「骨は神々しく白かった」、「不純なものは微塵もなかった」という描写がありますが、正吉は、父が「果てのない大海原を十二年間も見ていたから、この世のいろいろなものが見え、聞こえただろう」と考え、ついには、「父の骨は風雨に晒されてきた、苦しんできた。だから、悟った。神に近づいた」という結論に至ります。さらに、「(十二年間の風葬という)このような仕打ちをうけたために、父は美しく、たくましく変わり、神になった」と考えますが、これは、正吉が女たちに対して抱いた感情と同質のものです。すなわち、「風葬」という「試練」を経験したために崇高なもの、例えば神になったということです。そして正吉は、父の骨のある場所に「御嶽を造る」という前代未聞の行動をとる決心をすることになります。

物語最後の13は、正吉が父の骨の場所に御嶽を造り、皆が待つ民宿へと戻った場面から始まります。正吉は、「この二、三日いろいろあったけど、みんな、よく我慢したね。二、三日我慢したために、二十年も三十年も救われるよ、おめでとう」と言いますが、女たちは戸惑い、正吉も少しずつ不安が大きくなります。そしてついに、正吉の「告白」が始まります。正吉は、「俺たちが行く御嶽は、御嶽のような、違うような、御嶽なんだが・・・ついてくる?」と皆に尋ねます。そして次のように言います。「スコップを見ただろう?父の遺骨があったから、御嶽を造ってきたんだ。俺は自分を救うのが精一杯だ。・・・この島には本物の御嶽がたくさんあるから、申しわけないけど、あなたたちのいいようにして下さい。」それを聞いた和歌子は、「私は正吉さんの御嶽を信じるわ。淋しくなった人が巡拝する御嶽よ」と言い、ミヨも自分が「正吉さんの御嶽に招き寄せられたんですよ」と、正吉の肩にやさしく手を置いて言います。さらに和歌子は、「グソーンチュ（あの世の人）たちもたがいに世間話をしながら、海から正吉さんの御嶽にやってきます」と言い、正吉の「告白」を祝福しています。そして、ミヨがスラックスを少しおろして「横に長い傷跡」を見せて、「見える?おろすためよ。夫の子ではないのよ、あの子をおろすために切ったのよ。」という最後の告白を行います。

この後、民宿のおかみも加わって、豚の「報い」についての会話が行われます。まず正吉が、「（今日が）いい日になったのも、おじさんが豚肉を食べさせてくれたおかげだよ。・・・人助けをした豚だよ。みんな救われるんだ。」と言い、和歌子も「試練がないと、悟りにはいたらないのよね」と言います。さらに、「もとはといえば、おばさんのおかげよ。・・・おばさんが窓から落ちて、怪我したから、おじさんはお礼に私たちに豚肉を届けたんでしょう?」という言葉に対しておかみは、「そういうんなら、うちに酒を飲ませた、あんたたちのおかげだよ」と言います。さらにそれに対して、「そうね・・・でも、一番の功績は正吉さんよ。正吉さんがこの民宿に泊まったんだからね」と言われた正吉は「それをいうなら、店にはいりこんできた豚だよ」と答えます。このように、豚が「月の浜」に闖入して和歌子が魂（マブイ）を落とすという「災難」が、下痢による「膿み出し」へと導き、「試練」が「悟り」へと繋がっていくことを皆で確認するのです。

最後の段落は、正吉、ミヨ、暢子、和歌子、おかみの五人が、いよいよ正吉の造った御嶽へと向かう場面です。ここでも太陽の「陽」が強く照っており、静寂の中を五人が進む様子が描かれています。最後の文「地面に落ちた五人の黒い影もゆっくりと進んだ。」ですが、ここには、この五人の神々しさが描かれていると思われます。直接、五人が歩いていたとするよりも、その影が動くということで、敢えて主体を前面に出さないことによって、この場面の静寂さや神々しさを表現している文だと思われます。

関連論文②「帰郷」と「豚の報い」の比較考察

追立祐嗣「ラルフ・エリスン“Flying Home”と又吉栄喜『豚の報い』に見られる土着性のシンボルに関する比較考察」『沖縄国際大学外国語研究』第六巻第二号、一四三―一六〇ページ

序論

本稿の目的は、ラルフ・エリスンの初期の短編「帰郷」（"Flying Home"、一九四四年）と、又吉栄喜の芥川賞受賞作「豚の報い」（一九九五年）の二つの作品に、いわゆる「土着性」のシンボルとして登場する「ハゲタカ」（"buzzard"）と「豚」が、それぞれの作品の登場人物が内面の浄化及び本来の自己の確立を経験していく過程において、いかに重要な役割を果たしているかを検証することにある。[1]

まず、二つの作品の概要を紹介したい。「帰郷」は、主人公の黒人青年トッド（Todd）が、飛行訓練中にハゲタカと衝突し、南部の土地へ墜落するが、同じく黒人の老農夫ジェファーソン（Jefferson）の優しさに触れる中で、当初は忌み嫌っていた、黒人の象徴としてのハゲタカを次第に受け入れ、最終的に自己のアイデンティティーを回復する姿を描いている。一方、「豚の報い」は、スナックへの豚の闖入により魂（マブイ）を落とされた和歌子を救うために、主人公の青年正吉が女性達を正吉の生地である真謝島へと案内するが、そこで豚による食中毒などの試練を経て、正吉と女性達が魂の癒しを経験し、自立を果たす姿を描いている。

この二つの作品に共通することは、いずれも、主人公達が「土着性のシンボル」により苦しい経験をし、その試練を経て、各人物の内面に抑え込んでいた負の記憶を吐き出すことによって癒されるのであるが、重要なことは、このような浄化は、他でもない、試練を与えたハゲタカと豚によってなされるということなのである。

以下本論では、「帰郷」におけるハゲタカの役割を、トッドの墜落、ジェファーソンとの会話、過去の記憶への回帰、そして最終的な浄化と自己の受け入れを中心に考察し（I）、次に、「豚の報い」における豚の役割を、魂（マブイ）落とし、女性達の告白、過去の負の体験への回帰、そして最終的な浄化と主体性の確立を、「帰郷」

との比較を交えながら考察し（Ⅱ）、両作品に見られる「土着性のシンボル」の共通点を明らかにしたい。

Ⅰ．「帰郷」における「ハゲタカ」の役割

「帰郷」の作品前半部分で果たすハゲタカの役割は、まさに作品のタイトルが示しているように、トッドを故郷へと導くものである。すなわちトッドは、それまで自分が黒人であることに負い目を感じ、ひたすら白人の上官に認められることによってのみ自らの存在の意味を求めていたが、ある日、飛行訓練中に起こったハゲタカとの衝突により、「故郷」である深南部のアラバマの土地へと「落とされる」のである。トッドは、「あのハゲタカのせいで俺は百年前の世界に戻ってしまったのだ」（一五一）と感じるが、これまで常に上昇志向に縛られ、自らのアイデンティティーを喪失した状況から、本来の土地へと「戻され」、足首の骨折のために数時間をジェファーソンと過ごすことにより、本来の自己を回復することができるようになる。

ここで、ハゲタカがアメリカ黒人の文化の中でどのような位置を占めているかについては、スーザンL・ブレイク（Susan L. Blake）が、「ハゲタカは、アメリカ黒人の歴史の中で、その苦難と生存のための闘いを象徴するものとして多くの民話に登場している」（八三－八四）と述べているように、「土着性のシンボル」の役割を担ってきたのである。そして、ブレイクも指摘しているように、エリスンは、「帰郷」の中で、ハゲタカが象徴する様々な意味を巧みに用いていると言える。

ジェファーソンは、トッドがハゲタカと衝突して墜落したのを知るや否や、「この辺じゃハゲタカがたくさんいるよ。ハゲタカは死んだものしか食わねえ。生きてるものは食べないんだ。」（一五五）と言うが、こ

れは、トッドがその精神の健全さにおいて「死んだもの」であることを暗示するものである。さらにジェファーソンは、ハゲタカは「悪運」[2]を表すものであり、自分たちは「黒人」(一五五)と呼んでいることを告げる。トッドは、この時点では自分がジェファーソンたちと同じ「黒人」であることを否定しているが、後に黒人としての本来の姿を回復することを考えれば、ここでの「悪運」は、最終的には「幸運への転換」を示すものであると言えよう。

ジェファーソンは、その後次のような話をする。

「俺はかつて、一頭の馬が道に倒れているところを見たんだ。それで、「おい、起きろよ」と声をかけたのさ。そしたら何と、一羽のハゲタカが馬の腹から飛び出して来たんだよ。太陽の光が強い日だったんだが、バーベキューでも食ったように、ハゲタカどもは脂ぎって光っていたよ。」(一五五)

このように、馬の死肉を貪り食うハゲタカのことをジェファーソンは話すのであるが、その前にジェファーソンは、トッドが墜落してきた時の様子を、「あんたが飛行機に乗って、まるで暴れ馬みたいに飛んだり跳ねたりしながら落ちてくるのを見たんだが、まさかあんたが無事だとは思わなかったよ」(一五四)と述べ、ここでもトッドと馬とを重ね合わせている。さらに、ハゲタカが馬の腹から出てきたのは「作り話」だと言うトッドに対して、ジェファーソンは、「ちょうど、あんたみたいな死んだ馬を見たのさ」(一五八)と言い、馬との重なりを強調する。この時のトッドの反応は、「吐き気を感じ、胃腸が激しく動いていた」(一五五)というものであり、黒人としてのアイデンティティーを否定してきた自らの虚偽性あるいは仮面性、さらには「土着性のシンボル」であるハゲタカに内臓を食われることに象徴される自らの空虚感を、「身体の反応」

により認識している。それゆえトッドは、激しい「嘔吐感」を憶えるのであるが、この「嘔吐」という行為は、トッドの内面の深い部分に溜め込んでいた意識の負の部分を「吐き出す」ことであり、実際に物語の後半部分でのトッドの自己回復を暗示する表現なのである。

さて次に、トッドの自己回復に大きな関わりを持つジェファーソンの役割であるが、ジェファーソンの語り、特に「天国に行った話」は、トッドの「内面の吐き出し」に大きな影響を与えている。それは、他でもない、ジェファーソン自身が、過酷な状況を生き延び、その精神の健全さを保つために創造した話であり、この話の中で、ジェファーソン自身も「内面の吐き出し」を行うからである。天国に行ったジェファーソンは、「黒人の天使は、空を飛ぶ時に、特別なベルトを付けなければならない」という差別待遇が天国にも存在することに率直な「怒り」を憶え、「それで、俺は決めたんだ。ベルトなんか付けないってな。それで思いっきり飛んだんだが、天国の誰も俺より速くは飛べなかったのさ！」（一五七―一五八）と、誇らしげに言う。このように障害物を身に付けることを拒否し、自然な翼で大空を「自由に」飛び回るジェファーソンは、「子供」のような「純真さ」を保っている人物と言えるが、同時に、黒人の置かれた過酷な「現実」の存在にも関わらず、あるいはそれ故に、常に逞しい「笑い」を交えて「内面の吐き出し」を行っているのである。

この二つのジェファーソンの話は、結果的にトッドの自己認識への出発点となる。すなわち、第一の「馬からハゲタカが出てきた話」では、トッドは自分の「実体の無さ」や「空虚感」を認識し、また自分に喩えられた馬が内臓を食われてしまうことから、自己の存在の危機を感じ、「嘔吐」という行為を行う。さらに、第二の「天国に行った話」に対しては、その中で語られるジェファーソンの天国での差別への素直な「怒り」、それをものともしない自由への希求、そして時に毒を内包した逞しい笑いによる「内面の吐き出し」

に触れ、自らの仮面性、そしてその結果としての「自己憎悪」の感情に耐えられなくなり、ついにトッドは、それまで内面に抑え込んでいた「怒り」を爆発させる。

トッドの心臓は激しく鼓動し、こめかみが破れるかと思われるほどであった。トッドは、老人の方に手を延ばそうとしたが、地面に倒れ、「白人が俺たちを実戦に送らないからといって、一体俺に何ができると言うんだ。そうとも、たぶん俺たちは死んだ馬の肉を食らうハゲタカの群れなのだろう。でも、俺たちだって鷲になる希望くらいは持ってもいいだろう?」と叫ぶように言った。（一六一）

トッドが発した怒りは、飛行訓練部隊に所属していながら実戦に参加させてもらえないという厳然たる差別状況に対するものであるが、ここで最も重要なことは、トッドが「俺たちはハゲタカの群れなのだろう」という極めて重要な言葉を発しているということである。すなわち、ジェファーソンが天国で障害物を身に付けなければならなかった状況と自分の置かれた現実の状況との共通性を理解し、その結果、自分とジェファーソンを初めて「俺たち」（"we"）と呼び、黒人は全てハゲタカなのであるという認識を得るに至ったのである。また、トッドは、この時初めて、「俺は果たして笑われたのか、いや、そもそもジェファーソンはこれまでの人生で一度でも笑ったことがあるのか」（一六一）と考え、ジェファーソンという、南部の過酷な現実の中で必死に生き延びる生身の人間の現実を理解する。そして、自分もジェファーソンと同様「ハゲタカの群れ」の一員であるという、自己の受け入れを果たしたトッドは、仮面性という精神の病理の根源である「幼少時の記憶」へと遡っていくことになる。

トッドは、幼い頃初めて飛行機（ただし博覧会に展示されていた模型の飛行機）を見て以来、飛行機の音を「模倣」するなど、すっかり夢中になるが、「俺は草地で横になり、空を眺めては、鳥が飛行機に見えたものだ」（一六三）という象徴的な文が示すように、トッドの関心は、それまで「土地の生き物」として慣れ親しんでいた「鳥」から、「金持ちの白人の子供しか所有できない玩具」と母親に諭された「飛行機」へと変わる。このように、トッドは、次第に「土着性のシンボル」から離れていき、実際には実現不可能な「白人に近づく」という上昇志向を抱いていくのである。

幼い頃に父親を亡くし、母親の愛情にも恵まれなかったトッドは、物理的・精神的に父親・母親の不在という「痛み」を抱えている人物であるが、この空白を埋め、「痛み」を癒す役割を果たしているのが、「両性具有的性質」を持ったジェファーソンである。[3] すなわち、ジェファーソンは、「天国に行った話」などを通して現実の厳しさを教える「父親」の役割と、墜落以来常にトッドの傍にいて、優しく世話をする「母親」の役割を併せ持っているのである。このような性質を持つジェファーソンと共に時を過ごすうちに、トッドは様々な「幼少時の記憶」を取り戻していくのであるが、実はそれらは、他でもない飛行機に対する恐怖心を内包する記憶であった。そして、このような意識の深い部分に隠してきた「記憶」を取り戻すことによって、トッドは「南部のアメリカ黒人」としての自己の真の姿を回復していくのである。

しかし、ジェファーソンが果たしたトッドの「自己の受け入れ」に対する役割には、「記憶」の回復の他に、もう一点、重要なものがある。それは、他ならぬジェファーソン自身が持つ「二重性」である。すなわち、ジェファーソンの「二重性」とは、南部という白人中心社会の中で生存していくために身に付けざるを得ない日常の自己の姿と、そのような生き方を強いている南部社会の不条理性を笑い飛ばすもう一人の自分が存在するという意味での「二重性」なのである。このようなジェファーソンの「二重性」は、彼の「息子」たるトッドへと受け継がれていくことになる。すなわち、トッドの飛行機が墜落した土地の所有者である白人のグレイブズ（Graves）が、トッドを狂人扱いし、「拘束服」を着けさせた時、トッドは「俺の体に触るな！」（一七一）と、明白な「怒り」の言葉を発し、さらにグレイブズがトッドの胸を足で踏みつけた際には、「熱くヒステリックな笑いが、トッドの胸を引き裂くかのように飛び出してきた。トッドは、目が飛び出て、首の血管が破裂するかと思った。」（一七一）という行動をとるのである。この場面におけるトッドの「発話」及び「行動」は、以前の精神的不健全さに苦しんでいたトッドの言動とは本質的に異なるものであり、トッドは初めて「正直さ」を持って、「本来の自己のあるべき姿」を他者に向かって顕示する。その結果、ようやくトッドは自己の置かれている現実の持つ真の意味を理解すると同時に、「狂気」の世界の中で本来の自己を見失っていた自分自身の姿を明確に認識したのであり、それまでの虚偽に満ちた自分と訣別し、「新しく生まれ変わる」ことにより、ようやく最終的な「自己の受け入れ」を果たしたのである。このように考えると、物語の前半部分でトッドが「嘔吐感」を憶える場面でも暗示されてはいたが、この場面におけるトッドの「発話」及び「身体が張り裂けるほどの激しい笑い」とは、ついにトッドが自分の身体の中に長い間溜め込んできた「膿」を出したと考えるべき行為であり、トッドは最終的に魂の「浄化」を経験したということが言えるのである。

このように自分自身の「膿」を出し、精神の「浄化」を経験したトッドは、ジェファーソンが自分にとって「唯一の救い」であることを悟る。そしてジェファーソンと彼の息子が、担架に乗せられたトッドを運ぶ際には、「それはあたかも、トッドが孤独から救い上げられ、人間の世界へ戻されるようなものであった。新たな心の交流が、老人とその息子、そして自分自身の間に確かに存在しているのをトッドは感じた。」（一七二）という認識に至る。この時トッドは、ジェファーソン親子との間に、「新たな心の交流」、すなわち「新しい絆」を築いているのであり、ようやく自分の同胞との間に人間同士の関係を回復している。そしてそれは、まさに「他者」と「自己」を「受け入れた」結果のものであり、それ故トッドは、「持ち上げられた」（"lifted"、一七二）とあるように、人間としての「高み」に置かれているのである。

この意味において、人種差別を体現するグレイブズが「ここにいる黒ん坊の鷲をニガー専用の飛行場に連れて行け。」（一七二）と言い、トッドを「黒ん坊の鷲」と呼ぶのは、極めて皮肉な行為である。すなわち、ハゲタカに象徴される南部の黒人とみなされることを忌み嫌っていたトッドが、ようやく自らがハゲタカであることを認め、自己のアイデンティティーを回復した矢先に、トッドが以前に憧れていた「鷲」という言葉を、南部の典型的な白人であるグレイブズが発し、トッドの（少なくとも飛行士としての）立場を認めているからである。（なお、「皮肉」という点に関しては、メアリー・エレン・ドイル（Mary Ellen Doyle）（一七〇－一七一）及びリン・ヴィーチ・サドラー（Lynn Veach Sadler）（二五）の二人の批評家が、いずれも「皮肉にも」（"ironically"）と前置きして、上のグレイブズの言葉についての言及を行っている。）

トッドは、担架に運ばれていく最後の場面で、「黒い鳥が太陽の中に入って行き、燃える黄金の鳥のように輝いているのを見た」とあるように、「黒い鳥」すなわちハゲタカが「燃える黄金の鳥」に変化するのを見る。これは、まぎれもなく、トッドが「土着性のシンボル」であるハゲタカに対して持っていた恥辱感を捨て去り、黒人としてのアイデンティティーを確立したことを意味すると同時に、「燃える黄金の鳥」とは、トリマー（Trimmer、一七六）が指摘しているように「不死鳥」（"phoenix"）を意味することは明白であり、トッド自身の「再生」あるいは「生まれ変わり」を暗示するものなのである。（なお、トッドの「再生」に関しては、ロバート・G・オミーリー（Robert G. O'Meally）が、「再生」や「生まれ変わり」を表す"rebirth"（七三）という適切な言葉で表現しており、また、トッドの「生まれ変わり」については、オグニエミ（Ogunyemi）が、「若いトッドは、最終的に新しい成人の男になることが出来た」（三〇三）と述べている。）

最後に、作品全体に果たすハゲタカの役割について、批評家達の解釈を交えて検証してみたい。まず、作品の表題である「帰郷」（"Flying Home"）については、マーク・バズビー（Mark Busby）の「この作品のタイトルは、トッドが自己の民族的な歴史への回帰を自覚している」（三五）、あるいはサドラー（Sadler）の「トッドの『帰郷』とは、自らの黒人性及び人間性への回帰を示している」（二四）という指摘からも明らかなように、「人種としてのアイデンティティーの回復」と同時に、健全な精神を持つ一人の人間としてのトッドの「あるべき自己への回帰」を示すものである。しかしながら、オグニエミ（Ogunyemi）による「ジェファーソンはトッドを、恥も無く捨て去った故郷へと連れ戻した」（三〇四）という指摘は、誤りとは言えないまでも、ハゲタカの役割が欠落していると言わざるを得ない。確かに、ジェファーソンはトッドの「成長」と「再生」に大きな役割を果たしている。しかし同時に、この作品におけるトッドの最も大きな変化は、「土着性のシンボル」であるハゲタカに対する考え方の変化なのである。繰り返すようだが、作品の前半部分では、トッドは自分とハゲタカの同一性、さらにはハゲタカの存在自体をも拒否しようとしている。ところが、最後の場面における「燃える黄金の鳥」という表現に集約されているように、トッドのハゲタカに対する見方は大きく変化している。エディス・スコール（Edith Schor）は、「トッドを空から墜落させたハゲタカは、トッドの黒人としての伝統に対する「気付き」や「理解」、そして「受容」をもたらした」（四七）と述べているが、重要な点は、トッドの墜落の直接の原因であるハゲタカが、トッドに豊かな変化をもたらしたことなのである。トリマー（Trimmer、一八一）及びバズビー（Busby、三六）などの批評家の言うトッドの「変化」（"transformation"）は、ハゲタカによるものなのである。また、この「変化」とは、単にトッドの変化だけにとどまるものではない。すなわち、それは、ブレイク（Blake）の言うように、「トッドの失敗は、ある意味では、彼の勝利を表している」（八四）のである。このような、「失敗」（"failure"）が「勝利」（victory）に「転換」しうるという発想こそが、トッドが得た最大の教訓であり、作者エリスンが、そしてアメリカ黒人が長年の苦悩を経て獲得した「知恵」なのである。このように、「帰郷」における「土着性のシンボル」としてのハゲタカは、主人公トッドの生まれ故郷への、そして黒人という存在への「帰郷」をもたらすことにより、その「力」の大きさを示していると言えよう。

Ⅱ．「豚の報い」における「豚」の役割

まず、沖縄の文化の中における「豚」の位置付けについてであるが、例えば、詩人の高良勉は、「ウワーヌカミ（豚の神）」について、「神祭りや神話、神謡や民謡、民間伝承や民間信仰などの中に、あるいは私たちの何気ないシグサ＝身体表現や伝統芸能などに脈々と受け継がれている」（「批評」）と指摘しているが、又吉栄喜自身も、「沖縄の豚は悪魔払いもするし、災いの予言などもする。また沖縄の人も沖縄の神々も豚肉が大好きである。豚肉は神々が降りてくる伝統行事やお祭りには欠かせないものとなっている。豚はこのように何百年間も沖縄の人々や神々の象徴になっている。」（「随想」）、また、「沖縄の地底に大きく膨らんで固まっている力にこの豚の存在が重なっている気もするし、また沖縄の基層そのものが豚でもって象徴される。」（「又吉栄喜ワールド」四一）と述べ、沖縄の、特に精神世界の中における豚の存在がいかに重要なものであるかを力説している。

「豚の報い」の冒頭は、スナック「月の浜」への豚の闖入から始まる。豚はまるで「荷物が転がってきた」（一三）かのように店内に走り込み、店員和歌子の身体にのしかかり、その結果、和歌子は「魂（マブイ）を落とした」

のである。この時、うろたえた正吉は「ひっくりかえり、ソファの角に頭をうった」（一三）のであるが、和歌子も「胎児のように体をちぢめ」（一四）ている。この「魂（マブイ）を落とした」際の描写は、「帰郷」の冒頭部分でのハゲタカの「衝突」によるトッドの「墜落」、そしてその後のジェファーソンの世話によるトッドの「子供」のような描写に共通するものである。そして、さらに重要なことは、作品冒頭の一文「豚の、スナック『月の浜』への闖入が正吉と三人の女を真謝島に向かわせている。」（七）に表れているように、「豚の報い」における「土着性のシンボル」たる「豚」が、「帰郷」における「ハゲタカ」と同様の役割、すなわち「豚がもたらした厄を落とすための」（七）主人公の生地（home）への「帰郷」をもたらすことなのである。（『沖縄タイムス』の「読書」子は、「豚という存在は沖縄では独特の文化的意味を持っている。だから、その豚が侵入したことは何らかの神の『知らせ』である。」（「読書」）と述べているが、これは、「帰郷」に関するリン・ヴィーチ・サドラー（Lynn Veach Sadler）の、「トッドがジェファーソンを押しのける時に聞くハゲタカの執拗に甲高い鳴き声は、トッドに対して行われた警告なのである」（一二三）という指摘と同義である。すなわち、それぞれの「土着性のシンボル」が、未だ自己を確立していない主人公達に対して、その成就のための「知らせ」あるいは「警告」を行っているということなのである。）

ここで、正吉という人物について述べたい。彼は、「琉球大学一年生の正吉」（七）と紹介されているように、まさにこれから「大人」へと向かう年齢として設定されているが、これはトッドにも当てはまる。すなわち、バーント・オステンドルフ（Berndt Ostendorf）が指摘しているように、トッドは「成人になろうとしている時期」（一五二）という状況にいるのであり、またブレイク（Blake）の言うように、「トッドのアイデンティティーの希求は、同時に成人の男性への希求でもある」（八一）のである。トッドは「空を飛ぶこと」に異様な執着を持っているが、その実態は、作品中の「盲目的に飛ぶこと」（“f]lying blind”、一五二）という表現に示されているように、空虚なものであった。一方正吉も、「ユタというものに非常に強い関心を抱いて」おり、「大学図書館にいりびたって、ユタの聞き取り調査集や、マブイこめの実例の本などを読み耽」（一六）るほど、「知識」は備えているのであるが、実際に和歌子がマブイを落とすという事件に直面した時、「どのように何をしたらいいのか、正吉はわからなかった」（一六）のである。一言で言えば、トッドと正吉は、ともに自己のアイデンティティーの確立を求め、「大人」（“manhood”）へと向かう過渡期にいる人物であり、この二人の物語は、自立した大人への「通過儀礼」を描いたものであると言うことが出来るのである。

　正吉は、トッド同様、「父親・母親の不在」という不遇を抱えている。正吉の父親は、正吉が六歳の時、漁に出たが、「鯖を針にかけ、海に投げいれたとたん、大魚が喰いつき、糸が腕にからまり、あっというまに海中に引きずりこまれ」、「腕が切れかかった無残な死体」（五七）が真謝島の海岸に流れ着くという「非業の死」を遂げ、その結果、「正吉には父との思い出はほとんどなかった」（二六）のである。一方、正吉の母は、正吉の生まれる前に五人の女の子を産んだため、父親になじられ、正吉を身篭った時にも、また女の子であると思い込み、「何度もおまえを堕ろそうとしたんだよ」（五五）と後に正吉に告げている。ところが、正吉の母親（そして祖母と祖父）に関しては、「豚」との関わりで、興味深い事実がある。

> 母は夫の死後、真謝島から子供たちと一緒に祖母のいる本島の与那城村に渡った。生計のみちがなかった母は、夜逃げした祖父の豚小屋を使い、豚を飼いだした。だが、母は毎日、直径が一メートルもある大きな鍋に豚の餌を煮ていたが、かまどの火にあたり、豚の発狂したような鳴き声をあび、しだいしだいにおかしくなった。豚に独り言を言うようになった。（中略）正吉の祖母は酒乱の夫に文句を言いながら、いつも逃げ

まわっていたが、ある日豚小屋の中に隠れていた時、急に産気づき、正吉の母を産んだ。母が生まれた何ヶ月か後、正吉の祖父は酒代の借金のかたに豚を差し押さえられたが、競売期日の前々日の夜中、一匹の大きな豚を小舟にのせ、海を渡り、行方不明になった。（五六―五七）

このように、豚と共に発狂した母親、豚小屋の中で母親を産んだ祖母、豚を小舟に乗せて行方不明になった祖父たちは、豚と密接な関係を持っている。従って、和歌子がマブイを落とした時「咄嗟に」（二〇）すなわち無意識に「真謝島」と正吉が口走ったこと、また、その後の島での様々な出来事の最中に正吉がつぶやく「豚には因縁がある」（七一）という言葉を待つまでも無く、正吉をその生地である真謝島へと向かわせたのは、「豚」に他ならない。これは「帰郷」においてトッドを墜落させ、彼の生地（"home"）であるアメリカ南部の土地への「帰郷」をもたらしたハゲタカの役割と同様のものなのである。

又吉栄喜は、真謝島を、「非日常的なところ」、「この世とあの世との中間のようなところ」と設定し、「登場人物が、その島で自分をさらけ出すことで自分の中身（心）を見据えるという状況を考えた」（「又吉栄喜氏に文学論を聞く」）と述べている。この点に関しても、「帰郷」におけるジェファーソンの語る「天国に行った話」と若干の共通点が見られる。すなわち、ジェファーソンも、「一度自分が死んだ時」という言葉で「話」を始め、その内容も、天国という「非日常的」な設定であるが「現実」の差別が入り込み、まさにそれは「この世とあの世との中間のようなところ」である。また、先にも述べたように、この「話」をすることにより、ジェファーソン自身も現実の過酷な状況を「笑い飛ばし」、「自己の内面の吐き出し」を行うが、さらにその結果、トッドの「内面の吐き出し」にも大きな影響を与えており、トッドは正吉同様、後に「自分をさらけ出すことで自分の中身（心）を見据える」ことが可能となるのである。

さて、ここから、「豚の報い」における真謝島での出来事を通しての各登場人物の変化と、それぞれの主体性の確立と癒しなどを中心に、作品の細部を検討していきたい。まず、真謝島へ渡る船を待つ場面であるが、「スナック『月の浜』のママのミヨとホステスの和歌子と暢子は真謝島遊漁船組合とか、オリオンビール代理店とかの看板が出ている切符販売所にたむろし、赤や紫にぬった唇を大きくひらき、笑いあっていた。」(七)とあるように、「神の島」(一二)へ向かう御願(ウガン)の旅とは思えないほど、女達は快活であり、そこには「日常」の逞しい「生」と、人間味がほとばしる「性」が表現されている。そして島の民宿に着いた夜には、女達は「小蛸」、「栄螺」、「蟹」、「泡盛」などをよく食べ、よく飲んだ。また、「月が出たらうずくのよ」、「血が欲しくて」(四一)などと若い正吉をからかっては、また「笑う」のである。そして正吉は、このように「子供のように」はしゃぐ女達を見て、「店の暗いシートに座っている時とは人がちがう」(三五)と、素直な驚きの感情を抱くのである。

このような女性達であるが、真謝島という「非日常」の世界の中で、次第に、「日常」の生活では決して語ることのなかった「ほんとうの話」(三六)を始める。それは例えば、暢子が「二番目の夫」に裏切られ、一人で子供を育てたことや、ミヨが夫の子ではない子を堕ろしたことなどである。しかし、彼女達の「告白」は、ある事件、すなわち民宿の主人が持ってきた豚の肝(チム)によって正吉と民宿の主人を除く全員が激しい下痢に苦しめられるという災難に遭うことにより、一気に加速していく。このことに関して、又吉栄喜自身は次のように述べている。

女たちの豚肉を食べるという感動が、次の瞬間一変し、腐った豚肉にあたり、下痢をするという試練にさらされる。しかし、この試練(試練という言葉は沖縄の神々の世界にはにつかわしくはないのだが)をくぐり、

> 体の中のものが全部出て、体がすっきりするのと同時に、現実（日常）で魂の中にいや応なくためこまれてきたものも洗いざらい出し、一種のカタルシスを得る。（「随想」）

豚が沖縄の「土着性のシンボル」であるならば、その「肝（チム）」は、沖縄の文化の「核心」あるいは「魂」の比喩と考えるべきものであろう。また、女達の悩みは全て、堕ろしたり、一人で苦労して育てたりした「子供」に関するものである。すなわち、彼女達の苦しみの出所は「お腹」（あるいは「子宮」）なのであり、これも女性という存在の「核心」の比喩である。そして、豚を食べることにより下痢という災難をもたらし、「試練」を与え、結果的に人間の心の奥深くにある「膿」を出させるという役割は、「帰郷」においてトッドの心の「膿」を出し、最終的に魂の「浄化」という役割を果たす「ハゲタカ」の役割と同様のものなのである。

この「豚による試練」は、正吉にも次第に大きな変化をもたらす。ユタに関する「知識」ばかりが先行し、安易に「魂（マブイ）を込める」という大任を背負い込んでしまった正吉ではあるが、真謝島へ向かう船の中で、「胃が蠢き、胸から咽に何かがこみあげてきた。」（一〇）とあるように、トッド同様「嘔吐感」をもよおすのは、自分では予想もできない自分自身の変化が起こることを、無意識に予感していたと解釈するのが妥当であろう。しかし、正吉の変化は極めてゆっくりとしたものであった。まず、豚の肝（チム）を料理した女達は「豚肉をよく食べ、泡盛もよく飲んだ」のであるが、一方正吉は、「食欲はあまりなく、豚と煮込んだ大根や昆布だけしか口には入ら」（五九）ず、肝（チム）は食べなかったのである。その結果、女達のように下痢による「試練」を経て、「体の中のものが全部出て、体がすっきりする」という経験をすることもなかった。従って、動けなくなった女達に頼まれて島の診療所へと向かう際に「うっすらと正吉のたよりない影が動いている」

（八八）と描写されているのは、正吉が未だ自分の実体を把握していないこと、自己確立の過程に到達していないことを暗示するものなのである。

正吉の変化は、女達の変化を目の当たりにすること、彼女達の苦しみを理解することによって始まる。まず、下痢によって最も体力を消耗したミヨであるが、正吉はミヨを入院させるために「背中にせおい」（七二）診療所まで連れて行く。そして看病のために泊まることになるのだが、その時のミヨの言葉は、「安心なのよ、正吉さんが側にいると」（七七）というものであった。この場面では、「帰郷」においてトッドの「側にいる」ことによりその心身の苦しみを和らげようとするジェファーソンの役割を、正吉が果たしていると言えよう。その夜、正吉は、ミヨの決定的な「膿出し」に立ち会うことになる。

夜十一時すぎ、臭気がひどく、うとうとと妙な夢を見ていた正吉は目覚めた。薄暗い中、ミヨは必死に点滴のチューブをはずそうとしている。チューブのあちらこちらにテープが貼り付けられている。ミヨの指はひどく震えている。正吉は簡易サマーベッドから立ちあがり、電灯を点けた。シーツが黄色や茶色に濡れている。寝巻の裾から覗くミヨの白い太股に鈍く光る黒っぽい粘液が生々しくくっついている。（八〇）

臭気の強い「黒っぽい粘液」を出したのは、ミヨが三人の女達の中で最も年齢がいっており、それだけ、出すべき「膿」も濃いものであったということであろう。そして、「ミヨが泣きだす声」を聞いた時、「少女のようだ、と正吉は思った」（八一）のである。ミヨの汚れた部分をタオルで拭いたり、下着を替えたりなどの世話をした後、正吉はミヨの、「何か夢を見てね、誰かが、子供のようだったけど、私のお腹をしょっちゅうくすぐるの。私は、やめて、やめて、と言うんだけど、変にいい気持ちになってね、急にお腹を抱えて笑いだしたの」（八二―八三）という言葉を聞く。ミヨは「夢」すなわち無意識の部分で、自分の堕ろした子供に対する、それまで抑え込んでいた母親としての愛情と同時に、強い罪の意識を感じており、その双方が「膿」となって出たのであるが、正吉はミヨに、「罪?・罪じゃないよ」（八三）と、はっきりと言うのである。

　診療所から民宿に戻った正吉は、次に和歌子の告白を聞くことになる。和歌子は、「いろいろなこきざみの夢を見たような見なかったような変な時間」（八八）を過ごしたが、その中で、自分の父や母、祖父、その他の人々が現れ、皆じっと和歌子を見詰めているのである。和歌子は、さらに、「瀬底大橋に身投げに行った」こと、「歯科衛生士にすてられた」こと、「子供が流れた」ことなどを話し、「ご先祖たちが・・私を迎えに来たと思った」（八九）と言う。それを聞いた正吉は、「和歌子のご先祖」が、「和歌子がこの島に来たから」、「和歌子といっしょに神様に会いに行くから喜んでいるんだ。和歌子が道案内人だよ」（八八―八九）と、「淀みなく」言葉を発するのである。それまでの正吉は、ユタに関する「知識」だけを持っているに過ぎず、和歌子の魂（マブイ）を込めることに対しても、自信が持てず、また、何かにつけて女性達の現実の重さに圧倒されていたのであるが、「膿」を出し切ったミヨや和歌子の姿を、「たくましく、しかしかよわい大人の女」（九〇）として理解することができるようになっているのである。[4]和歌子はさらに続けて、「正吉さんやママたちと島に来て、おしゃべりして、ほんとうに楽しかったのに、豚なんかに・・・でも、私たちをここに連れてきたのも豚なのよね」（九一）と言い、「こんなに不安になる時間なんてなかった」（九二）とも告げる。すなわち、和歌子は真謝島という「非日常」の世界での思いがけない経験に感謝する気持ちになっているのである。翌日、和歌子は「私、何もかも吐きだしたのね」（九四）と言い、ミヨも「古いのは何もかも出たわ」（九八）と言う。そして、正吉は、このような女性達の「浄化」を目の当たりにすることで、「生きかえるような気がした」（九三）のである。

このように、これまでは正吉の変化は主として女性達の「膿出し」と「浄化」によってなされてきたと言ってよいものであった。しかし、正吉が真謝島に来た理由は、和歌子の魂（マブイ）を込めるためだけではなく、非業の死を遂げ、風葬のままになっている父親の骨を墓に納めることでもあったのである。それでは、どのようにして、正吉は自分の抱える問題に立ち向かっていったのであろうか。再び診療所を訪れた正吉は、民宿の主人が作った「墨烏賊汁」を食べさせられる。「墨烏賊汁」とは、「沖縄では体力が消耗した時などによく食べる、数センチに短冊切りした白烏賊の身と、白烏賊の袋からとった墨とをひと煮立ちさせた汁」（九八）であり、沖縄という土地に根ざした、独特の文化なのである。最初は「黒い液体に白っぽい脂身が浮いているように見え」（九八）、躊躇していた正吉であったが、父親の風葬の場所などについて診療所の医者と話しているうちに、いつの間にか正吉の「お椀は空になっていた」（一〇二）とあるように、ほとんど無意識のうちに平らげてしまい、「ようやく何かがふっきれたような気がした」（一〇二）のである。そして、和歌子は「正吉さんの鼻、真っ黒」（一〇二）、「鼻黒豚にそっくり」（一〇三）と言うのである。これは、正吉が、沖縄の「土着性のシンボル」である豚になるという、明白な変化の比喩であり、この変化が沖縄独自の「墨烏賊汁」を食べるという行為の結果であることを考えると、この場面は正吉にとっての「通過儀礼」の一つの「儀式」であると解釈するのが妥当であろう。また、「帰郷」との比較で考えれば、先に挙げたトッドの「俺たちはハゲタカの群れだ」という認識（自らをハゲタカすなわち南部の黒人だと認めること）に通じるものであり、正吉にとっての自己確立の出発点と言えるものなのである。

正吉はいよいよ父の骨を拾いに出かける。その場所は、診療所の医者から教えられていた通り、「高さも幅も二メートルばかりの穴」（一〇四）であった。

数分後、正吉は背中を曲げ、暗い穴の中に入った。暗く、手探りをしながら進んだ。戦争中真謝島の人たちが避難生活をしていた全長二十五メートルばかりの壕だった。床には隆起や窪みが少なかった。天井から雫が滴り落ち、床が濡れていた。（一〇五）

この「穴」の描写は、明らかに「子宮」をイメージしたものであろう。「背中を曲げ」た正吉は、子宮の中にいる「胎児」であり、そこに戻ることによって、正吉は「生まれ変わる」のである。「天井から雫が滴り落ち、床が濡れていた」という描写は、「羊水」を連想させるものではあるが、この「穴」あるいは「子宮」は、「戦争中真謝島の人たちが避難生活をしていた」場所であり、まさに「生と死」が同居する場でもあったのである。また、この作品に登場する女性達の「子宮」も、それぞれの胎児の「生と死」を内包するものであり、この両者の「重なり」によって正吉は物事の「二重性」や人間の「複雑さ」を教えられ、「再生」し、成長していくのである。この点についても、「帰郷」との類似性が見られる。すなわち、「帰郷」の結末部分で、父親及び母親の役割を持つジェファーソンによって「揺りかご」に喩えられるべき「担架」で運ばれるトッドは、「生まれ変わり」あるいは「再生」を果たし、それまで忌み嫌っていたハゲタカを「不死鳥」とみなすまでに成長を遂げたのである。

「穴」から出た正吉は、その外に父の骨を発見するが、骨は、「神々しく白」（一〇五）く、「いうにいわれぬ光沢を放ち」（一〇五―一〇六）、「不純なものは微塵もなかった」（一〇六）と描かれている。そのような美しい骨を見ているうちに、正吉は、「真謝島では非業な死を遂げると十二年間風葬にされるが、逆にこのような仕打ちをうけたために、父は美しく、たくましく変り、神になった」（一〇六）と考え、「このままここに祀ろう」（一〇六）、「ここを御嶽の形にしよう」（一〇七）という発想にまで至る。この時ようやく、正吉は「主体性」を獲得したのである。この点に関しては、又吉栄喜自身が次のように説明を行っている。

魂のカタルシスとか癒しとかのほかに私はこの小説に「主体性」という概念を付与した。（中略）風葬にされている父の骨を常識通り墓に納骨するという受動的だった、女たちの案内人の主人公が女たちや豚にほんろうされ、人生の意味みたいなものをかいま見せられ、純白に輝く骨や、背景の大海原に魂を奪われ、父を神にするという主体的な行為をするようになる。（「随想」）

このようにして「主体性」を獲得した正吉は、急いで御嶽を造り、女たちを御願に連れて行くことになるが、その前に、正吉には「告白」をしなければならないことがあった。「ママ、スコップを見ただろう？父の遺骨があったから御嶽を造ってきたんだ。俺は自分を救うのが精一杯だ。・・・この島には本物の御嶽がたくさんあるから、申しわけないけど、あなたたちのいいようにしてください」（一一四）。ようやく正吉は、以前のユタに関する「知識」だけの頼りない正吉から、自分の本来の姿を受け入れ、それを正直に他者へ告げることのできる強さを持った一人の「大人」へと成長する。そして、このような正吉の告白すなわち「膿出し」を祝福するように、女達は、「私は正吉さんの御嶽を信じるわ」（一一四）、「私は・・・正吉さんの御嶽に招き寄せられたんですよ」（一一五）と言う。そしてさらに、この正吉の告白は、これまで頑なに沈黙を守ってきた暢子の「告白」を引き出すのである。

「正吉さん、私、グソー（あの世）にお土産を持たせたいんだけど・・・」

「お土産？」

「玩具よ。よく遊んでいたの。持っていってもらえるかしら？」

「だいじょうぶだよ」

「お願いします。遊びざかりの、六歳だったんだから・・・」

　暢子は泣きだした。（一一六）

暢子もまた、子供の「生と死」という「子宮」の苦しみを抱える女性であった。そして、このように長年心の奥底に溜め込んでいた「膿」を吐き出すことにより、女達は癒され、「主体性」を獲得していくが、それは、「自分の力で自分を救う」ことなのであり、「主体性と魂の癒しというのはつながっている」（又吉、「随想」）のである。そして、それを間接的にせよ引き出した「豚」の役割は極めて大きい。それは、沖縄あるいは真謝島の持つ「土地の力」（又吉、「又吉栄喜ワールド」四二）なのである。

「豚の報い」の最後の場面は、正吉が造った御嶽に、正吉、ミヨ、和歌子、暢子、民宿のおかみが向かう描写で終わる。


五人の頭に地表の生き物から生気を吸い取るような陽がじりじりと降り注いだ。草花からは鮮やかな色が消え、虫は穴ぐらや葉陰にじっと身を潜めていた。五人の両脇の岩陰からポツンポツンとアダンの木が首を出していた。正吉が先頭に立ち、暢子と和歌子が並び、すぐ後にミヨが、最後におかみが続いた。地面に落ちた五人の黒い影もゆっくりと進んだ。（一二〇）

この描写には、「神々しさ」という形容が最も相応しいものであろう。「草花」や「虫」などの「生き物」

が、あたかも畏怖の念をもってこの五人の「人間達」を静かに見守っている。「地面に落ちた五人の黒い影」という表現も興味深い。文学作品において「影」とは、「もう一人の自分」、あるいは「実体の無さ」などの象徴として用いられることが多いのであるが、ここでの五人の人物達は、「膿」を出し切り、「癒し」を経て「主体性」を確立し、「統合された人格」を獲得している。従って、単に「五人がゆっくり進んだ」とするよりも、敢えて主体を描かずに「影」を用いることで、人物の崇高さが一層強く表現されているのである。

さてここで、なぜ、この最後の場面で、民宿のおかみが「五人」の中に入っているのかという問題について述べてみたい。[5]結論から言えば、おかみは、「帰郷」におけるジェファーソンの役割を、最も明確な形で果たしているということである。まず、トッドが墜落した「故郷」で生活し、トッドの世話をするジェファーソン同様、おかみも正吉の「生地」である真謝島で民宿を営み、正吉たちの世話をする。正吉たちが島に着いた夜、おかみは「根が生えたようにどっしりと座っ」（四二）て女達と酒を酌み交わし、様々な「話」を語り合う。次に、見逃してはならないのは、その直後に起こった、おかみの「落下」である。「月だよ、月だよ、大きな月だよ」と、あたかも子供のような純粋さで危険など顧みず、「窓から大きく身をのりだして」いたおかみは、「あっというまに窓の向こう側の暗闇に消えた」（四四）のである。これは、ジェファーソンが「天国に行った話」の中で、やはり子供のような純粋さで空を飛び、最後には白人の天使によって天国から「落とされる」ことと本質的には同一の内容である。また、おかみは、トッドに子供に対するような献身的な世話をするジェファーソン同様、一緒に入院しているミヨに対して、まるで子供を諭すように、正吉に泊まるように指示したり、ミヨが下着を汚した際には、「ママに下着を着けさせてちょうだい」（八一）と強い調子で正吉に言うのである。さらに注目すべき点は、この作品の中で「豚」と重なる描写がなされているのは、正吉の母親（及び祖父と祖母）を除いては、墨鳥賊汁を食べて鼻が黒くなった正吉だけであるが、おかみも、「うちがこんな豚になる」一〇〇）と自ら述べているように、「豚」すなわち「土着性のシンボル」として描かれている。（再三引用しているが、トッドが「俺たちはハゲタカの群れだ」と言う際には、トッドのみならずジェファーソンも、「帰郷」における「土着性のシンボル」であるハゲタカであることを意味している。）作品の結末近くの部分で、すっかり癒された正吉と女達との会話の中で、和歌子がおかみに、「もとはといえば、おばさんのおかげよ」、「そう、おばさんが窓から落ちて、怪我したから、おじさんはお礼に私たちに豚肉を届けた」（一一八）と言う。豚の「厄」をもたらしたきっかけは、おかみの「落下」であり、その結果としての「膿出し」という「試練」を経て、正吉たちは「主体性」を獲得したのである。ただ、おかみはジェファーソン同様、「そうかね?そういうもんかね?」（一一九）と言うばかりであり、理性的あるいは論理的に自らの価値を理解する人物としては設定されていない。そして、そのような「純朴さ」のゆえに、おかみもジェファーソンも、二つの作品の「神々しい」結末の場面に、極めて大きな意味を持って登場しているのである。

結論

以上見てきたように、ラルフ・エリスンの「帰郷」と又吉栄喜の「豚の報い」には、様々な共通点がある。まず第一に、「帰郷」における「ハゲタカ」はアメリカ黒人の多くの「民話」に登場しており、「豚の報い」における「豚」は、同じく、沖縄の「神話」や「民間伝承」などの中に受け継がれてきており、ともにアメリカ及び日本という国の中に位置しながら、独自性の強い文化を持った土地の「土着性のシンボル」としての役割を担っている。そして、それぞれの「土着性のシンボル」によって、二つの作品の主人公達は、

「試練」にさらされ、魂の「癒し」を得て、最終的に「本来の自己の回復」あるいは「主体性の獲得」を果たすのである。

作品の「すじ」に関する共通点としては、「帰郷」の主人公はハゲタカとの衝突により「故郷」の大地へと「落とされる」が、「豚の報い」の主人公も、豚の闖入によって「生地」の島へと「戻される」。すなわち、ハゲタカと豚は、それぞれの主人公を、彼らの存在の「原点」というべき土地へと「導く」役割を果たしているのである。「帰郷」のトッドも、「豚の報い」の正吉も、父親・母親の不在という不遇を抱えているが、彼らがそれを乗り越えて成長していくためには、そのような「存在の原点」と呼ぶべき「故郷」あるいは「生地」に立ち返り、幼少時の記憶を辿るという、いわば「先祖返りの旅」が必要だったのである。そして、その「旅」の中で、主人公達はそれまでの偽りの自己を脱ぎ捨て、次第に本来の自己のあるべき姿を取り戻していくのであるが、両作品に共通するのは、その過程が、「嘔吐」や「下痢」などの動作に象徴される、それまで心の深い部分に抑え込んできたもの、すなわち「膿」を出すという行為によってなされるという点である。そしてその結果、主人公達は魂の「浄化」を経て、最終的に「生まれ変わり」あるいは「再生」へと至るのである。

最後に、「土着性のシンボル」としてのハゲタカと豚の持つ「力」についてであるが、一言で言えば、それは「災難」を「祝福」へと転換させる力である。「帰郷」における「墜落」をもたらしたハゲタカは、最終的に「不死鳥」へと変り、トッドの「再生」を祝福する。一方「豚の報い」の豚は、「魂(マブイ)を落とす」という「厄」や、多くの登場人物に「下痢」という「試練」をもたらすが、やはり最終的には「感謝」される存在へと変化するのである。それ故、両作品の最後の場面が、「神々しさ」を感じさせるものになっているのは、ハゲタカや豚がもたらした「災難」があったが故のものであり、「報い」という言葉に込められた、「逆境」から「崇高さ」への転換という、アメリカ黒人と沖縄の文化が歴史の中で経験してきた「知恵」を読み取ることができるのである。

註

1　ラルフ・エリスンの「帰郷」（"Flying Home"）に関しては、『沖縄国際大学外国語研究』第六巻第一号に、拙稿「Ralph Ellison's "Flying Home" における Jefferson の両性具有的性質」を掲載した。上記論文では、ジェファーソンがトッドの精神的成長に果たす父親及び母親としての役割に焦点を当てた。今回の論文における「帰郷」に言及した部分（Ｉ）では、トッドの主体性の確立に果たすハゲタカの役割に焦点を当てているが、この作品におけるジェファーソンの役割はあまりにも大きなものであり、上記論文と若干の重複する部分があることをお断りしておきたい。

2　「帰郷」（"Flying Home"）からの引用は、次ページの「引用資料」に掲げた *Flying Home and Other Stories* からのものであるが、この「悪運」（"bad luck"）の箇所は、"had luck" となっている。「帰郷」を収録した他の短編集や批評家の文章などから判断して、明らかに、この "had luck" は "bad luck" の誤りであると判断されることから、ここでは "bad luck" を用いた。

3　トッドの「父親・母親の不在」及びジェファーソンの「両性具有的性質」については、註1に挙げた拙稿「Ralph Ellison's "Flying Home" における Jefferson の両性具有的性質」に詳述しており、参照されたい。

4　『豚の報い』文庫版の「解説」で、崔洋一は、「和歌子のかつて死線を彷徨ったらしい得体の知れない生命力」（二三四）と、優れた分析を行っている。

5　ちなみに、田場美津子も、おかみの存在に関して、次のような関心を示している。

登場する女性たちの中で、民宿のおかみに歯ごたえを感じた。キリスト・釈迦・火の神とたくさんの神々をまつり、どの神も信じているという大らかなおかみ。（中略）腰を痛めたうえに食中毒まで患い、他の女性たちよりひどい目にあうがへこたれない。正吉が新しくつくった前代未聞の御獄まいりには、念入りに化粧し牛フンで野犬を追い払いながらついてゆく。（「ウーマンＩＮストーリー」）

引用資料

Blake, Susan L. "Ritual and Rationalization: Black Folklore in the Works of Ralph Ellison." *Ralph Ellison*. Ed. Harold Bloom. New York: Chelsea House Publishers, 1986. 77-99.

Busby, Mark. *Ralph Ellison*. Boston: Twayne Publishers, 1991.

Doyle, Mary Ellen. "In Need of Folk: The Alienated Protagonists of Ralph Ellison's Short Fiction." *CLA Journal*. Vol. XIX, No. 1 (September, 1975). 165-172.

Ellison, Ralph. "Flying Home." 1944. *Flying Home and Other Stories*. New York: Random House, 1996. 147-173.

Ogunyemi, Chikwenye Okonjo. "The Old Order Shall Pass: The Examples of "Flying Home" and "Barbados." *CLA Journal*. Vol. XXV, No. 3 (March, 1982). 303-314.

O'Meally, Robert G. *The Craft of Ralph Ellison*. Cambridge, Massachusetts: Harvard University Press, 1980.

Ostendorf, Berndt. "Anthropology, Modernism, and Jazz." *Ralph Ellison.* Ed. Harold Bloom. New York: Chelsea House Publishers, 1986. 145-172.

Sadler, Lynn Veach. "Ralph Ellison and the Bird-Artist." *SAB* (South Atlantic Bulletin). Vol. XLIV, No. 4 (November, 1979). 20-30.

Schor, Edith. *Visible Ellison: A Study of Ralph Ellison's Fiction.* Westport, Connecticut: Greenwood Press, 1993.

Trimmer, Joseph F. "Ralph Ellison's "Flying Home." *Studies in Short Fiction.* Vol. IX, No. 2 (Spring, 1972). 175-182.

「読書」『沖縄タイムス』（夕刊）一九九六年三月一九日、二面。

又吉栄喜「豚の報い」（『文學界』一九九五年十一月号。七四－一二七頁。）『豚の報い』文藝春秋、一九九六年。五一－一二〇頁。

――「又吉栄喜氏に文学論を聞く」『沖縄タイムス』一九九六年一月一五日、九面。

――「随想」『沖縄タイムス』一九九六年一月一八日、一三面。

――「又吉栄喜ワールド―アメリカの影と沖縄の基層」『ＥＤＧＥ』創刊号（一九九六年年春号）。三八－五一頁。

崔洋一「解説」又吉栄喜『豚の報い』（文春文庫）文藝春秋、一九九九年年。二二八－二三五頁。

田場美津子「ウーマンＩＮストーリー：『豚の報い』又吉栄喜著ビタミン愛たっぷりのおいしい小説」『週間ほーむぷらざ』（沖縄タイムス社）第四七〇号（一九九六年年四月十一日）四面。

高良勉「批評：又吉栄喜著『豚の報い』」『沖縄タイムス』一九九六年一月八日、九面。

第十二講　マルコムX「サタン」（『マルコムX自伝』より）

使用テキスト　Malcolm X. "Satan." *The Autobiography of Malcolm X*. 1965. London: Penguin Books, 1968. 244-262.

翻訳　マルコムX（浜本武雄訳）『マルコムX自伝』河出書房新社、一九九三年。

本章では、マルコムX（Malcolm X）の『マルコムX自伝』（*The Autobiography of Malcolm X*）の中の第一〇章「サタン」（"Satan"）全体と、第一五章「イカルス」（"Icarus"）の最初のページを説明します。この第一〇章は、マルコムが麻薬取引や強盗などの罪で刑務所に収監されている場面で、弟のレジナルド（Reginald）が面会に来て、「ネーション・オブ・イスラム」（"Nation of Islam"）という宗教団体の教えをマルコムに伝えた後のマルコムの反応を描いた場面です。より正確に言えば、「ネーション・オブ・イスラム」の教祖であるイライジャ・ムハンマド（Elijah Muhammad）の教えを、兄弟たちが手紙に書いたものや、教団が発行しているパンフレットなどの印刷物に書かれた内容をまとめたものと言えます。そして、それは同時に、刑務所を出所して正式に「ネーション・オブ・イスラム」の一員になったマルコムが、民衆に語り掛けた内容でもあり、その演説が多くの黒人の心をつかみ、マルコムが一躍黒人の代表の一人とみなされる状況を生み出したものとも言えます。

以下、第一〇章「サタン」の中でも特に重要な、マルコムの姉であるエラ（Ella）の尽力によって、マルコムがマサチューセッツ州にある「コンコード刑務所」（"Concord Prison"）に移送された場面から見ていきます。移送後、マルコムの弟フィルバート（Philbert）から手紙が来て、黒人のための宗教を見つけたことが書いてあり、その宗教団体とは「ネーション・オブ・イスラム」というものでした。そして、その後、今度はもう一人の弟であるレジナルドから手紙が来ますが、それは、「豚肉を食べるな。煙草も吸うな。刑務所から出られる方法を教えに行く。」という内容でした。マルコムは、逮捕されるまでやっていた詐欺行為などの経験から、直感的に「これはデカいことになるぞ」と感じます。ある日、他の囚人たちと食事の列に並んでいた時、「豚肉はいらない」とマルコムが言ったことで、囚人たちの間で噂になり、「あのサタン（"Satan"）、刑務所でのマルコムのあだ名。キリスト教の神を常に罵っていたことから、悪魔を意味する

"Satan" というあだ名が付けられた）が豚肉を食べないと言ったそうだ！」と白人の囚人たちが言いました。これは、白人一般が黒人一般に対して持っている一種のステレオタイプで、黒人は豚肉なしでは生きていけない、あるいは、黒人は白人から与えられた豚肉を常に喜んで食べるというものに反する行為だったからです。マルコムは、白人の囚人たちを驚かせたことで、嬉しく感じます。

「コンコード刑務所」は、「ノーフォーク刑務所施設」（"Norfolk Prison Colony"）とも呼ばれ、囚人たちの更生を目的とした、実験的な刑務所でした。そこには、他の刑務所にはない、様々な特質がありましたが、最も優れた点は、鉄格子がないということでした。第一〇章の冒頭で、最初に収監された「チャールズタウン州刑務所」（"Charlestown State Prison"）について、マルコムは、「鉄格子の中では人は決して更生することはない。」と述べています。それに対して、「ノーフォーク刑務所施設」では、囚人たちは鉄格子のない部屋の中で、はるかに多くの自由を手にします。面会も、頻繁に行うことが可能で、時間も二時間が許され、面会の方法も、対面式でも横に並んで座っても、どちらでも良いというものでした。また、この実験的な刑務所では、ハーバード大学などから講師を招き、学問の機会を囚人たちに与えていました。さらに、マルコムにとって良かったことは、非常に充実した図書室があったことでした。最初の刑務所で、暴れまわっていたマルコムに、読書の大切さを教えた人物として、ビンビ（Bimbi）という人物がいましたが、そこでは、図書館の蔵書リストがあって、その中から選んで印を付け、看守がそれを持ってくるという方式でしたが、「ノーフォーク刑務所施設」では、囚人が自分で図書室の中に入って、実際に手にしてみてから借りることができました。また、ある富豪が、自分の蔵書を刑務所に寄付し、特に歴史と宗教に関しては、実に充実した蔵書がありました。マルコムは、最初は片っ端から興味のある本を貪るように読んでいましたが、次第に、系列などを意識した体系的な読み方を習得していきます。

そうしているうちに、弟のレジナルドから再び手紙が来て、マルコムに会いに来ることが書かれていました。マルコムは、刑務所に入る前の経験から、レジナルドが何らかの詐欺的行為によって自分を刑務所から出所させてくれるものだと期待します。ところが、レジナルドが語ったのは、「アッラー」("Allah")という神や、イライジャ・ムハンマドという人物を信じることでした。レジナルドはさらに続けて、「白人は悪魔だ。」("The white man is the devil.")と言います。それを聞いたマルコムは激しい衝撃を受け、レジナルドが帰った後も、何度もこのことを考え、これまで出会った白人たちが走馬灯のように脳裏を駆け巡ります。父親が白人に殺されたこと、母親が白人によって精神病院に強制入院させられたこと、残された兄弟姉妹が離れ離れになったこと、小学校の教師が、将来弁護士になりたいというマルコムに対し、それは黒人にとっては馬鹿げた話であり、大工になった方が良いと言ったこと、等々をマルコムは思い出します。

しばらくして、再びレジナルドが面会に来ます。そして、二時間の面会時間の中で、「悪魔の白人」と「洗脳された黒人」について語りました。レジナルドが語った内容は、次のようなものでした。

白人は、有色人種を抑圧し、搾取してきましたが、今やその力を急速に失いつつあります。そして有色人種が、「再び」世界を支配するために立ち上がろうとしているのです。「再び」というのは、かつて、最初の人類の文明が黒人から始まったことを意味します。黒人は、「自分が何者なのか」を知りません。それは、白人が隠してきたからです。黒人は、古代文明を築いた人種なのです。黒人は、自分の本当の姓を知りません。また、自分の元来の言語も知りません。それは、悪魔の白人が、黒人に関するあらゆる知識から黒人を切り離してきたからです。白人がアフリカに行き、殺人や強姦、窃盗などを行った時からずっと、黒人は被害者なのです。

そして、マルコムの兄弟姉妹たちは、彼に多くの手紙や「ネーション・オブ・イスラム」の教えを記したパンフレットなどを送ります。そのパンフレットに書かれている内容は、次のようなものでした。

人類の歴史の中で、最も大きな罪は、黒人を奴隷として売買したことです。すなわち、「悪魔の白人」は、アフリカへ行き、殺人や誘拐を行い、数百万の黒人の男、女、子供を鎖に繋ぎ、西のアメリカへと奴隷船で運び、その黒人たちを奴隷として働かせ、鞭打ち、苦しめたのです。

この「悪魔の白人」は、黒人を、黒人としてのあらゆる種類の知識から切り離しました。すなわち、白人は、黒人を、黒人の言語、宗教、文化に関する知識から切り離したのです。その結果、アメリカの黒人は、その本当のアイデンティティーに関するいかなる知識も全く持たない、地球上で唯一の民族になってしまいました。

わずか一世代で、アメリカの黒人奴隷の女性たちは、奴隷主の白人男性によってレイプされ続けたため、"homemade"（アメリカ国内で作られた）で"handmade"（人為的に作られた）な「洗脳された」人種が出現するに至ったのです。その「アメリカ黒人」という人種は、もはや元来の皮膚の色も持たず、本来の（アフリカでの）家族の姓すら知りません。それは、奴隷主の白人が、自分の姓を、このようにレイプによって混血となった人種、すなわち奴隷主たちが「ニグロ」と呼び始めたアメリカ黒人に対して押し付けたからです。

この「ニグロ」と呼ばれる人々は、自分の祖先の地であるアフリカについて、そこには木から木へと猿のようにぶら下がって動き回る、異教徒（非キリスト教徒、すなわち、野蛮な人種）である黒人種が住んでいるのだと教え込まれます。そして、「ニグロ」は、このような白人の教えを受け入れたのです。その他の、奴隷主である白人からの教えも全て「ニグロ」は受け入れましたが、それは、白人が黒人に、白人を受け入れ、白人に従い、白人を崇拝するように仕組まれた教えだったのです。

ここで、重要なことがあります。アメリカ黒人以外の世界中の全ての民族の宗教を見てみましょう。そこでは、信者たちに、自分と同一であると認識できる神、つまり、少なくとも自分たちと同じ人種の外見をしている神のことを教えます。ところが、アメリカでは、奴隷主たちが、「ニグロ」に対して、白人のキリスト教の教えを注ぎ込んだのです。その結果、この「ニグロ」は、奴隷主と同じブロンドの髪と、白い肌、そして青い目を持った、自分の民族とは異なる神を崇拝するように教えられることになりました。

この「キリスト教」という宗教は、「ニグロ」に、「黒という色は呪われた色」であり、自分自身を含む、あらゆる黒い色を憎むように教えます。同時に、この宗教は、「ニグロ」に、あらゆる「白い色は良いもの」であり、崇拝し、尊敬し、愛すべきものであることを教えます。また、この宗教は、「ニグロ」を「洗脳」し、自分の肌の色が、奴隷主によって白く汚染された色に近ければ、それだけ「優れたもの」であると思わせます。この白人のキリスト教という宗教は、さらに、「ニグロ」を騙し、「洗脳」し、次のように振舞うように教えます。すなわち、一方の頬を殴られた時は、もう一方の頬を差し出すこと、白い歯を見せてニヤニヤ笑うこと、地面をこするように歩くこと、白人の前ではお辞儀をすること、同じく白人の前では控え目であること、歌を歌い、祈ること、そして、「悪魔の白人」によって差し出されたものは何でも有難く受け入れること、などを教えます。そして、また、「ニグロ」が“pie in the sky”すなわち「当てにならない先の楽しみ、将来の幸福」を求め、来世での天国を夢見ている時に、奴隷主は、地上のまさにこの場所で、天国（のような暮らし）を享受しているのです。

以上が、「ネーション・オブ・イスラム」のパンフレットに書かれていた内容です。この内容と、先にレジナルドが語った内容を合わせて考えると、「ネーション・オブ・イスラム」の教えの本質が見えてきます。「ネーション・オブ・イスラム」の教えには、なぜアフリカの古代文明の繁栄を強調するのか、また、なぜキリスト教を非難しているのかということが大きく関係しています。この教団が説く「黒人の真の知識」(“the true knowledge” (of the black man)) とは、一言で言えば、歴史が「白人に都合の良いように書き換えられ」(“whitened”)、黒人は数百年に渡って、白人の作った歴史によって「洗脳」されて (“brainwashed”) きたということです。さらに、「ネーション・オブ・イスラム」は、人類が誕生したのはアフリカ大陸であり、その「最初の人間」は黒人だったことを強調します。その「最初の人間」である黒人は、偉大な帝国や文化、文明を打ち立てた人種ですが、一方、白人という人種は、その頃まだ、「四つん這い」になって動き回り、「洞穴」で生活をしていました。

このように、「ネーション・オブ・イスラム」は、黒人は世界で「最初の文明」を持った人種であり、これから先、白人の力が衰え、「再び」有色人種の支配する時代がやってくると語りますが、その理由としては、次のようなことが考えられます。すなわち、ただ単に「白人の力が衰え、有色人種が世界を支配する」と言っても、説得力に乏しいでしょう。ところが、「世界最初の文明が黒人によるものであった」ことを加えると、黒人たちには、自らの祖先に対する「誇り」が芽生えます。これまで、アフリカで猿のように木から木へ飛び移る者が黒人の祖先であり、それゆえ黒人は生まれながらにして野蛮で粗野な人種であると白人によって教え込まれてきたことが、根底から崩れ落ちるわけです。

次の「キリスト教への非難」ですが、私は宗教を「神話」と言い換えても良いと思っています。すなわち、先に述べたアフリカの野蛮人は「異端」つまり「非キリスト教徒」であり、それだけを取っても、黒人とは劣等な人種であると白人が考える基礎となります。さらに、先にも詳しく述べたように、黒人自身にとっても、自分と似ても似つかない白人の神やキリストを崇拝する中で、次第に「白は尊く、黒は呪われている、劣悪な色である」という考えが広まり、ついには自分の肌の色、そして自分自身をも劣等なものであると考えてしまうような状況が存在しています。では、そのような絶望的な状況を変えるには、どうしたら良いか、それは、「宗教には宗教で、神話には神話で対抗する」ことが最も効果的であるということです。すなわち、キリスト教に対抗するものとして「ネーション・オブ・イスラム」を作り、「猿と同様の粗野な黒人」という白人が作った神話に対抗するために、「悪魔の白人はかつて四つん這いで洞穴に住んでいた」という新たな神話を作るということです。

その、「白人の神話に対抗するための新たな神話」の一つとして挙げられているのが、「ヤコブの歴史」("Yacub's History")です。その内容は、次のようなものです。かつて人類最初の人間として現れた黒人は、神聖なる都市メッカを作りました。ところが、そこに、ずば抜けて知能が高いが邪悪な考えを持つ科学者ヤコブ(Yacub)が現れます。彼は、メッカに様々な混乱を招いた罪としてパトモス(Patmos)という島へ、彼の信奉者とともに流刑になります。復讐に燃えるヤコブは、この地上に、「漂白された悪魔の人種」、つまり白人種を作るための実験を重ね、最初に黒人から茶色の肌の人種を作り、次に赤い肌をした人種を、そしてさらに黄色人種を、そして最後にようやく、白人種を作り出したのです。その過程では、薄い肌の色は、「弱く邪悪な」遺伝子を持つものとして描かれています。こうして最終的に作り出された白人種は、「ブロンドの髪をした、白い肌の、冷たく青い目をした悪魔の人種」とされ、「野蛮で、何も身に付けず、体毛が濃い、動物のようなもの」であり、「四つん這いで、木の上に住んでいる」と描かれます。そして、この白人種がメッカに災いをもたらしたため、黒人は白人をヨーロッパの洞穴へと追放した、というのが「ヤコブの歴史」の内容です。

このような、「白人の神話に対抗するための新たな神話」を作ることの効果として、黒人の意識の変革が挙げられます。私は、これまでの「白人の側に立った視点」というものが、極端に白人を美化し、黒人を貶めるものであることから、ちょうど振り子のように、一方に大きく振れていた振り子を逆の方向に極端に振ることによって、あるべき状態にする効果があると考えます。

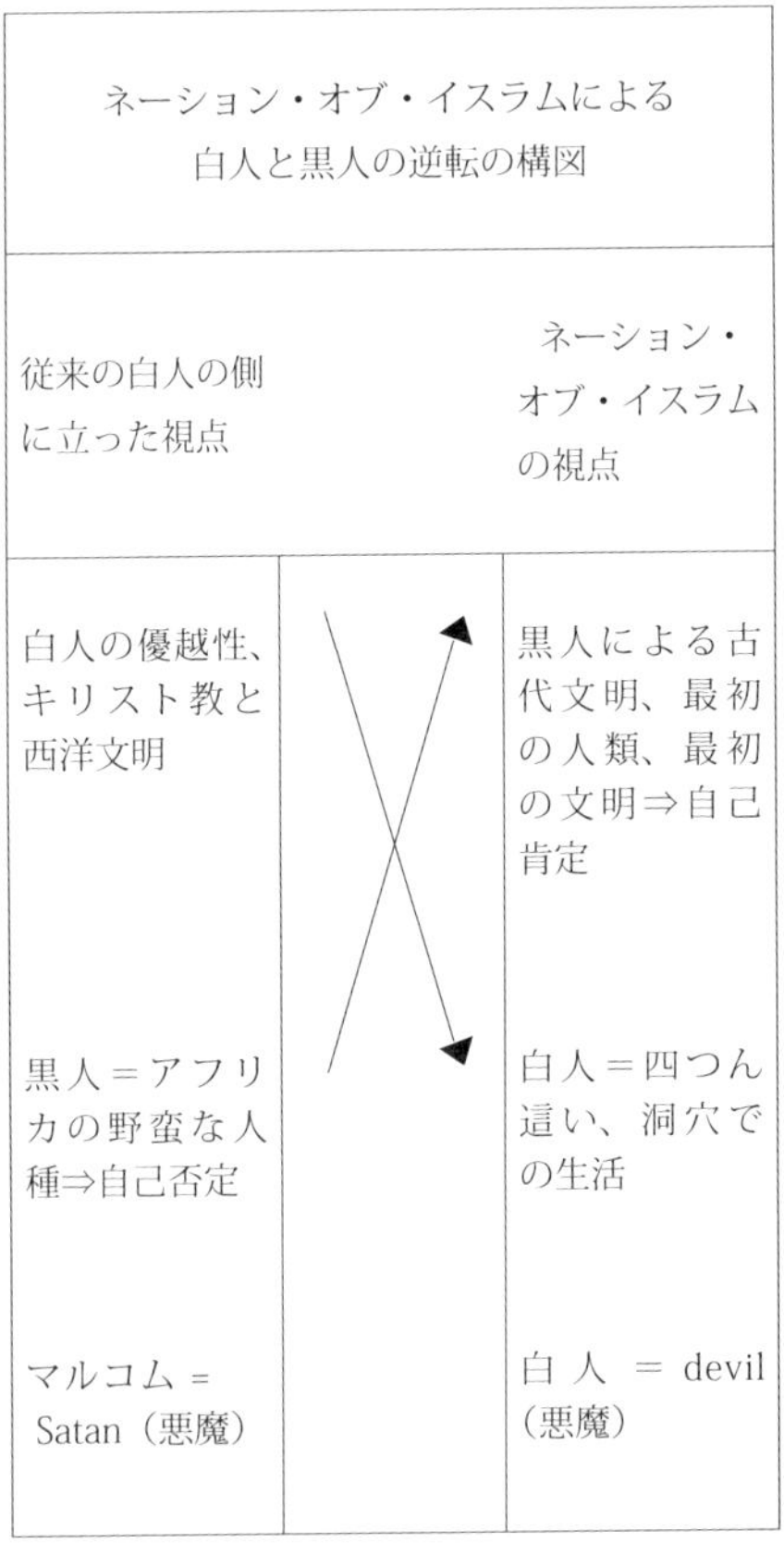

ネーション・オブ・イスラムによる
白人と黒人の逆転の構図

従来の白人の側に立った視点		ネーション・オブ・イスラムの視点
白人の優越性、キリスト教と西洋文明	↘	黒人による古代文明、最初の人類、最初の文明⇒自己肯定
黒人＝アフリカの野蛮な人種⇒自己否定	↗	白人＝四つん這い、洞穴での生活
マルコム＝Satan（悪魔）		白人＝devil（悪魔）

もう一つ、「ネーション・オブ・イスラム」の教えでは、アメリカの黒人たちは、実は、現代における白人の悪魔的性質を直接理解するために奴隷として北アメリカ大陸へと送られた者たちであるということが述べられています。

後に「ネーション・オブ・イスラム」と反目し、脱退したマルコムXは、イスラム教の聖地メッカへ行きますが、マルコムはこのような「ヤコブの歴史」に代表されるイライジャ・ムハンマドの教えが、本来のイスラム教徒たちを激怒させたことを知ります。そして、「ネーション・オブ・イスラム」及びそれを率いたイライジャ・ムハンマドのことを、最後の行にあるように、「宗教的欺瞞者」と呼んでいます。

最後に、第一五章（"Icarus"）の最初のページを説明します。まず、ここでは白人からの手紙に表れている、「白人男性の二つの恐怖」が示されます。一つ目は、「神の怒りが白人文明に振り下ろされ、白人が滅びてしまうのではないか」というものです。もう一つは、「黒人の新しいイメージが白人女性の中に入り込むのではないか」という恐れです。次にマルコムが述べていることは重要です。すなわち、「白人を悪魔と呼ぶ時、それは個人としての白人を指すのではなく、集合的に白人が犯してきた歴史上の行為を指す」ということです。そして、最も忌まわしい白人の罪は、言うまでもなく、アフリカから黒人を奴隷として連れてきたことですが、この「悪魔の行い」は、アメリカにおける黒人の存在は言うまでもなく、黒人が置かれている現在の劣悪な状況に対して責任があるということです。

第十三講　アリス・ウォーカー「普段使い」

使用テキスト　Walker, Alice. "Everyday Use." *In Love and Trouble*. San Diego: Harvest Books. 1973. 47-59.

翻訳　アリス・ウォーカー（風呂本淳子、楠瀬佳子共訳）『アリス・ウォーカー短編集：愛と苦悩のとき』山口書店、一九八五年。

本章では、アリス・ウォーカー（Alice Walker）の代表的短編小説である「普段使い」（"Everyday Use"）を読みます。まず冒頭の段落ですが、語り手である「私」は、「彼女」が来るのを待っています。そのために、前日に「私」はマギー（Maggie）とともに、庭の手入れをしました。その庭は、「拡げられた居間」（"an extended living room"）とあるように、家の床と同じようにきれいに掃除がなされ、ある種、人口の家と自然の庭の中間のようなものとして描かれています。家の中には決して入ってこないそよ風も、この庭では楽しむことができます。この段落は、大変落ち着いた様子で書かれています。

次の段落では、マギーについて紹介がなされています。「マギーは彼女の姉が行ってしまうまで落ち着かないだろう。」とあるように、今待っているのはマギーの姉であり、この姉妹は、あまり良い関係ではないことが示されています。さらに、「マギーは両腕と両脚にある火傷の痕を恥ずかしく思っており、家の隅で絶望的な様子でただ立っているだけだろう。そして、嫉妬と畏怖の入り混じった感情を持って、姉を見るのだろう。」と述べられているように、内気で引っ込み思案な人物として描かれています。また、マギーは姉のことを、「自分の手の中に常に自分の人生を握っている人物」、「この世界が"no"という言葉を決して彼女に発することのない人物」、とあるように、自分の思い通りに人生を歩み、世の中を自分の希望通りに進んで行くことのできる人物として考えていることが示されています。そして、ここには、マギーが自分のことを、これとは正反対の人物として考えていることが含まれます。

三番目の段落では、語り手の「私」が、「こんなテレビ番組を観たことがあるでしょう」という前置きをして、「人生で成功を掴んだ我が子が、よろよろとした足取りで登場する両親と、前もって知らされることなく、再会するという番組」について語ります。そしてそのような番組では、親子が抱擁し、両親が涙を流し、子供は「両親の助けが無かったら今の成功はありませんでした」などと語るのです。

次の段落では、「このような番組に、ディー（Dee）と私が出演する夢をみることがある」という文で始まります。そこで、読者は、作品冒頭の段落で「彼女」（"her"）と紹介された人物はディーのことで、語り手の娘であり、マギーの姉であることが分かります。「私」の夢に戻ると、「私」は黒塗りでふかふかの座席のあるリムジンから降りて、多くの人々がいる明るい部屋に招き入れられます。そして、ジョニー・カーソン（John William "Johnny" Carson、実在の人物で、『ザ・トゥナイト・ショー・スターリング・ジョニー・カーソン』（"The Tonight Show Starring Johnny Carson"）というテレビ番組の司会者）のような、いつも笑顔で陽気な白人の男の人に紹介され、その人は、「私」と握手をして、「何て素敵なお嬢さんをお持ちなんでしょう」と言います。それから「私」とその人はステージに上がり、そこで娘のディーは涙を浮かべながら「私」を抱きしめます。ディーは「私」のドレスに、大きな蘭の花をピンで留めるのですが、実際には、ディーはかつて、「蘭なんて安っぽい花だわ」と言っていたことを考えます。

この辺りから、「私」は実際のことを語り始めます。「現実の生活では」（"In real life"）で始まる段落は、まさに実際の「私」についてのもので、「夢」とはかけ離れた描写になります。「実生活では、私は大柄で骨太の女だ。そして、荒れていてまるで男のような手をしている。冬には、フランネル（毛織りの厚い肌着）のガウンを着て床に就き、昼間はオーバーオール（つなぎ）を着ている。私は、男の人と同じように無情に豚を殺してさばくことができる。私の体の脂肪のおかげで、気温○度でも私は寒くない。」などの描写が続きます。

ここで、「気温○度」の説明をします。特に何も但し書きのない場合、アメリカでは通常「華氏」を使います。すなわち、「気温○度」とは、華氏（F）での○度のことです。我々が通常使う「摂氏」（C）との関係は、次の計算式で表します。F = 1.8 × C + 32。従って、「気温○度」（華氏○度）を摂氏に直すと、1.8

×C＝0 -32 となり、C＝ -32 ÷ 1.8 ＝ -17.77… となります。つまり、約 -18℃ということで、かなり低い気温です。

「私」による実生活の描写は、次のように続きます。「私は、洗濯のための水を得るために氷を割ったりして一日中外で働くことができる。私は、豚を殺して腹から取り出したレバーが湯気を立てている時にその場でそれを焼いて食べることもできる。ある年の冬には、大きな金槌で小牛の眉間を叩き殺して、その肉を夜になる前に吊るして凍らせたこともある。」しかし、このような「私」の実生活はテレビに写されることはありません。「私」は、娘が望むようなもの、つまり、一〇〇ポンド（約四五．四キログラム）くらい痩せていて、肌の色はまだ焼いていない大麦のホットケーキのように白く、髪は明るい照明で輝いている、そのようなものが、娘が望むものです。そして、ジョニー・カーソンは、「私」の機知に富んだ早口に付いていくのがやっとという様子です。

このように、多少「夢」のことに触れていますが、その後、再び実生活へと戻ります。「しかし、これは実際とは違っている。私は（夢から）覚める前に、すでにそれが間違いだと知っている。ジョニー・カーソンのような人が、（私の早口に合わせて）早口でしゃべるなど、一体誰が思うだろうか。この（黒人である）私が、見知らぬ白人の男と目を合わせるなどと、誰が想像できるだろうか。」と語る「私」は、さらに続けて、現実の様子を話します。「実際には私は、白人と話をする時には、片足を上げて、いつでも走って逃げられるようにしており、私の顔は、白人から一番遠い方向を向いている。」ここで「私」は、「でもディーは違う。」と言います。「ディーは、相手が誰であろうと、しっかり目を見据えている。躊躇という言葉は、ディーの性格には存在しない。」と付け加えています。

次に、引っ込み思案のマギーが、「ピンクのシャツと赤いブラウス」を着て「似合うかな、ママ？」と恥ずかしそうに尋ねる場面があります。このようなマギーを、母親の「私」は、「足の不自由な動物」のようなものだと形容します。いつもうつむき、足を引きずるように歩くことから、そう呼んだのです。マギーが足にひどい火傷を負ったのは、以前に家が火事になったことが原因でした。その時マギーは、髪の毛から煙が出ており、服もかなりの部分が焼けてしまった状態で、怯えながら「私」の腕にしがみついていました。それに対してディーは、何事もなかったかのようにガムの木の近くに立って、何かの考えに集中していました。その時「私」は、「なぜあなたは焼け落ちた家の周りを（喜んで）踊ったりしないの？」と尋ねたい気持ちになりましたが、それは、ディーがそのみすぼらしい家のことを非常に嫌っていたからでした。

次に、「私」が教会からの援助も受けてディーをオーガスタ（ジョージア州東部の都市。「私」とマギーは、その近くにある田舎で暮らしていると思われる。）の大学へ進学させるべく資金集めをしたことが記されています。ところがディーは、「私」たち二人に、無理やり勉強を教え、必要もない「知識」を詰め込もうとしました。また、ディーは「スタイル」、つまり、外見も含めた物の考え方というものを持っていました。そして、自分の「スタイル」に合わないものに対しては、強く抵抗しました。

次の段落では、「私」が無学であることが述べられています。時にはマギーが「私」に本を読んで聞かせてくれます。マギーは性格も良く、また、自分が頭が良くないことも承知しています。外見、お金、素早さのどれも自分には欠けていることを知っています。マギーがまもなく結婚することもあり、「私」はその後の一人での生活をのんびり教会の歌でも歌って楽しみたいと考えます。そして、自分にはやはり男の仕事が合っているとあらためて思います。特に牛の乳しぼりは得意ですが、一度間違ったやり方で乳をしぼろうとしてわき腹を角で突かれたこともありました。「私」は、これまで意識的に「家」に対して背を向けてきました。今の家は、焼け落ちた昔の家と同じ三部屋から成っていますが、かつて使っていたこけら板（石綿板）

を作る職人もいなくなり、今の家はトタン屋根です。また、窓と呼べるものもありません。ただ壁に穴をあけて、夜などは牛の生皮（きかわ）を掛けて穴をふさぐ、という代物です。また、この家は、以前と同じく牧場の中に立っています。ディーがこれを見たら、間違いなく壊してしまいたいと思うだろうと考えます。（ところが、後に描かれるように、ディーは予想もしなかった行動を取ります。）また、ディーは友達を家に連れて来たことがありません。マギーは、「ディーには友達がいたことがあるの？」と聞きますが、ほんの数人でした。しかも、それは、こそこそした態度の男の子たちや、そわそわした態度の女の子たちで、ディーの話し方や外見などに魅せられた者たちでした。

さて、ようやく「彼女たちがやって来た！」（"there they are!"）とあるように、ディーが現れます。マギーはすぐに逃げるように家の中に入ろうとしましたが、私がそれを引き留めると、今度はつま先で地面に穴を掘り始めました。強い日差しのせいではっきりとは見えませんが、車から足が出るのを見た瞬間、「私」は、ディーだと思いました。それは、まるで神様が何らかの「スタイル」でディーの足をお造りになったという感じです。車のもう片方のドアからは、背の低いがっしりとした体格の男が出てきましたが、髪の毛が三〇センチほどあり、それを見たマギーは、まるで足元に蛇がいるのを見た時のように"Uhnnnh"という音を発します。次に車から降りて来たのはディーです。暑い日なのに地面まである長いドレスを着ており、太陽の光にも劣らないほど鮮やかな黄色とオレンジ色のドレスを見て、「私」は目が痛くなるほどでした。他にも金色のイヤリングやブレスレットを身に着けていますが、またしてもマギーは"Uhnnnh"と唸ります。それは、ディーの髪の毛を見たからです。それは、まるで羊の毛のようにまっすぐに立っており、色は漆黒で、両端には髪の毛が編んでありますが、「私」には、それが豚の尻尾かトカゲのように思われました。そして、ディーは"Was-su-zo-Tean-o!"と言い、同伴の男は"Asalamalakim"という聞き慣れない言葉を発します。おそらくこれは、アフリカの言葉だと思われます。その後ディーは、ポラロイドカメラを取り出し、何枚も写真を撮りますが、「私」やマギーを撮る時も、必ず家が背景になるように撮るのです。あれほど嫌悪感を抱いていた家に対するディーの行為は、「私」を驚かせます。これが、先に述べた「予想もしなかったこと」です。ディーには、一体どのような変化があったのでしょうか。

写真を撮り終えたディーは、ようやく「私」とマギーのところにやってきます。「私」が「やあ、ディー」と言った時、ディーが返した言葉は、「いや、ママ、ディーじゃないの。"Wangero Leeasnika Kemanjo" という名前なの。」というものでした。その瞬間、私は大きな衝撃を受けて、「じゃ、ディーはどうなったの？」と尋ねますが、それに対するディーの言葉は、「ディーは死んだわ。」というものでした。この時の「私」の衝撃の大きさは、計り知れないものです。「私」はそれに対して怒りの言葉などを発することはありませんが、無意識のレベルで、ディーに対する強い怒りを抱いていると思われます。それは、上に挙げた、「私」が「じゃ、ディーはどうなったの？」と尋ねた時の文章が、"What happened to Dee?' I wanted to know." とあるように、動詞が "wanted" と過去形になっていることに表れています。この文以降は、物語の最後まで、全て過去形で書かれています。では、これまではどうだったのでしょうか。作品の冒頭部分を始めとして、この小説は現在形または未来形で話が進んできました。それが、急に過去形に変わったのです。すなわち、「私」が「親子の感激の再会」を「夢見て」いる時は「願望」を表すために未来形が使われていましたが、ディーが名前を変えたと言った時に、「私」の「願望」は粉々に打ち砕かれ、これ以降は、客観的な事実を冷静に（あるいは冷たく）語る過去形が使われていると考えるのが妥当だと思われます。非常に効果的で、優れた文学的な手法と言えるでしょう。

ディーが "Wangero" という名前に変えたのは、「私を抑圧する人間にちなんだ名前にもう耐えられないから」というものでした。分かりやすく言えば、アフリカから奴隷として連れて来られた瞬間から、黒人はアフリカでの本当の名前を奪われ、奴隷主が付けた名前を与えられました。そして奴隷解放宣言が出された時、奴隷主の苗字をそのまま使うことになったことから、ディーは「私を抑圧する人間にちなんだ名前にもう耐えられない」と言ったわけです。前章ではマルコムX（Malcolm X）について説明を行いましたが、一つ言い忘れていました。Malcolm X は、生まれた時の名前は Malcolm Little というものでしたが、「ネーション・オブ・イスラム」（"The Nation of Islam"）と出会い、「奴隷主の名前を使うことを拒否する。アフリカの本当の名前が分からないから『X』と名乗る」ということで Malcolm X になったわけです。そして、彼はその後、「ネーション・オブ・イスラム」を脱退し、メッカに行った後に、イスラム名に改名しました。そして、このようなマルコムXの影響を受けて、イスラム名やアフリカ名に改名した黒人は、多数います。その代表的な例は、ボクシング世界ヘビー級チャンピョンになったモハメド・アリでしょう。彼はカシアス・クレイという名前でしたが、マルコムXと親交を深め、イスラム名のモハメド・アリに改名しました。文学の分野では、リロイ・ジョーンズという名前で『ダッチマン』という戯曲を発表した後に、やはりイスラム名のアミリ・バラカに改名した人物がいます。他にも、フットボールやバスケットボールなどの有名なプロの選手や、歌手など、さまざまな分野の黒人が、名前を変えたという事実があります。そのような流れの中で、ディーは、おそらくアフリカ名であると思われる "Wangero" に改名したわけです。

「奴隷主の名前」にこだわるディーですが、「私」は、ディーの名前の由来が、奴隷制にまで遡る一族の名前に由来していることを述べます。すなわち、ここでは、まるで流行に乗るようにして改名を行うディーに対して、「アメリカで幾多の辛酸を舐めて来た黒人の家系」を重要視する「私」の考え方が示されていると言えます。

次の段落からは、食事の様子が描かれます。ディーは、豚肉、腸詰、トウモロコシのパン、スイートポテトなど、全てを美味しそうに食べます。また、（おそらくすでに亡くなった）父親が作ったベンチについて、「こんなに素敵なベンチだとは今まで気付かなかった。お尻でできた窪みもちゃんと残っているわ。」と言います。この時、ディーは自分の「手」（"hands"）でベンチの表面を撫でますが、次の文で祖母のディー（Dee）が作ったバター入れを掴み、「これが欲しい」と言う時にも「手」（"hand"）が用いられています。この「手」の使い方は、おそらく意図的なものだと考えられますが、それは後で説明します。そしてディーは、立ち上がり、撹乳器（牛乳を混ぜてバターを作る道具）のところへ行き、「この撹乳器の蓋の部分が欲しい。確かバディー（Buddy）おじさんが木を彫って作ったものよね？」と言います。さらにディーは、「撹拌器も欲しい。これもバディーおじさんのお手製よね？」と言いますが、この時、聞き取れないほどの小さな声で、「ディーおばさんの最初の夫が撹拌器を掘ったのよ。おじさんの名前はヘンリー（Henry）というのだけど、みんなはスタッシュ（Stash）と呼んでいたわ」と言ったのは、マギーでした。すなわち、ここではマギーの、自分の祖先に関する正確な記憶と、祖先に対する愛着と敬意が示されていると言えるでしょう。このマギーの言葉に苛立ったのでしょうか、ディーは「全く、マギーの脳みそは象の脳みそと同じ（くらい小さい）だわ」と言って、笑います。

次の場面では、なぜディーがいろいろなものを欲しがるかが書かれています。すなわち、「この撹乳器の蓋は、テーブルの中央に飾るのよ。あと、撹拌器についても、何か芸術的な使い方があるわ」と語っているように、ディーはもらったものを「飾り」や「芸術」のために使おうと考えています。ここで語り手の「私」は、撹拌器をまじまじと見つめ、バターを何度も作ったことでできた、手のくぼみを感じます。そして、木を彫って作られた後に様々な人々がこの撹拌器を使ってきたことを考えます。ところが、夕食後に、ディーは「私」のベッドの下に置いてあるトランクを引っ繰り返すように探して、二枚のキルトを持ってきます。それは、何世代にもわたって継ぎ足されたもので、古くは南北戦争当時に先祖が身に着けていた生地も含まれているものです。ディーは、「小鳥のような甘い声」で「この古いキルトをもらってもいい？」と「私」に尋ねます。その瞬間、台所のドアがバタンと閉まる音がします。マギーがディーの言葉を聞いて、衝撃を受けたのでしょう。「私」は、「他のものにしてちょうだい。ほら、これはおばあさんの時代から受け継がれてきたものよ」と言いながら別のキルトを差し出しますが、それに対してディーは、「これじゃダメよ。縁がミシンで縫ってあるから」、そしてさらに、「先祖が手で縫ったものが貴重なのよ」と言って、キルトを抱きしめて、誰にも渡さない素振りをします。ここで「私」は、「実は、このキルトは、マギーが結婚する時にあげる約束をしているのよ」と言いますが、それに対してディーは、「まるで蜂に刺されたように大声を上げ」て、「マギーには、このキルトの価値が分からないのよ。たぶん『普段使い』(“everyday use”)するに違いないわ」と言います。「私」は、「そうよ。マギーに使わせるために取っておいたのよ」と言いますが、その時「私」は、かつてディーが、キルトについて、「時代遅れでスタイルに合わない」と言って大学に行く時に受け取らなかったことを思い出します。母親の言葉に怒ったディーは「マギーはこれを『普段使い』にして、数年でボロボロにしてしまう」と言いますが、「私」は、「マギーはいくらでも作れるわ。キルトの作り方を知っているからよ」と答えます。そして、キルトをどのように使うのかと聞かれたディーは、「(壁に)掛けて飾るのよ」と言うのです。

この時、マギーが地面をこするような歩き方でドアのところまでやってきて、「お姉ちゃんにあげてもいいわよ、母さん。キルトがなくてもおばあちゃんのことを思い出すことはできるから。」と言います。それを聞いた「私」は、マギーは「まるで何も勝ち取ることのないことに慣れてしまっている人のようだ」と思います。そして、「ぼんやりした、まぬけな」（"dopey"）顔をして立っているマギーが火傷の痕のある手をスカートのひだの部分に隠しているのをじっと見ているうちに、「何かが私の頭の先から足の先までを貫く」のを感じます。それは、まるで教会で神様の魂が「私」に触れた時のような感覚でした。「私」は嬉しくなり、これまでやったことのないこと、つまり、マギーを抱きしめるという行為を行い、ディーの「手」からキルトを奪い返し、座っているマギーの膝の上にキルトを置きます。そして「私」は、ディーに、「他のキルトをいくつか持っていきなさい」と命じます。ここで自分の負けを感じたディーは、「母さんやマギーには理解できないのよ。この大事な先祖からの遺産の価値が。」と言い捨てて、去って行きます。

物語は、このようにして終わりますが、ディーとマギーは、どのような人物として描かれているのでしょうか。ディーは、やたらと「スタイル」や「芸術」などの言葉を使い、学歴もあり、外見も良く、聡明な人物として紹介されています。それに対して、マギーは、頭の回転が鈍く、容姿に関しても、火傷の痕を気にして引っ込み思案な性質ですが、重要なことは、マギーは「キルトを作ることが出来る」という点です。つまり、「生産性」あるいは「豊饒さ」という、人間にとって極めて大切な要素を持っている人物として描かれています。「私」は、マギーという存在が持つ、そのような「崇高な」性質を初めて理解し、まるで神に触れられたかのような喜びを感じて彼女を抱きしめるのです。ディーに戻ると、彼女は何ら物を生産することはできません。そして、先に挙げた「手」（hand）が頻繁に使われていることを考えると、ディーの「手」は、物を「奪い取る」、あるいは「盗む」ための「手」として描かれています。一方、マギーの「手」は、火傷の痕が残っており、ある意味では醜いと思われるようなものですが、キルトを作ることができる「手」、すなわち生産性を表す「手」として描かれています。また、先にも挙げた「ぼんやりした、まぬけな」（"dopey"）という表現ですが、文学作品では、白痴的人物を、神に近い存在として登場させることがよく見られます。つまり、白痴的人物とは、余計な知識などを持たず、人間本来の純粋さを保った人物として描かれることがあります。この作品のマギーの存在も、その一つの例と言えるのです。

第十四講　知念正真「人類館」

使用テキスト　知念正真「人類館」『新沖縄文学』三三号（一九七六年）一三七―一七一頁。

本章では、知念正真の戯曲「人類館」を読みますが、その前に、実際にあった「人類館事件」に関する簡単な説明を行います。もちろん、戯曲「人類館」は、この「人類館事件」を意識して作られたものであることは明白です。

「人類館事件」は、一九〇三（明治三六）年に大阪で開かれた第五回内国勧業博覧会の「学術人類館」において、沖縄やアイヌ、朝鮮など合計三二名の人々が、民族衣装姿で「展示」されたものであり、それに対して被差別民族から抗議の声が挙がった事件のことです。このような「人類館」における「展示」は、日本人による明らかな差別的行為ですが、一つ注目すべき点があります。それは、当時の『琉球新報』が「人類館」における「展示」に対して直ちに抗議を行い、「沖縄をアイヌや朝鮮と一緒にするな」という記事を載せたことです。これは、「沖縄人と他の被差別民族を同列にするな」、あるいは「沖縄人は他の展示された被差別民族とは異なり、立派な日本人だ」という考えを示しており、沖縄の側からの他の被差別民族に対する差別的意識が見られます。知念正真による戯曲「人類館」の最後の場面は、明らかにこのこととの関連を示すものです。

では、戯曲「人類館」の説明を行います。この劇は、上に述べた「人類館事件」から着想を得て書かれたものですが、「人類館事件」に関する抗議の意味だけで書かれたものではありません。ここで先に言ってしまいますが、日本という国が沖縄に対して行ってきたことを、この劇が上演された沖縄海洋博覧会（一九七五年）の時期まで広げて、糾弾しているものです。そして、この劇が優れている点は、「ヤマト」（日本本土）による沖縄差別を扱うだけにとどまらず、沖縄人が抱える差別意識をも含めている点です。「人類館」は一九七六年が初演で、『新沖縄文学』に掲載されましたが、一九七八年に、日本の演劇界で最も名誉ある「岸田國士戯曲賞」を受賞し、全国誌の『テアトロ』に転載されました。

では、作品を見ていきましょう。登場人物はわずかに三人です。「調教師ふうな男」とありますが、「ふうな」という表現に注意して下さい。なぜこのようにしたのかは、最後の場面で明らかになります。「陳列された男」と「陳列された女」には、劇の最後まで名前はありません。従って、一般的な沖縄の人々を表していると考えて良いでしょう。

演劇で台詞以外の指示部分をト書きと言います。最初に、「まるでお芝居のセットのような・・・小屋」とありますが、これには二つの理由があると思われます。まず、「お芝居のセット」というような、非常に抽象的な指示がなされていることです。ト書きを読み進んでいくと、「いわゆる『大和人』が『琉球』について持っている知識のありったけ」とあるように、ステレオタイプとしての舞台装置が指示されています。さらに、「めまぐるしく変化する場のイメージを損なわない程度に、象徴的なものが望ましい」とあるように、これから場面（時代を含む）が次々と変わっていくことから、できるだけ特徴のない、抽象的な舞台設定が必要になるということです。

「お芝居のセット」と書かれているもう一つの理由は、「これはあくまで芝居である」ということを、あえて観客に示すことで、劇の内容を観客に強く訴えるという手法を取っていることが考えられます。このような手法を「異化効果」と呼びます。また、この劇では、急に場面や人物が変わったりして、現実離れした展開が見られますが、このような手法は、一九五〇年代から盛んになった「不条理劇」の流れをくむものと言って良いでしょう。この作品の最後の場面は、不条理劇の代表的作品である、フランスの劇作家イヨネスコの『授業』や、アメリカの黒人劇作家アミリ・バラカの『ダッチマン』に共通する、「連続性」を示しています。

さて、台詞が始まる部分に移りましょう。冒頭の、「調教師ふうな男」（以下、「調教師」と示す）の台詞は、「（観客に）皆さんこんばんわ。本日はわが人類館へようこそおいで下さいました。」というもののです。これは、「人類館事件」の際に人類館に足を運んで見に来た客と、この劇を観ている客とが重なり合うような設定です。そして、この設定は、まさに作者の知念正真が意図的に行っているものだと言えます。さらに、「調教師」は、「お待たせ致しました。こちらは琉球館でございます。」という台詞を発しますが、これらの台詞は、後の場面での調教師の台詞「（客席に一礼して）本日は、沖縄海洋博へようこそ。こちらは沖縄館でございます。」と、見事に一致します。結論から言えば、この劇は、一九七二年に日本本土に復帰し、一九七五年に開催された沖縄海洋博覧会によって「浮かれ騒いでいる」沖縄の同胞に対する批判的な視点で書かれたものであることは明白です。作者は、様々な手法を用いて、この劇の観客に、沖縄の置かれた状況を共有して欲しいと願い、その一つの手段として、人類館事件の観客と劇の観客を重ね合わせる手法を取っているのです。そして、最終的に作者は、「観客の劇への参加」を強要していると言えます。

次に注目すべきは、「笑い」です。例えば、鞭（ムチ）を振り回す「調教師」による「ムチかしい？・」や「あ、お客さん、お便所ですか？」などのふざけた台詞や、「調教師」が去った後で「陳列された男」（以下、「男」と示す）が、「急に態度がガラリと変り」、「くぬひゃあ、いちがな叩殺してやる」という言葉を発し、それに対して「陳列された女」（以下、「女」と示す）が「さっきまでは、ガタガターしていたくせして・・・」と言い返す場面、そして、再び「調教師」が現れ、「何をさわいでいる？」と聞かれた時に、「女」が「あのう・・・。」、「約束が違うって言いよったです。」と、「男」を簡単に裏切る場面などにおいては、特に、観客は大笑いをするでしょう。筆者（追立）も、初演当時から三～四回ほど、この劇を観ましたが、劇の最終場面まで、観客は皆笑っていました。そして、この観客の笑いは、明らかに作者が意図したものです。すなわち、衝撃の最終場面まで観客を笑わせ、最後に観客を凍り付かせることを作者は狙っているのです。

話を「琉球館」に戻すと、「調教師」は、「男」のことを、「顔が四角で、鼻が異常に大きく、幅が広い」

と言い、「女」に関しては、「体全体が、毛深い」と言うなど、沖縄の人間の特徴をステレオタイプ的に紹介し、最後には、「この体は芋でできておるのであります」と述べます。このあたりでは、観客は、笑いと同時に、大和人に対する怒りが込み上げてくるでしょう。ところが、「調教師」が去った途端に、「男」が威張り出し、「女」がそれをからかうという、「笑い」の場面へ戻ります。この後も、この劇は、怒りと笑いが絶えず交錯しながら進んでいきます。

「調教師」が去って、「男」は、自分が強いことを自慢しながら、刑務所に入れられたことや、巡査や看守を殴ったことなどを話します。ところが、明治時代の人類館の話と思って観ていると、「戦果上げに、ベース内に入ってよ。トラック一杯、アメリカシーツ盗って来た訳さ。あん時も、MPにすぐつかまって刑務所に入れられた」と「男」が言います。これは、明らかに、第二次世界大戦後に沖縄が米軍統治下に置かれている時代のことです。何気なく読んでいるとそのまま見過ごしそうな場面ですが、注意してみると、時代が変化しているのが分かります。ここでは、またすぐに明治の「人類館」の時代に戻りますが、このような時代の変化は、どのような意図で行われているのでしょうか。それは、大和人と沖縄との関係が、明治時代も戦後も、そして、沖縄戦の時も、復帰後も、いつの時代も変わらない関係であることを示すものだということです。すなわち、沖縄に対する日本からの差別は不変であることを示すものです。

次に、自虐的な笑いについて書きます。例えば、先にも挙げましたが、「女」が、「私は言わないといったら、絶対、雷が鳴っても言わないよ。」と言ったにもかかわらず、「調教師」がやってきて「何をさわいでいる?」と聞かれた時に、「あのう・・・。」、「約束が違うって言いよったです。」と、簡単に同胞である「男」を裏切る場面は、笑いを誘いますが、この場合は、「調教師」に対する笑いとは異なり、観客は自分の同胞である沖縄人の裏切り行為を笑います。つまり、自分の同胞も、このようなことを行うことを認めた上での、自虐的な笑いということです。

やがて、時代設定が急激に変わってきます。何の前触れもなく発せられる、「非常時」、「忍び難きを忍び、耐え難きを耐え、一億国民こぞって国難に対処しなければならんのだ」という「調教師」の台詞から、第二次世界大戦の時代であることが想像できます。ここで注目すべきは、先ほどの「ベース」や「MP」という戦後の場面が入り込んでいる場面とは異なり、人物の「役」も変わっていることです。すなわち、明治の人類館の「調教師」から、戦時中の日本人の（おそらく）教官という役に変わっています。また、この場面では、沖縄を日本に取り込もうとする思惑が、教官の発する台詞から読み取れます。例えば、「お前たちは、まがりなりにも日本国民だ。だが、まだ一人前という訳にはいかない。」という台詞や、「方言札」の使用、そして「天皇陛下万歳！」を強要する皇民化教育などが見て取れます。それに対して、「男」はなかなか正確に「天皇陛下万歳！」という言葉を発することができず、「調教師」は呆れてこの場を去ります。そして、「調教師」が去った後、「男」と「女」はふざけて、「テイノウヘイカァー、バンジャアイ！」と叫び、笑い転げます。ここは、観客も、「調教師」の台詞に代表される日本（人）に対する抵抗感と、したたかに「調教師」に反抗する「男」と「女」に共感し、大いに笑う場面です。

次の場面では、一転して「沖縄海洋博」に移ります。「沖縄海洋博」は、一九七五年〜一九七六年にかけて開催されたものであり、まさにこの劇の観客にとっては、「今」の時間です。先に、「人類館事件」の際に人類館に足を運んで見に来た客と、この劇を観ている客とが重なり合うような設定であることに言及しました。さらに、「調教師」は、「お待たせ致しました。こちらは琉球館でございます。」という台詞を発しますが、これらの台詞は、ここでの「調教師」の台詞、すなわち、「（客席に一礼して）本日は、沖縄海洋博へようこそ。こちらは沖縄館でございます。」と、見事に一致します。この「沖縄海洋博」の場面では、屋良知事や皇太子のあいさつが流され、「調教師」は「虚しく口をパクパクさせつづけ」、「男」と「女」は三線に合わせて踊っており、全体として、「沖縄海洋博」の「虚しさ」が強調されています。

ところが、次の場面では、「大日本帝国給食センター」とあるように、再び第二次世界大戦の時代へと変わっています。そして、サツマイモを食べようとしない「男」や「女」に対して「調教師」が苛立ちます。ところが、一見すんなりと進んでいるかのように見えるこの場面にも、戦後のアメリカ統治下の時代（あるいは、復帰後の「現在」も含まれる）の様子が入り込んでいます。それは、「日本の防波堤になっていただきたい」や、「あちらのアメリカ館のニグロさん」について、「なにしろ極東アジアの平和と安全のためにおとどまりいただいているのですから」その性欲を満たすために沖縄の「女」を抱かせて、「日本女性の貞操の危機を救う」ことを述べています。このように、気を付けないと分からない時代変換が、この劇では再三用いられます。その狙いは、先にも述べたように、「日本の沖縄に対する差別意識はいつの時代においても変わらない」ことを示すということです。

劇が進むにつれて、時代や場面の目まぐるしい変化は、その速度を加速させます。「男」がくしゃみをする時に「ファックス！」と言い、それに対して「女」が「クスクェーヒャー！」と返す場面があります。それに対して「調教師」は、方言を使ったことに腹を立て、男を殴ったり蹴ったりします。芋を食べようとしない「男」に「何故食わん？」と言いますが、突然、「調教師」はどこかの会社員の役になります。しかし、ここでは時代は不明です。この会社員は、社内で栄転の話があったのですが、「どうもリュウキュウらしい」と誰かが噂を流したため、栄転の話がなくなってしまいます。そして、「俺は琉球人なんかじゃない！・・・ただ、似てるというだけじゃないか！」という言葉を発します。ここでは、この会社員は沖縄出身ではないが、顔などが似ているために栄転の話がなくなり、琉球人に似ていることを恨んでいる、という解釈と、この会社員は、実は沖縄の出身であるが、それを隠して生きてきているという二通りの解釈が可能と思われます。いずれにせよ、会社は、この男が琉球人であるかもしれないという理由で、栄転の話を反故にするという、差別的な行為を行っていることに違いはありません。

次に、また場面が変化します。ここでは、警察の取調室となり、警察官が「富村」という男に何かについて自白するように迫っています。そして、「タワーから降ろした朝鮮人の若い人が・・・」という台詞があります。これは、いわゆる「東京タワージャック事件」を起こした富村順一という実在の人物のことです。富村順一は、『隠された沖縄戦記』（ＪＣＡ出版、一九七九年）などの著書がありますが、東京タワーを占拠し、沖縄に対する差別を糾弾したのですが、同じく日本によって差別され続けている朝鮮人を最初に解放したことでも知られています。そして、「女」と「男」が、不特定の沖縄の男女として、差別に苦しむ実情を静かに語ります。ところが、また次では、作家の三島由紀夫が裁判にかけられる場面へと変わります。これも現実に起こった事件ですが、三島由紀夫の事件とは、「楯の会」という右翼組織を結成した三島が、隊員四名と共に自衛隊市ケ谷駐屯地（東京）に立てこもり、バルコニーで自衛隊員たちにクーデターを促す演説をした後、割腹自殺を遂げたという事件です。このあたりは、もう何が何だか分からないほどの場面と人物の目まぐるしい変化が行われています。

そして、突然「精神病院」に場面が変わり、さらに「沖縄館」（ここでは何の沖縄館なのかも不明）へと移り、「何故に、沖縄に精神病患者が多いのか？」という問いに対して、「戦争後後遺症患者」が多いからと答えています。ここで、「すさまじい爆発音」が起こり、「セットの一部が壊れ」、「おーい！照明、照明係はいないか！」という台詞が使われています。これは、先にも触れた、「異化効果」と呼ばれるもので、今観客が観ているものが劇であることを強調することによって、観客を劇の世界へ引き入れる効果があります。

これまで異様に早いスピードで場面や登場人物の役割が変化してきた後、「劇」であることを示して観客に参加を強要する展開となってきましたが、次の場面では、それが極めて重要な場面であることを示す言葉が発せられています。それは、「姫百合部隊」という言葉です。すなわち、沖縄の歴史の中でも、極めて大きな意味を持つ、「沖縄戦」の場面に入ることによって、すなわち、「沖縄人の集合的な記憶」の「核」に迫ることによって、観客は、身の引き締まるような思いでこの劇を観ることが予想されます。ここでは、おそらく笑いは無いでしょう。

この場面では、日本軍の士官が姫百合部隊の「女」を強姦しようとすること、鉄血勤皇隊の「男」に「勇ましく死んでこい」という台詞を述べたり、郷土防衛隊の「男」に「以後、独自行動をとるように」と切り捨てる意味の言葉を発したり、さらにこの郷土防衛隊の「男」の日本語がおかしいことから米軍のスパイだと決めつけ、日本刀で切り付けて殺害したり、泣きわめく赤ん坊をも日本刀で刺し殺したり、などという、実際に沖縄戦の中で行われてきたことが演じられます。もちろん、ここでは観客は「男」と「女」に感情移入し、「調教師」が演じる日本軍の士官に対して、激しい怒りの感情を持つでしょう。

ところが、この劇の優れた点は、これでは終わらないということです。すなわち、何度も現れる郷土防衛隊の「男」が、突然現れた「意味のわからない間」の後で、「調教師」に対して、「カマー?」、「カマーやあらに?」と言い、「女」も「やさ、カマーやさ。汝や、我、わからんな?」と問いかけ、「調教師」が「(感極まって)ウシー婆!カミー兄!」と言いながら三人が抱き合う場面となります。極めて重要なこととして、「調教師」は沖縄人だったということが示されているのです。どうやら同郷であるらしい三名は、再会を果たし、お互いの状況を話しますが、その中で、「調教師」が演じるカマーが「自分の妻のウサ小はどうしているのか」と問うと、「山原に逃げる時に米軍の艦砲射撃にやられて死んでしまった」ことが明らかになります。行くあてもなく、三名は「唐旅」、すなわち「後世」（あの世）へ行くことを決め、持っていた「テリュウダン」を爆発させて死のうとします。ところが、何と、「テリュウダン」は芋に変わり、「男」と「女」は茫然とします。上に挙げた「意味のわからない間」と「男」の「カマー？」という言葉からは、観客は再び、大いに笑うことが想像されます。その前の「沖縄戦」の時とは全く違う展開に驚きながらも笑うことでしょう。

その後、一瞬「日本軍の士官」のような台詞を発した「調教師」は、今度は、戦後の沖縄の学校の教師の役に変わり、生徒役の「男」と「女」に、「生きるんだよ」、「百万県民、島ぐるみで起ち上がらなければならないんだ」と励ましの言葉を発します。ここで、「宮城君、大城君」や、「又吉君！当真君！」という呼びかけがありますが、この名前は、この劇が上演される場所により、変えられたと言われています。すなわち、例えば宮古島だと、「下地君、砂川君」などといったように、その土地に多い名前を用いたと言われています。これも、「観客の劇への参加」という大前提に沿う工夫だと思われます。

しかし、この「日本復帰」運動の場面での台詞は、注意して見なければなりません。例えば、「新生沖縄県」の誕生を夢見る「教師」は、「例え、異民族支配の憂き目を見る事はあっても、日本国民として、（「沖縄を返せ」の大合唱が響く）人類普遍の原理に基き・・・」や、「現御神の国、ニッポンへ！」という表現を使っています。「日本国民として」とありますが、沖縄が日本ではないという差別は、これまでの劇の展開から明らかです。また、「現御神の国、ニッポン」は、言うまでもなく忌まわしい沖縄戦を引き起こした天皇制の肯定であり、「人類普遍の原理に基き」という表現は、「調教師」が人類館の観客に向かって使っていた言葉と同じです。すなわち、ここでは、復帰運動の中に潜む、「日本人になりたい」という沖縄人の幻想を、痛烈な皮肉を込めて糾弾しているのです。

最後の場面に移ります。ここでは、「調教師」が芋を地面に投げつけて、それが爆発して「調教師」は死んでしまいます。「何とグロテスクな面がまえをしているのだ。せめてお前が、リンゴや梨のような、愛らしい形をしていたらならば、沖縄の歴史も、また変わっていたかも知れないものを・・・!さようなら、お芋ちゃん!」という、「調教師」の最後の言葉や、「芋だって、ここまで踏みつけにされれば怒らざるを得ないだろう」というト書きを考えると、「芋」が沖縄人の象徴であるという考え方も可能かと思います。さて、「調教師」が死んだ後、「男」は「調教師を引きずって行って、自分の席へ骨を折って何とか座らせ」、「どこからか鞭を拾ってくると、ビュッと一振り、」して、「(観客に)皆さん、こんばんわ。本日は、わが人類館へようこそおいで下さいました。すでに皆さん方、良く承知の通り、人類普遍の原理に基き・・・」という台詞を発します。すなわち、これまで差別されていた沖縄人の「男」が、差別を行う「調教師」の役に変わるという衝撃の結末を迎えるわけです。差別される側が容易に差別する側へと転換すること、差別が円を描くように、循環し、再生産され、永続的に続くこと、をこの劇の最後は示しています。そして、言うまでもなく、この劇の真の狙いは、このような差別の連鎖を断ち切ることを観客に訴えることなのです。

第十五講　目取真俊「水滴」

使用テキスト　目取真俊「水滴」（『文學界』一九九七年四月号。一六四―一八四頁。）『水滴』文藝春秋、一九九七年年。五―五〇頁。

本章では、目取真俊の「水滴」を扱います。この作品は、一九九七年に第二七回九州芸術祭文学賞を受賞し、『文學界』四月号に掲載され、第一一七回芥川賞を受賞し、『文藝春秋』に転載され、単行本として文藝春秋社から出版されました。この流れは、一九九六年に第一一四回芥川賞を受賞した又吉栄喜の「豚の報い」に関しても、ほぼ同じです。二年連続で沖縄の作家が芥川賞を受賞したことで、「また沖縄か」と、賞賛と苦言の入り混じった声が多数聞こえたのを覚えています。なお、沖縄からのもう二人の芥川賞受賞者は、第五七回（一九六七年）の大城立裕（「カクテル・パーティー」）と、第六六回（一九七一年）の東峰夫（「オキナワの少年」）です。「カクテル・パーティー」と「豚の報い」は本書で扱っていますが、東峰夫の「オキナワの少年」も優れた作品なので、読んでみて下さい。

「水滴」の冒頭部分を見てみましょう。「徳正（とくしょう）の右足が突然腫れ出したのは、六月の半ば、空梅雨の暑い日差しを避けて、裏座敷の簡易ベッドで昼寝をしている時だった。」という文章で、この小説は始まります。「六月の半ば」という設定は、後の場面で負傷した日本兵が登場することから、沖縄戦のさ中の時期と重なります。これは、おそらく意図的な設定でしょう。また、「空梅雨」という設定も、日本兵が徳正の足から出る水を必死で飲む場面から推測されるように、沖縄戦での「渇き」と重なるものだと言えます。「昼寝」という言葉は、次の文の中にある「良い気持ちで寝ていた」という表現と合わせて考えてみると、徳正が「沖縄戦の記憶」を意識的に「忘れて」いるという解釈が可能だと思われます。「良い気持ち」という表現は、本書の第三講で扱ったラングストン・ヒューズの「教授」や、同じく第四講の大城立裕の「カクテル・パーティー」の主人公たちが、「現実」に背を向けて個人の楽しみに埋没している状況と同様のものと推測されます。

次の場面では、徳正の右足が「中位の冬瓜（すぶい）ほどにも成長」し、「生っ白い緑色をしていて、ハブの親子が頭を並べたような指が扇形に広がって」いきます。この右足の様子と、夜になって日本兵が現れることなどを合わせて考えると、この「水滴」という小説は、これまでの沖縄文学とは異なる手法、すなわち、非現実的な描写を用いる「シュールレアリズム」の手法を用いていることが分かります。アメリカの黒人文学においても、ずっとリアリズム的手法や象徴的手法などが用いられていましたが、トニ・モリスンの登場によって、その伝統が打ち破られました。すなわち、モリスンは、死んだはずの人間が生き返るなどといったシュールレアリズムの手法を用いて、「死者との語らい」を描いています。目取真俊の「水滴」も、足が冬瓜のように膨れ上がる、その水には奇跡的な効能がある（これは、後に描かれます）、死んだはずの兵士が登場する、そして、モリスンと同じように、この作品では徳正と日本兵、とりわけ石嶺との間で交わされる「死者との語らい」があります。これは、私の全くの独断的解釈ですが、世界文学を見ても明らかなように、アメリカ黒人文学も、沖縄文学も、モリスンと目取真俊の登場によって、リアリズムを脱してようやくシュールレアリズムの作品が書けるようになったという意味で、この二人の作家は、それぞれの文学史における大きなターニングポイントを作ったと言えるのではないでしょうか。

次に、徳正の妻ウシについて述べます。ウシは、非常に現実的な人物として描かれています。怠け者の徳正を叱り飛ばしたり、腫れ上がった足を思いきり張り飛ばしたりと、男勝りの性格ですが、一方では徳正の謎の病気のことを悩み、献身的に看病します。また、村の医者に「大学病院に入院して精密検査を受けることを勧められ」たウシは、「ダイガクビョーインに入ると最後だ」という知人の言葉を信じきっており、村の医者の勧めに従おうとしません。この「ダイガクビョーイン」のくだりは、我々が日常的に良く耳にするものであり、読者はウシに親近感を持つことでしょう。すなわち、このウシという人物の作品での役割は、「沖縄戦の（恐ろしい）記憶」を抱え、死んだはずの日本兵に悩まされる徳正と異なり、極めて「現実的」

な人物として描かれていることから、シュールレアリズムとリアリズムのバランスを取るための人物、あるいはシュールレアリズムの手法を際立たせる人物であると思われます。

話を少し戻しましょう。「徳正の足の噂」は、すぐに村の人々の間に広まり、「見舞いにかこつけた見物人が門の前に列を作」ったりします。そして、ついには「アイスクリン売りまで出るに及んで」、ウシは「徳正は見世物ではない」と怒り、「納屋から鉈を持ってきて振り回し始め」ます。その後、村の人々は、共同売店の前や、公民館の軒下などに集まり、徳正の足のことを話し、「何日で腫れが引くか」という賭けが行われ、酒も入り、「歌・三味線が始まり、踊りに空手と盛り上が」り、村会議員の候補者たちが山羊を潰したり、息子に酒を買いに走らせたりして、村全体がお祭り騒ぎの状態になります。このように描かれる村人の様子は、前章の「人類館」で本土復帰や海洋博で浮かれ騒ぐ人々と同じように、この作品でも、何かのきっかけで「選挙」や「経済効果」などの言葉が飛び出し、やはり「浮かれ騒ぐ沖縄の民衆」の姿が、批判を込めて描かれていると言えるでしょう。

兵士たちが現れる場面に移ります。徳正の足が腫れ出して数日が経った夜、「ベッドの傍に兵士達が立つように」なります。次の文は重要です。「ウシが部屋に引き上げた後、まどろみに浸っていた徳正は、右の爪先にむず痒いような痛いような感覚を覚えて目が覚めた。」すなわち、ここでは、「身体の感覚」で、「痛み」を感じて「目が覚めた」とあります。先にも述べたと思いますが、一般に、特に文学作品の多くでは、「言葉」ではなく「身体の感覚」の方が真実を語るという場面が多く描かれます。そして、ここでの徳正は、「沖縄戦の記憶」の底にある、ずっと隠してきた「痛み」を感じて、「目が覚める」すなわち「覚醒」が行われるのです。

続いて、「足元に並んで立っている数名の男達」の様子が描かれます。一人の男が、「徳正の右足首を両手で支え持ち、踵から滴り落ちる水を口に受け」ており、数名の男達が、自分の番を待ってそれを眺めています。全部で五名の男達の様子は、「右手に添え木を当て」、「松葉杖を突い」ているが「右足の膝から下が無かった」り、「顔の右半分がどす黒く膨れ上がり、裸の上半身に三列の大きな裂目が斜めに走って」いたり、「首が後ろから半分以上切れていた」りというものです。当然、すでに死亡しているか、かなりの重傷を負った人々です。そして、最初の兵士が水を飲み終えると、順番を待っていた次の男が水を飲み、最初の兵士が壁の中に消えて、その代わりにまた別の新しい兵士が現れる、ということが明け方まで繰り返されます。その中で、徳正は、「四十歳は過ぎているだろう男の顔に見覚えがあるような気がしたが、思い出せなかった」とあり、「記憶」がわずかに現れかけているのが分かります。そして、兵士たちの「一人残らず深い傷を負って」いる姿に、徳正は「哀れみ」を覚えたりします。男達は、「一心に水を飲んで」いますが、「一人二分程度」で、「滴る程度の水では、それだけの時間で渇きを癒すのは難しい」様子が描かれます。ここでの「渇き」と「癒し」という言葉は重要です。この言葉の意味を考えながら、作品を読み進んでいきましょう。

作品ではその後も、夜になって現れる兵士達の様子が描かれています。徳正は、彼らが「重傷を負った日本兵」だとすぐに分かり、その中には「防衛隊として駆り出されたらしい沖縄人」もおり、「こんな年寄りがと思うような白髪の男」もいました。皆、ひどい怪我を負っていて、「徳正はしだいに見ているのがつらくなって、目を閉じ、眠りに落ちることを」願います。まだ理由は明らかになっていませんが、徳正は明らかに、この兵士達を見たくない、さらに言ってしまえば、沖縄戦のことを思い出したくないという気持ちを抱いています。

そして、「兵隊達が現れ出して、三度目の夜が終わろうとしている時」に、徳正は一人の兵士を見て「思わず呻き声を漏らし」ます。徳正はただ「イシミネ……」と言うだけでしたが、徳正の頭の中では、自分と石嶺の沖縄戦での様子がはっきりと思い出されるのでした。

石嶺は、徳正と同じ村の出身で、「首里の師範学校に進み、鉄血勤皇隊員として（沖縄戦で）最後まで行動を共にした」人物です。次に、徳正と石嶺の沖縄戦での様子が書かれています。二人は、「沖縄戦が始まった時、鉄血勤皇隊員として同じ部隊に配属」され、「中部の海岸に上陸した米軍が南下してくるのを最前線で迎え撃った」のですが、「二度目の戦闘で壊滅状態に陥」り、「大和人（ヤマトンチュー）の兵隊数名と行動を共にしながら洞窟から洞窟へと移動を続け」ます。そして、「石嶺が艦砲射撃によって腹部に被弾した夜、島尻の自然壕で」二人は分かれたのでした。

この時、徳正には、「とっくに気づいていながら認めまいとしてきたことが、はっきりとした形を取って意識に上がって」きます。すなわち、徳正の寝床に表れる兵士たちは、「あの夜、壕に残された者達だった」のです。この時、徳正は「右足の痛みがよみがえ」ります。そしてこの「右足の痛み」によって、後に説明がなされますが、徳正の記憶の中に長い間隠してきた、沖縄戦の記憶、そして「とっくに気づいていながら認めまいとしてきた」仲間の兵士達の記憶、とりわけ石嶺に関する記憶が、この時蘇ってきたのです。最初に兵士達が現れた夜の最後の場面で、「右足の爪先から付根に激痛が貫」き、「親指の先から水が勢いよく落ちだし」ます。そしてこの三度目の夜には、「（石嶺の）舌先が傷口に触れた時、爪先から腿の付根に走ったうずきが、硬くなった茎からほとばしった」とあります。この水や精のほとばしりとは、若い頃への記憶の回帰を表すものであると思われます。

次の場面では、徳正の従兄弟である清裕（せいゆう）が登場します。ここでもう一度、徳正の妻ウシの描かれ方を見てみましょう。すなわち、徳正と兵士達との最初の夜と三度目の夜の、いわば「非日常的」な二つの場面の間に入り込むような形で、徳正の妻ウシの、極めて「日常的、現実的」な様子が描かれています、そして、この清裕が登場する場面も、読者にとっては、「ああ、親戚にこのような人がいるな」と思わせるような人物設定で、非常に「現実的」な場面となります。このように、徳正と兵士達との「非現実」と、ウシや清裕による「現実」の場面が、交互に現れることによって、この小説は効果的に読者を小説の世界へ引き入れることに成功しています。

清裕は徳正と同じ年の従兄弟ですが、その日暮らしの遊び人ということで、ウシは清裕のことを嫌っていました。しかし、ウシは自分の農作業もあり、徳正を看護するということで日当を払って清裕を雇うことにします。そして清裕は、徳正の足から出てくる水の不思議な力、すなわち、庭の草花にかけると瞬く間に草花が成長し、人の頭皮に付けると髪の毛が驚くほどの速さで生えてきて、飲んでみるとたちまち精力が高まるという力に気付きます。そして清裕は、このような水の効能で、金儲けをすることを考えます。

次は、再び徳正の夜の場面に変わります。兵士達を壕に置き去りにしてきたことで、「徳正は最初、殺されるのではないかと恐れ」ますが、「今度は兵士達の渇きをいやすことが唯一の罪滅ぼしのような気がして、親指を吸われることに喜びさえ覚え」ますが、次第に「疎ましく」なってきます。続いて徳正は、「なぜ自分がこんな目に合わなければならないのか」と思いますが、その「理由」を考えるのを拒みます。なぜなら、その「理由」を「いったん考え始めれば、この五十年余の間に胸の奥に溜まったものが、とめどなく溢れ出すような気がして恐ろしかった」からです。この「理由」の具体的な内容は、後に語られます。ここでは、徳正は、少なくとも意識の表層部分では、この「理由」について触れるのを拒んでいますが、次第に自分でも気付かないうちに、沖縄戦で自分が行ったことを思い出し始めます。

次の場面では、この一〇年くらいの間に徳正が行ってきたことが述べられています。すなわち、毎年六月二三日の慰霊の日になると、近くの小・中学校からの依頼で、沖縄戦についての講演をするように頼まれたり、村の教育委員会の調査員に戦争の体験を話したり、大学の調査グループや新聞・テレビなどの取材を受けたり、修学旅行で本土から沖縄にやって来る高校生などに戦争体験を話したりと、様々なことを行って謝礼金をもらっていました。それに対して、真面目なウシは「嘘物言い(ゆくしむぬ)して戦場(いくさば)の哀れ事語てぃ銭儲け(じんもう)しよって、今に罰被る(ばちかぶ)よ」と、的確な言葉を発します。すなわち、具体的なことは何も知らされていないウシですが、徳正が沖縄戦に関して「嘘」を付いている、何か隠し事をしていることに気付いています。徳正は、次第に自分のやっていることに対して「うしろめたさ」を覚え、「一瞬、今までの嘘を全部謝ろうか」、「自分が戦場で実際にやったことを語ろうか」とも思いますが、「思っただけだった」とあるように、真実を語るのを拒みます。

次に、再び徳正の夜の場面が描かれます。ここでは、沖縄戦の時に壕の中で「汚水」をなめている一人の兵士に対して、徳正が「すぐに水を持ってきます」と言うが約束を果たせなかったことが語られます。そして徳正は、その男に今水を飲ませることによって「約束を果たしたことになるのか」と思いますが、「死ぬまで兵士達の亡霊にとり憑かれること」に「恐怖」を感じます。さらに徳正は、水を飲みに来た次の兵士も「水を求めて壕の中でしがみついてきた兵隊だった」こと、その後の兵隊も、「その後に隠れている沖縄人の兵隊も」、その次の兵隊も、「皆あの壕の中で腕を伸ばし、水を求め続けた者達」であることに気付きます。そして、「徳正は自分がもう一度あの壕の闇の中に引きずり込まれていくような気がした」のです。このように、少しずつ、徳正は沖縄戦での「記憶」の中心に向かって、「引きずり込まれる」ようにして進んでいくのが分かります。

次は、清裕が水によって大金を手に入れた話に変わります。例えば、「五十年来の禿という老人の染みだらけの頭にさえ、五分もしないうちに産毛が生えて」きたり、「顔に塗れば皮がぼろぼろ剥げてみずみずしい肌が現れ」たり、「飲めば長いことしなだれたままだった一物が、下腹につかんばかりに頭をもたげて」きたりという効能を実際に見た人々が、我先にと水を求め、清裕は「一合ビン一本一万円」で売り、ビンには「奇跡の水」と命名し、大金を手に入れます。しかし、「近いうちに暴力団が口を出してくる」ことなどを予想した清裕は、あと三日ほどで商売を止め、「博多から東京までソープ巡りをすることを想像し」、預金通帳を見てほくそ笑んでいるのでした。

そして遂に、徳正の「記憶」の核心に迫る場面へと話が変わります。足から水が出始めてから二週間ほど経ったある夜、いつものように兵士達が徳正の足から滴る水を求めて現れてきます。そして朝の五時頃になって気付いてみると、徳正の前に石嶺が立っています。もうすぐ夜が明ける頃で、石嶺がその夜の最後の兵士でした。そのため、「部屋には二人だけだった」とあるように、徳正が石嶺と正面から向き合う場面になっています。そして、徳正は、石嶺と「最後に別れた夜のことが目に浮か」びます。「水を汲みに（壕から）出た徳正達を艦砲の至近弾が襲」い、「石嶺も破片で腹を裂かれ」ます。そして、「呻きながら腹を抑えている石嶺の掌から、豚や山羊を解体する時に目にした物と同じ物がはみ出している」のを徳正は目にします。その後、徳正は石嶺を壕まで運びますが、軍から移動命令が出て、南部に移動することが命じられます。その時、同じ村の出身で看護係をしている宮城セツが訪ねてきて、石嶺の具合を心配し、徳正の掌に「水筒」と乾パンの入った紙袋を渡し、「私達は糸満の外科壕に向かうから、必ず後を追ってきて」と言います。その後、徳正は石嶺に、セツからもらった水筒の水を飲ませようとしますが、徳正は「我慢できなくなって、水筒に口をつけ、むさぼるように水を飲」みます。気付いた時には水筒は空になっており、徳正は石嶺に「赦してとらせよ、石嶺……」と言い、石嶺をその場に残して、夢中で移動先へと走り出します。その途中、死んでいると思った日本兵の伸ばした手に足が引っ掛かり、倒れますが、その時、徳正の「右の足首に痛みが走った」とあります。徳正の「右足」が腫れ出して水が出てくるということは、このことと関係があるように思えます。

石嶺と別れて四日後、徳正は摩文仁海岸で「気を失って波打ち際を漂っているところを救われ」、米軍の捕虜になります。それ以来、「収容所でも、村に帰ってからも、誰かにふいに、石嶺を壕に置き去りにしてきたことを咎められはしないか、と恐れる日が続いた」のですが、石嶺の母親が訪ねてきた時、徳正は、「逃げる途中ではぐれて、その後の行方は知らない」と嘘をつき、「石嶺の記憶を消し去ろうと努め」るのでした。その後ウシと結婚した徳正は、酒の量が増えますが、その理由の一つとして、宮城セツが摩文仁で手榴弾による自決を行ったことを知ったことが挙げられます。徳正は、「自分の中に、これで石嶺のことを知る者はいない、という安堵の気持ちがあるのを認めずにはおれなかった」と感じ、その時以来「酒の量が一気に増え」、「石嶺のこともセツのことも記憶の底に封じ込めて生きてきた」のでした。

次の場面では、再び徳正の足の指から一心に水を飲んでいる石嶺と二人でいる徳正が描かれます。徳正は、「ベッドに寝たまま、五十年余ごまかしてきた記憶と死ぬまで向かい合い続けねばならないこと」を恐れます。そして再び、「イシミネよ、赦してとらせ……」と言い、ここでも「精を放」つのでした。その時、石嶺が立ち上がりますが、「十七歳のまま」で「微笑みが浮かんでいる」のでした。それに対して「ふいに怒りが湧いた」徳正は、石嶺に「この五十年の哀れ、お前が分かるか」という本音の言葉を発します。すると、石嶺は「小さくうなずい」て、「ありがとう。やっと渇きがとれたよ」と言い、壁の向こうへと立ち去ります。その後、徳正は「号泣」するのでした。この「号泣」も、涙という水を発する行為であり、以前の「精を放つ」行為と同じものであると考えられます。

その次の朝、徳正の足の「腫れがすっかり引き、水も止まって」います。それを知った清裕は、急いで沖縄を離れようと、「手元にある五百万」円と「銀行に預金してあった」一千万円余りの通帳を手に、タクシーを呼びますが、途中で群衆に取り囲まれます。この人々は、清裕から「奇跡の水」を買った人々で、水の効能が消えてしまい、「黴のように薄気味悪い産毛がまだらに生えた頭、染みだらけの、皺の寄った顔」になったり、「髪の毛が落ち、染みや黴が広がった」顔になっていたのです。清裕自身も、「自分の頭に手をやると、髪の毛がバサりと落ち」ます。清裕は、群衆に殴る蹴るなどの暴行を受け、金の入ったバッグも奪われ、札が宙を舞う様子が描かれます。ここでも、この場面の最後には、「川に落ちたもう一本の水筒は、海に向かって漂いながら、・・・群衆に、朝の光をちらちらと反射していた」とあるように、清裕の話と徳正の話が並行して語られる、いわゆる「ダブルプロット」（「サニーのブルース」で、サニーと兄の話と並行して、父親とその弟の話が語られましたが、これもダブルプロットの例であることは先に述べました）であることが示されています。この清裕という人物は、一獲千金を夢見ている「遊び人」ということで、沖縄の置かれた状況の中で日本政府からの交付金などを得て浮かれ騒ぐ人々を連想させます。しかし、作者の目取真俊は、この清裕を憎めない人物として描いています。人間に対する作者の暖かい心を感じさせる登場人物です。

物語の最後の場面では、沖縄戦で自分が行い、心の奥底に隠していたことを、石嶺に向かって正直に語ることで、過去に縛られた状態からようやく解放された徳正が描かれています。しかし、徳正は、妻のウシに、「水を飲みにきた兵隊や石嶺のことを話そうかと迷」いますが結局話せず、また「これからも話すことはないだろうと思」います。ただ、「体調が回復したら、ウシと一緒にあの壕を訪れてみたいと思」うのですが、「そう決意する一方で、自分はまたぐずぐずと時間を引き伸ばし、記憶を曖昧にして、石嶺のことを忘れようとするのではないかと不安に」なります。酒も再び飲み始めます。ある日、庭に伸びた雑草を刈り取ろうとした徳正は「何か固い物に当たって（持っていた）棒の先が跳ね返」るのを感じます。見ると、「徳正でも抱えきれそうにない巨大な冬瓜が横たわって」いました。そして、この冬瓜からは蔓が伸び、その先で黄色い花が咲いているのですが、「その花の眩しさに、徳正の目は潤んだ」という文で物語は終わっています。この巨大な冬瓜は、徳正の足が腫れて兵士達が水を飲んだことが、これからも何度でも起こり得る、あるいは、徳正の足からは水が滴り落ち続ける、少なくとも、心の中では「水滴」は存在し続けるということを意味しており、徳正はその水滴が表す沖縄戦の真実から逃れられないという、ある種の「覚悟」をしていると解釈するのが妥当であると考えます。

関連論文③　目取真俊「水滴」とトニ・モリスン『ビラヴド』の比較考察

追立祐嗣「アメリカ黒人文学と現代沖縄文学に見られる類似性——二重意識、土着性のシンボル、死者との語らいを中心に」『沖縄国際大学外国語研究』第九巻第二号、一—二六ページ

はじめに

アメリカ黒人文学と現代沖縄文学との間には、様々な類似点が見られる。それは、この二つの民族が、差別と偏見という過酷な歴史的経験を経てきたということにとどまらず、両者には共通する文化的特質、あるいは精神風土が存在するからだと思われる。以下本論では、アメリカ黒人文学の四人の作家と、芥川賞を受賞した沖縄の作家を取り上げ、次の三つのテーマを中心に、二つの文学がいかなる類似点を持っているのかを検証していきたい。

Ⅰ．ラングストン・ヒューズ「教授」(“Professor”、一九五二年）及びリチャード・ライト『アメリカの息子』(*Native Son*、一九四〇年）と大城立裕「カクテル・パーティー」(一九六七年第五七回芥川賞受賞）における、「二重意識（仮面性）」、「不条理な状況に対する怒り」と「不寛容の精神」

Ⅱ．ラルフ・エリスン「帰郷」(“Flying Home”、一九四四年）と又吉栄喜「豚の報い」(一九九五年第一一四回芥川賞受賞）における、「土着性のシンボル」、「主体性と癒し」

Ⅲ．トニ・モリスン『ビラヴド』(*Beloved*、一九八七年)と目取真俊「水滴」(一九九七年第一一七回芥川賞受賞）における、「死者との語らい」、「シュールレアリズムの手法」

（Ⅰ及びⅡは、本書の「関連論文①及び②」と重複するため、省略。）

Ⅲ.「水滴」と『ビラヴド』

1.「水滴」のテーマとあらすじ

目取真俊の「水滴」は、一九九七年、第一一七回芥川賞の受賞作である。この作品の最も斬新な点は、沖縄文学の中にシュールレアリズムの手法を採り入れたことにある。そして、その手法は、作品のテーマである、沖縄戦という主人公の心の中に隠蔽されてきた「過去への遡行」、そして「死者との向き合い、あるいは、語らい」を描き出す上で、極めて効果的な役割を果たしているのである。

「水滴」の主人公徳正は、沖縄戦で鉄血勤皇隊員として戦っていたが、負傷した戦友の石嶺を戦場に置き去りにするという行為を行い、その罪悪感に苛まれながらも、そのことを隠して、「平和の語り部」となって謝礼金などをもらっていた。そんなある日、突然徳生の右足が膨れだし、親指から水が滴り始める。そしてそれから数日後の夜から、その水を飲みに、戦場で死んだ戦友たちが徳生の枕元に現れる。初めは自分の身の上に降りかかった災難を忌まわしく思っていた徳生であったが、石嶺との短い会話で、長年心に溜めていたものを吐き出し、ようやく足の腫れも退くのである。

以下、「水滴」と同様のテーマを、やはりシュールレアリズムの手法を用いながら描き出しているトニ・モリスンの『ビラヴド』を中心に、「水滴」との類似性を考えていきたい。

2.「過去への遡行」と「死者との向き合い、あるいは、語らい」

「水滴」の冒頭は次のようなものである。

徳生の右足が突然膨れだしたのは、六月の半ば、空梅雨の暑い日差しを避けて、裏座敷の簡易ベッドで昼寝をしている時だった。五時を過ぎて少しは凌ぎやすくなっており、良い気持ちで寝ていたのだが、右足に熱っぽさを覚えて目が覚めた。見ると、膝から下が腿より太く寸胴に膨れている。あわてて起きようとしたが、体の自由がきかず、声も出せない。ぬるりとした汗が首筋を流れた。脳溢血でも起こしたのか、と思ったが、頭に違和感はなく、意識もはっきりしている。天井を見つめて思案している間にも、足はどんどん膨れていき、すべすべと張りつめた皮膚に蟻の這うようなむず痒さが走る。掻こうにも指先一つ動かすことができず、胸の内で悪態をついていると、半時間ほどして妻のウシが起こしにきた。陽もやわらぎ始めたので畑仕事に出ようと呼びにきたのだった。（目取真俊「水滴」七）

冒頭の文には、徳生が、「六月の半ば」に、「空梅雨の暑い日差しを避けて」、「昼寝をしている。」とある。「六月の半ば」とは、沖縄戦の終結間近の時期であり、敗残兵たちが壕から壕へと体を引き摺りながら移動を繰り返していたのであり、「空梅雨」とは、後に明らかになるように、水を求めて苦しむ兵隊たちの「渇き」を表している。そして、徳生は、そのような五〇年前の記憶を「避けて」あるいは「忘れて」、「良い気持ちで」「昼寝」へと逃れているように見える。それが「突然」、「右足に熱っぽさを覚えて目が覚めた」のであるが、次第に膨れていく足に対する徳生の反応は、「ぬるりとした汗が首筋を流れた」や「すべすべと張りつめた皮膚に蟻の這うようなむず痒さが走る」などの表現に現れているように、「身体の反応」であり、グロテスクな性質を伴う「不快感」と「苛立ち」であった。すなわち、意識では忘れようとしている過去の不快な記憶が、徳生の「身体」に入り込んできたのである。

それから数日経った夜、徳生は奇妙なものを見る。

> ウシが部屋に引き上げた後、まどろみに浸っていた徳生は、右の爪先にむず痒いような痛いような感覚を覚えて目が覚めた。（中略）頭をめぐらし部屋を眺めようとして、足元に並んで立っている数名の男達に気づいた。泥水に浸かったように濡れてぼろぼろになった軍服を着た男達は、皆、思いつめたようにうつむき、徳生の足元を見つめている。頭を起こして見ると、もう一人、足元にしゃがんでいる男がいた。五分刈りの頭の半分を変色した包帯で巻いた男は、徳生の右足首を両手で支え持ち、踵から滴り落ちる水を口に受けている。男の喉の鳴らす音が聞こえた。（中略）飲み終えた男は未練げに目をやったが、すぐに真っすぐ向き直り、徳生に敬礼し頭を下げると右手に向かい、ゆっくりと壁の中に消えて行った。（中略）四十歳は過ぎているだろう男の顔に見覚えがあるような気がしたが、思い出せなかった。（「水滴」一四－一六）

ここでは、右の爪先に「むず痒い」だけではなく「痛いような」感覚を覚えて、徳生は目覚める。軍服姿の男達は、耐えられないほどの渇きから、徳生の足から滴る水を飲む。しかし、ここでの徳生は、「男の顔に見覚えがあるような気がした」ものの、はっきりと「思い出」すことはできなかった。徳生の記憶をようやく回復させたのは、同郷の戦友である石嶺であった。

> 石嶺は右足を引きずり、前の兵隊の両肩にすがって二歩進んだ。後に続く兵は現れない。朝が近かった。とっくに気づいていながら認めまいとしていたことが、はっきりとした形を取って意識に上がってくる。兵隊たちは、あの夜、壕に残された者達だった。右足の痛みがよみがえる。（「水滴」二一）

徳生は、兵隊たちのことを、心の深い部分では「気づいて」いたのである。それを「認めまいとして」、あるいは「思い出さないようにして」いたのであるが、徳生の「罪悪感」の源である石嶺が現れたことで、「はっきりとした形を取って意識に上がって」きたのである。そして、徳生は五〇年前の戦場での出来事を回想する。水を汲みに壕から出た徳生たちを艦砲射撃が襲った。石嶺は破片で腹を裂かれ、内臓が飛び出していた。徳生は石嶺を壕まで引きずってきたが、持っていた水筒から水を飲ませようとした時、徳生は自らの渇きに耐えられず、「水筒に口をつけ、むさぼるように水を飲んだ」のである。死にゆく石嶺を壕に残し、必死で走り出した徳生は、他の倒れている兵士の手に引っ掛かって倒れるが、その手を払って立ち上がろうとした時、「右の足首に痛みが走った」のである。徳生が右足に頻繁に「痛み」を覚えるのは、この時の経験によるものなのである。

徳生はようやく、自分の足から水を飲み続ける石嶺にむかって、声をかける。

ベッドに寝たまま、五十年余ごまかしてきた記憶と死ぬまで向かい合い続けねばならないことが恐かった。「イシミネよ、赦してとらせ……」（中略）唇が離れた。人差し指で軽く口を拭い、立ち上がった石嶺は、十七歳のままだった。正面から見つめる睫の長い目にも、肉の薄い頬にも、朱色の唇にも微笑みが浮かんでいる。ふいに怒りが湧いた。「この五十年の哀れ、お前が分かるか」石嶺は笑みを浮かべて徳生を見つめるだけだった。起き上がろうともがく徳生に、石嶺は小さくうなずいた。「ありがとう。やっと渇きがとれたよ」

（「水滴」四三－四四）

徳生は、「五十年余ごまかしてきた記憶と死ぬまで向かい合い続けねばならない」恐怖感と、同じく「五十年余ごまかしてきた記憶」に対する罪悪感から、石嶺に「赦し」を乞う。石嶺は少年の若々しい顔で微笑むが、徳生は、五十年間心の奥底に封印してきた忌まわしい記憶によって苦しめられてきた「悲しみ」と「苛立ち」から、「この五十年の哀れ、お前が分かるか」と、自らの正直な気持ちをぶつける。この時、石嶺は徳生の全てを理解し、徳生を「受け入れ」、「うなずいた」のである。これは両者の心の底からの「会話」であり、その結果、死者である石嶺は「渇きがとれ」、もう再び徳生のもとを訪れることもなくなり、また、苦しみながら生きてきた徳生の足からは、腫れが引くのである。

次に、トニ・モリスンの『ビラヴド』から幾つかの場面を拾い上げ、類似点を探してみたい。次に挙げるのは、『ビラヴド』の冒頭近くで、語られるセテの嘆きである。

結局彼女が選び彫ってもらったのは、肝心要の一言だった。墓標が並び立つ墓場で、犬のように石工とつがいながら、この一言で充分だろうと考えた。（中略）「愛されし者」で当然不足はないはずだ。（中略）自身の鎮魂の成就に気を取られ、彼女はもう一つの魂のことを忘れていた。赤ん坊だった娘の魂を。ほんの小さな赤ん坊がこれほど激しい怒りを抱くことができるなどと、誰が想像しただろう。墓石に囲まれて、石工の息子が見ている前で、犬のようにつるむだけでは償いが足りなかったのだ。喉を掻き切られた赤ん坊の怒りで半身不随にされた家の中で、命が絶えるその日まで長い年月を生きなければならない、というだけではなかったのに。（トニ・モリスン『ビラヴド』一五、吉田廸子訳）

セテは、自らの手で命を絶ってしまった娘のために、「十分間やらせてくれれば無料で彫ってやろう」という石工に頼み、「ビラヴド」という文字を墓標に彫ってもらう。そして、「この一言で充分だろう」、「『愛されし者』で当然不足はないはずだ」と考えるのである。しかし、それはセテが自分自身の心を鎮めるためのものであり、「もう一つの魂」つまり「赤ん坊だった娘の魂」のことを「忘れていた」のである。あるいは、「水滴」の徳生と同じように、「忘れようとしていた」のかもしれない。そしてようやくセテは、「喉を掻き切られた赤ん坊の怒りで半身不随にされた家の中で、命が絶えるその日まで長い年月を生きなければならない」ことへの恐怖から、「償いが足りなかった」ことを悟るのである。セテのこの恐怖も、「罪悪感」に長年苛まれる徳生の恐怖と苛立ちと同種のものと考えられる。

次に挙げるのは、突然セテと娘のデンヴァーの前に、ドレス姿の謎の女性「ビラヴド」が現れる場面である。

「ねえ」デンヴァーが言った。「あれは何?」すると、すぐその場ではなぜだか説明がつかなかったのだが、そのドレスの主を見ようと近くに来た瞬間に、セテの膀胱がいっぱいになったのだ。「失礼」と言って、一二四番地の裏手にまわった。用を足したくてこれほどせっぱつまったことなど、よちよち歩きの赤ん坊の頃、自分の母親を指さして教えてくれた八歳の幼児に子守りされた時以来、初めての経験だった。便所の真ん前でスカートをまくらなければならなくなった。尿はとめどなく流れ出た。馬みたいだわ、と彼女は思った。それでも水はどんどん出つづけて、彼女は、そうじゃないわ、馬よりもデンヴァーが生まれた時、ボートに溢れた水に似ている、と思った。（中略）しかし、羊膜が破れた子宮から迸る水を止めることなどできなかったし、いまもあの時と同じように止めることができなかった。（中略）身じまいをして、ポーチへ走ってもどった。誰もいなかった。三人とも中に入っていた。ポールDとデンヴァーは見知らぬ女の前に立って、彼女が何杯も水を飲み続けるのを、じっと見ていた。「喉が渇いてるって、言うんだ」ポールDが言った。彼はつばつきの帽子を脱いだ。「よっぽど渇いていると見える」（『ビラヴド』一〇三）

「ビラヴド」の姿を見た瞬間、「セテの膀胱がいっぱいにな」り、「尿はとめどなく流れ出た」のである。そして、セテは北部への逃亡中にデンヴァーを産んだことを思いだし、「それでも水はどんどん出つづけて羊膜が破れた子宮から迸る水を止めることなどできなかったし、いまもあの時と同じように止めることができなかった」と考える。ここで注目すべき点は、「水滴」において徳生の足が突然膨れだし、水が滴り落ちることとの類似性である。確かに、セテの場合は、「羊膜が破れた子宮から迸る水」という表現に見られるように、女性あるいは母性を象徴する「水」のイメージが強いが、それでも、「膀胱がいっぱいにな」るほどの尿意をもよおすという、「身体の反応」を行っており、しかもその「水」とは、徳生の場合と同じように、長年心の奥深くに溜め込んでいたものが「身体」の反応を通して出てきたものと解釈すべきなのである。また、殺された娘の「ビラヴド」に関しても、「何杯も水を飲み続ける」、「喉が渇いてる」という表現に見られるように、ここでもやはり「水滴」の石嶺と同質の「渇き」に苦しんでいる様子が描かれているのである。

やがて、セテは「ビラヴド」の行ったある行為に驚かされることになる。

ビラヴドの指には天国の感触がした。その指で撫でられ、呼吸が平常になると、苦悶もころがり落ちるように消えた。セテが見つけようとここまでやってきた平安が、身のうちに忍び入った。（中略）デンヴァーは二人の女の顔を注意深く眺め、ビラヴドの方は自分の親指のしている仕事を注意深く見つめたが、目に映った効果に満足したに違いなく、身をかがめてセテの顎の下の柔らかな皮膚に口づけをした。デンヴァーもセテも抵抗する理由もなかったので、二人ともしばらく、そのままじっとしていた。口づけをやめさせる手だても思いつかず、口づけを続ける唇の表情や心地良さを愛しいと思わないわけにはいかなかった。突然セテが、ビラヴドの髪を摑み、激しく目をしばたたかせて、彼女から身を離した。「こんなことをするのは、赤ちゃんだけよ」と険しい口調でビラヴドに言ったのは、少女の息が新鮮な乳の匂いそっくりだったせいだ、とセテは後から考えた。（『ビラヴド』一九一）

セテは、ビラヴドとともに暮らすうちに募ってきた不安を鎮めるために、義母の聖地というべき「開拓地」へと出掛ける。そしてそこで、ちょうど義母からしてもらったように、ビラヴドから背中や首をさすってもらうのであるが、突然ビラヴドの指がセテの首を絞めるような感覚に襲われ、うろたえる。この引用はそれから落ち着きを取り戻したセテの描写である。ビラヴドはセテに対し、「身をかがめてセテの顎の下の柔らかな皮膚に口づけをした」とあるように、赤ん坊に戻るような行動をとる。これは、「水滴」において石嶺が徳生の足に口をつけて水を飲む動作に類似したもののようにも見えるが、ビラヴドが「口づけ」を行っている場所は、セテがかつて我が子の命を絶つために傷を付けた首であり、そこには愛情だけではなく、何かしら危険なものが潜んでいる印象を与えている。したがって、セテは、「こんなことをするのは、赤ちゃんだけよ」と言い、「少女の息が新鮮な乳の匂いそっくりだった」と感じるが、セテの行動は、驚愕し、ビラヴドから身を離すというものだったのである。この点に関しては、「水滴」が徳生と石嶺の相互理解で「悪夢」の終結を迎えるのに対して、『ビラヴド』においては、セテとビラヴドの、時としてすれ違う「語らい」は延々と続き、ついには失意のビラヴドはセテのもとから離れていくという相違点が見られるのである。

2．シュールレアリズムの手法

目取真俊とトニ・モリスンが用いているシュールレアリズムの手法は、二つの意義を持っていると思われる。まず第一の意義は、「過去への遡行」を行うための有効な手法ということである。「水滴」においては、徳生の足が冬瓜のように膨れ上がり、五〇年前に死んだ兵隊たちが徳生の部屋の壁から現れてくる。そして『ビラヴド』では、セテが殺したはずの娘が幽霊となって家の者たちを苦しめ、ついには生身の人間の姿を持ってセテのもとへと現れる。これらは荒唐無稽な設定ではあるが、いわゆる「歴史の再構築」を行うためには「過去への遡行」が必要であり、そのための極めて効果的な手段として、死者を甦らせ、「死者との語らい」を行わせるという方法をとっているのである。もう一つの意義は、従来のリアリズムの手法からの脱却であろう。目取真俊とトニ・モリスンは、現在や過去の真実を客観的に見つめる眼をもっており、歴史の「語り部」と呼ぶにふさわしい作家たちである。「語り部」は聞き手を物語の中へ誘い込むために様々な方法を用いるが、その一つが、「不思議な出来事」、「現実にはありえない出来事」を語ることであり、それによって聞き手あるいは読者は、「語り部」の創造する世界へと誘い込まれ、語られる「出来事」を共有するのである。

このことはまた、目取真俊とトニ・モリスンが、ともに共同体を強く意識していることに関係している。すなわち、この二人の作家は、「共同体の再構築」を目指しているのである。「水滴」には、徳生の物語だけでなく、その従兄弟である清裕の物語が平行して語られる。清裕は、徳生の足から滴る水が草木や人間の毛髪などを若返らせることを知り、「奇跡の水」と名付けて、金儲けを企むが、徳生の足の腫れが治まると同時に水の効能も無くなり、客に袋叩きにされてしまう。しかし、「水滴」の中では、清裕は決して軽蔑すべき人物としては描かれておらず、むしろ、その普遍的な欲望のために、多くの読者からは自虐的な笑いを誘う存在となっているのである。目取真俊は、新聞などへのエッセイで、米軍基地を容認し（あるいは過去を忘却し）、日本政府による「振興策」という「餌」を求めて金儲けに奔走する沖縄県民に痛烈な批判の言葉を発し続けているが、小説の中では、そのような民衆に対する彼の眼差しは優しい。モリスンも、『青い眼が欲しい』以降、『ビラヴド』においても、生活に追われ、共同体内部の弱者に対する想像力の足りない構成員に対して、時には厳しい描き方をするが、『ビラヴド』の後半部分で、得体の知れない幽霊からセテを救うために集まる女性たちに見られるように、基本的には信頼の念を失くしてはいない。次の文章は、『スーラ』についての、クローディア・テイトとのインタビューに答えたモリスンの言葉である。

わたしは善悪について書いていたとき、西欧的な観点から書こうとは全然思いませんでした。わたしがおもしろいと思ったのは、黒人はあるときには他の人々のように悪に反応せず、この世には悪も当然住むところがあるはずだと考えているように見えることでした。黒人は悪を根こそぎ退治しようとは思わないのです。ただ、それから身を守り、ひょっとしたらうまく操りたいとは思うのでしょうが、けっして殺そうとは思いません。悪は人生のもう一つの局面にすぎないと考えるのです。悪にたいする黒人の態度は、多くの他のことにたいする反応の仕方と通底しているような気がします。両刃の剣みたいなものです。黒人が他の民族にたいして長期にわたる政治闘争を組織するのがむずかしいのは、これが原因の一つになっています。彼らが寛大であって、多くのあらゆるものを受け入れるのも、そのためです。黒人は悪や違いを恐れないからです。悪は見知らぬ力ではなく、違う力にすぎません。わたしが『スーラ』で描こうとしたのは、こういう悪なのです。（トニ・モリスンの言葉、大社淑子「訳者あとがき」、トニ・モリスン『スーラ』二一四）

これは、沖縄の共同体の性質や沖縄の精神風土にも、そのままあてはまる。そして、目取真俊もトニ・モリスンも、このような「寛大であって、多くのあらゆるものを受け入れる」共同体の意義が失われつつある現状を危惧し、あるべき共同体の再構築を試みているのである。

引用資料

目取真俊「水滴」(『文學界』一九九七年四月号。一六四―一八四頁。)『水滴』文藝春秋、一九九七年。五―五〇頁。

モリスン、トニ「クローディア・テイトとのインタビュー」大社淑子「訳者あとがき」トニ・モリスン(大社淑子訳)『スーラ』早川書房、一九九五年。二一三―二二一頁。

――『ビラヴド』(一九八七年)吉田廸子訳、集英社、一九九八年。

あとがき

昨年（二〇二〇年）十二月二三日、私はいつものように自宅のパソコンを立ち上げ、最初に現れてくるマイクロソフトのニュース一覧を見ていた。その時、「『日本はワクチンへの警戒が根強く、普及に遅れか』ブルームバーグが伝える」（ハフポスト日本版）が目に入り、ニュース本文を読んだ。そこには、日本だけでなく、アメリカ黒人がワクチンへの不信感を持っていることと、その理由に関して、驚愕すべき内容の文章があった。

ワクチンをめぐっては、イギリスや米国で接種が始まっている。

一方で、米国でも、黒人の35％がワクチンを「おそらく接種しない」あるいは「絶対に接種しない」と回答するなどのワクチン不信が存在することが報告されている。その背景には、黒人を対象に行われた梅毒の人体実験「タスキギー実験」などの差別の歴史が影響している。

「タスキギー実験」のことを知らない私は、すぐにインターネットで検索を行った。ウィキペディアによれば、それは次のような内容のものであった。

タスキギー梅毒実験（あるいはタスキーギ梅毒実験）こと「タスキギーのニグロ男性における無治療状態の梅毒の研究」は、（中略）アラバマ州のタスキーギで、アメリカ公衆衛生局が主導一九三二年から一九七二年まで実施された梅毒の臨床研究である。医療倫理的に大きな問題を抱えており、これは非倫理的な人体実験の一つとされている。この研究調査の目的は、梅毒を治療しなかった場合の症状の進行を長期にわたり観察することであった。この研究に参加した黒人男性には、連邦政府が提供する医療が無償で受けられると説明されていた。

私は強い衝撃を受けたが、アメリカ黒人文学を研究してきた私がこの実験のことをこれまで知らなかったことを恥じた。

早速、恥を忍んで、私の所属する黒人研究学会の親しい二人に、この実験のことを知っているかどうかをメールで尋ねたところ、歴史が専門の会員は知っており、文学専門の会員は知らなかったという返事が返ってきた。

コロナ禍の状況でなければ、「タスキギー梅毒実験」のことは知らないままで終わっていたことであろう。そしてこれは、これまでアメリカ黒人が経験してきた差別や迫害の歴史には、私の知らないことが、まだまだ数多くあるのだということを思い知らされた出来事であった。

私は、来年二〇二二年三月で六五歳の定年となり、沖縄国際大学の教員の仕事を辞するが、退職後も学びを継続しなければならないのは勿論である。それゆえ、今回のタスキギー梅毒実験に関する出来事は、私の「学びの継続」に大きな刺激を与えてくれるものとなった次第である。

二〇一七年の『ビガー・トーマスとは何者か――「アメリカの息子」とその周辺に関する論集』の出版に引き続き、本書の刊行にあたっては、大阪教育図書の横山哲彌社長より、電話や電子メールを通して、励ましのお言葉や丁寧な助言を頂戴した。また、編集担当の土谷美知子様には、私の原稿に数多くの修正があったにも関わらず、大変ご丁寧な校正作業を行って頂いた。心より感謝申し上げたい。

最後になるが、三一年間の大学教員生活の間、同僚はもとより、私は学生に恵まれた。本書に収められた内容の殆どは、大学での講義やゼミで私が話した内容である。その際、グループディスカッション等で、私の考え付かない秀逸な発言を学生が行うこともしばしばあった。また、本格的に文学を読むのが初めてという学生が毎年大多数を占めたが、学期末のアンケートでは、文学と出会えて良かったという意見が多数あり、私への最高の励ましとなった。これまでに私の授業を受けてくれた全ての学生・卒業生に、心より感謝申し上げたい。ありがとう。

【ヤ行】

【マ行】

【ナ行】

【ハ行】

【タ行】

【サ行】

【カ行】

索　引

【ア行】

著者紹介

追立　祐嗣（おいたて　まさつぐ）
一九五七年生まれ
琉球大学法文学部文学科英文学専攻卒業
ジョージア大学大学院英文学科修士課程修了
一九九一年沖縄国際大学教養部講師
現在、沖縄国際大学総合文化学部英米言語文化学科、並びに同大学大学院地域文化研究科英米言語文化専攻教授

【著書】
『ビガー・トーマスとは何者か――「アメリカの息子」とその周辺に関する論集』（単著）大阪教育図書、二〇一七年
『「冬のソナタ」に見られる「社会」と「個」の相克――登場人物の役割を中心に』（単著）花伝社、二〇一四年
『黒人研究の世界』（共著）青磁出版、二〇〇四年
『異文化接触と変容』（共著）東洋企画、一九九九年

【主な論文】

『アメリカの息子』における「性」の問題再考『黒人研究』Ｎｏ．７２

リチャード・ライト「地下に潜った男」における水と光の象徴的役割——「河のほとり」との比較を中心に『黒人研究』Ｎｏ．７３

Richard Wright の *Native Son* における「社会正義」と Bigger Thomas の反応『九州アメリカ文学』Ｎｏ．４３

Richard Wright's *Native Son* における「炉」の象徴性『沖縄国際大学外国語研究』第七巻第一号

ラルフ・エリソン "Flying Home" と又吉栄喜「豚の報い」に見られる土着性のシンボルに関する比較考察『沖縄国際大学外国語研究』第六巻第二号

アメリカ黒人文学と現代沖縄文学に見られる類似性——二重意識、土着性のシンボル、死者との語らいを中心に——『沖縄国際大学外国語研究』第九巻第二号

From DuBois to Baraka: A Study on the Afro-American Tradition of Dual Psyche *Southern Review* No.3

Re-consideration of Amiri Baraka's *Dutchman*: Dual Psyche and Underground Images『沖縄国際大学外国語研究』第一七巻第一号

【所属学会】

黒人研究学会　日本アメリカ文学会　日本英文学会

多民族研究学会　九州アメリカ文学会　日本英文学会九州支部

沖縄外国文学会　沖縄国際大学外国語学会

アメリカ黒人文学と現代沖縄文学を読む

二〇二二年一月二〇日　初版一刷発行

著　者　追立 祐嗣
発行者　横山 哲彌
印刷所　岩岡印刷株式会社
製本所　株式会社 堀越
発行所　大阪教育図書株式会社
〒530-0055　大阪市北区野崎町1-25　新大和ビル3階
電話　06-6361-5936　FAX06-6361-5819
E-mail/daikyopb@osk4.3web.ne.jp
HP/http://www2.osk.3web.ne.jp/˜daikyopb

本書のコピー、スキャン、デジタル化等の無断複製は著作権法上での例外を除き禁じられています。本書を代行業者等の第三者に依頼してデジタル化することは、たとえ個人や家庭内での利用であっても著作権法上認められていません。

ISBN978-4-271-21074-0　C3098

乱丁・落丁本は小社にてお取り替えいたします。